没有办法一直努力的人生

曾良君 著

人民文学出版社

图书在版编目（CIP）数据

没有办法一直努力的人生 / 曾良君著.—北京：人民文学出版社，2016
ISBN 978-7-02-011569-3

Ⅰ.①没… Ⅱ.①曾… Ⅲ.①散文集—中国—当代 Ⅳ.①I267

中国版本图书馆CIP数据核字（2016）第074752号

责任编辑　赵荣荣　宋　强
装帧设计　李思安
责任印制　王景林

出版发行　人民文学出版社
社　　址　北京市朝内大街166号
邮政编码　100705
网　　址　http://www.rw-cn.com

印　　刷　三河市鑫金马印装有限公司
经　　销　全国新华书店等

字　　数　236千字
开　　本　640毫米×960毫米　1/16
印　　张　18.25　插页3
印　　数　1—10000
版　　次　2016年11月北京第1版
印　　次　2016年11月第1次印刷

书　　号　978-7-02-011569-3
定　　价　42.00元

如有印装质量问题，请与本社图书销售中心调换。电话:010-65233595

# 目 录

## 一、没有办法一直努力的人生 / 001
1. 那些和数学大魔王热血拼搏的日子 / 003
2. 焦虑洋流的成因是孤独 / 010
3. 平凡人生 / 014
4. 日剧里的小酒馆 / 017
5. 初心 / 023
6. 又到了采摘油面筋的季节 / 030
7. 最终只能成为自己 / 034
8. 深夜剧场 / 042
9. 你以为生活是怎样的 / 050
10. 没有办法一直努力的人生 / 054

## 二、中二病少年拯救世界 / 059
1. 永远17岁的高中生活 / 061
2. 中二病少年拯救世界 / 067
3. 每学期都有一个老师让你悲伤逆流成河 / 071
4. 教练,我想喝冰可乐! / 075
5. 神说,要断网 / 078
6. 先生,你听说过床垫吗? / 082
7. 喏,人生呢就是这样的,我给你煮碗面 / 088
8. 有猫在 / 096
9. 这个夏天有很多猫毛 / 102

10. 不存在的夏天 / 105

11. 过期的2012年 / 121

三、锡耶纳旧时光 / 125

1. 放下雅思，立地成佛 / 127

2. 荒野流长 / 133

3. 锡耶纳旧时光 / 137

4. Pista / 149

5. 六月日长 / 155

6. 丝绒夜空 / 161

7. 诸神的黄昏 / 166

8. 深渊 / 178

9. 这下大事不好了 / 184

10. 一瞬 / 194

四、奥兹国梦旅人 / 201

1. 老外Nick / 203

2. 先锋诗人 / 206

3. Better me / 212

4. 司马 / 218

5. 二点五次元生物 / 226

6. 奥兹国梦旅人 / 231

7. 猫咖啡与安娜 / 240

8. 室友French / 248

9. 夏日甜心 / 262

10. 不知夏 / 272

作者自语：匕首 / 284

## 一、没有办法一直努力的人生

如果说我的人生还有什么一定要达成的目标,那么我所定义的成功离普世价值的成功也一定差得很远,我只要成为一个更好的自己,然后去做一个别人眼里的 loser 就可以了,就这样,我可以只在自己的世界里成功,而且,不成功也可以。

这就是我所想要的人生。

## 1. 那些和数学大魔王热血拼搏的日子

其实我并不太明白为什么数学不能自己去解决自己的问题，非要什么都来问我呢？但这并不意味着数学在和我撒娇，又或者数学是个磨人的小妖精，与之相反，数学一直都是以大魔王的形象存在着的。

一个比较悲伤的现实就是，虽然现如今我也老大不小了，可我的人生还是没有摆脱数学，我还在每周勤勤恳恳地上着数学课，然后不断地被数学大魔王碾轧着。数学就是我人生中的大boss，这个世界上我最不能理解的一类人就是数学学得很好的人，在我看来这个世界完全简单粗暴地可以划分成两类人：数学好的和数学超级烂的。

而我当然就是那个恬不知耻的后者。

在我还是一个青春热血少年的时候就遇上了拦路虎数学大魔王，按照一般的剧情设定，我一开始一定是学得非常差的，然后越挫越勇、激流而上、迷途知返，被自己的兄弟、女人当胸插了一刀或者跌落悬崖后得遇高人相助，最后柳暗花明顿悟了数学的真理，数学之光洗礼了我卑微的灵魂，我得到了传说中的圣物——高斯的祝福，血槽全满、状态提升200%然后大喊一声，"这就是数学最终的奥义"，一剑砍死了数学大魔王，从此过上了幸福而浪荡的生活。

可是并没有，由于我不是主角，所以剧情自然也不会这样发展。

我的剧情是这样的：一开始我的数学超级烂，经过我不懈的努力和青春热血的拼搏后，事情终于出现了转机，我的数学越来越烂，越来越烂……烂得一发而不可收拾，烂得差点被从高中赶出来。

所以说，人生如戏、戏如人生，艺术源于生活，生活又高于艺术。因为剧情总是要按照套路发展，而生活中却没有套路可言。

刚上初中的时候我就隐隐约约地发现，数学和人生其实是一样的，未来总在一片迷雾之中。解题思路是什么东西，可以吃吗？举一反三是什么技能，身速提高50%吗？错题本是干吗用的？一定是用来练字的。

我一直觉得我数学之所以那么烂，很大一部分原因要归结于我的初中数学老师，那是个非常高贵冷艳的男子，对待任何事情都透露出一股非常明显的不屑感。

他的名言有"数学这么高深的东西我就不指望你们明白了，因为你们以后也只能扫大街"，还有"像我这样的知识分子就学学数学，陶冶一下情操，你们就只能做一些别的事情，比如搬砖头"。

他特别爱干的一件事情就是让数学不及格的人罚站两节课，这是多么丢脸的一件事情啊，而更让我不解的是，每次我挣扎着及格了，他就选择性失忆忘记这件事情，每次我不及格了，他就妥妥地不会忘记这件事情。

于是在大家的印象中我就变成了一个每次上数学课必定要被罚站的人，我是多么的委屈，我很想告诉他们，我偶尔也是能考及格的好吗

更可怕的是，罚站并不是终点，罚站仅仅只是一个开始，罚站结束后还要写检讨书，那就意味着别人第四节课下课了欢天喜地地跑出去吃饭，而我只能一个人落寞地坐在办公室里写检讨书。

后来我就成了一个写检讨书的高手，呕心沥血啦、诲人不倦啦这种词我用得得心应手，脸不红心不跳，三年来写的检讨书可以装订成册供后人当范本翻阅临摹，不好意思，我总在奇怪的地

方骄傲起来。

上了高中后……嗯……应该说我也不知道我是怎么凭借那么烂的数学上高中的,但总之就是上高中了。开学仅仅只有一周,我的高中数学老师,一个矮胖的油性皮肤中年妇女,牺牲了宝贵的午休时间给我讲解了两道极为简单的数学大题后,真诚地,据说是为了我好而提出了一个建议:你要不还是退学吧?

但是我没有,因为我脸皮厚。

当时我考进了我们学校的外语特色班,我也不知道我是怎样凭借和数学烂得不相伯仲的英语考上这种班级的,总之大家都是一副学霸和准学霸的样子,让我的压力非常大,他们的标准动作都是抬一抬眼镜,让镜片闪过一片智慧的光芒。

而我则是揉一揉黑眼圈深沉的眼睛,抱歉,昨晚漫画看多了。

不用说了,我和我高贵冷艳的同学们高下立判,毫无疑问是我赢了。

由于我的数学非常烂,这直接导致了我的物理也变得非常烂,平均分一般在30分以下,于是物理老师也找我谈话了,她比数学老师要好得多,显而易见是个崇尚简约主义的人,因为她就对我说了一句话——"我已经没什么好对你说的了",然后挥了挥手就叫我走开了。

作为一个21世纪的热血少年,我当然不能放任自己这样,我决心做出积极的改变,于是我放学后去学校附近的书店买了一本参考答案。

此后我的数学和物理就变得越来越差,越来越差……最后我的物理就稳定在25分左右。

我爸是个非常讨人厌的人,他的人生爱好就是不断地打击我和讽刺我,他说,你看我早就说过你别去上什么高中,现在好了,你连个零头都考不到,你说你这种人每年浪费多少棵树,你记得你的小学老师告诉过你什么吗?

什么？我不解地问道。

保护环境，人人有责。我爸说。

而我妈这个凶悍的中年妇女本来是摁着我的脑袋也要叫我选理科的，但是从家长会回来后她就出离地愤怒，因为她发现凡是物理和数学，我的成绩单上就没有一个数字不是用红笔写的。

对此我爸叹了口气说，我早说过这孩子脑子不太聪明，不是个读书的料啊，你看那副痴呆的傻样，俗话说，聪明面孔笨肚肠，但是没想到笨面孔也是笨肚肠啊，真是一点惊喜都没有。

但我妈没办法像我爸这样认命，她的价值观没办法轻易认同这种可怕的分数，她不相信这种分数是人类所能够考出的，确信一定存在什么特殊的原因，于是她质问我为什么考那么差，是不是上课看闲书了？

我说没有啊，然后我妈顺手抄起数学书一把拍我脑袋上，拍完突然发现下面是一本漫画书……

于是抄起漫画书再拍下来……

拍完突然发现下面还有一本漫画书……

于是抄起漫画书又拍下来……

拍完突然发现下面还有一本小说……

我拔腿就跑，绕着我家桌子转了很多圈，进行了一次良好的体育锻炼。

因为月考跌出了年级前五十，我和我们班全部跌出前五十名的人都被扔到了教室后面，老师说，不要和他们讲话，于是学霸们就不和我们讲话了。

后来我就顺理成章地去了文科班，每天晚上留下来看1987年版《红楼梦》的电视剧，真是惬意的人生啊。

但是我的数学还是超级烂。

高三开家长会的时候，大家都挤在数学老师兼班主任的面前询问我家×××能上几本啊？我妈也兴冲冲地挤了过去，得到的回答是,赵曾良应该不可能考上大学……吧……

这个回答极大地激怒了我妈,但是她没有选择揍我的数学老师,而是选择回家痛揍我,并且将我的课外书全部没收了,经过地毯式的排查,当晚一共搜出了近500本书,而我则被揍得嗷嗷乱叫。

为了防止我再去买新的书看,我妈每天只给我5块钱,对此班主任很是支持,还提了个小小的意见,说5块太多,3块就够了。

对此我爸就很不同意,他认为这个很愚蠢,只需要每天给我一盒饭,就一分钱也不用给我了。

这之后我便度过了人生中最悲凉而贫穷的一段时光。

虽然没收了我的书,并且让我过上了贫穷的生活,但是我的数学仍然没有因此而变好(可见穷和数学好不好之间是没有关系的),于是班主任安排我参加数学补差班,我妈觉得火力不够又让我再去上数学家教课,而每周六上午本来就有一整个上午的数学补课……这样一来我每周要上三个数学辅导班。

好累,感觉不会再爱了。

经过这样的强化训练,我的数学终于……更加地烂了……已经发展到连零头都考不到了。

连我自己也不明白发生了什么事情,尽管我热爱看闲书,可我又不在数学课上看,尽管我热爱看动漫,可又不妨碍我做数学作业,思来想去,也只有我脑子确实有问题这一个答案了。

可是作为一个热血而青春的少年,我怎么能因为自己脑子有问题而放弃学数学呢?!怎么能容许这种事情的发生呢?!不能打败大boss的人生就不是好的人生!难道要一辈子躲在数学的阴影下吗?不行,我要向着高斯的祝福奔跑!

为此我制订了一个计划,每天晚上复习四个小时的数学……对,不干别的事情,只看数学!

同学们纷纷对我表达了滔滔不绝的敬仰之情,而我爸从此每天下班回家,都会看我一眼,咕哝道,哎哟,又在浪费地球资源啦？你就放过草稿纸吧。

尽管我很想反唇相讥,但是我忍住了。哼,凡人,我心想,你哪里懂我的伟大计划,等到高考成绩出来后,亮瞎你的眼睛!

时光荏苒,岁月如梭(不对!)。终于迎来了高考,考数学那天我因为激动而双手微微颤抖,是的,见证奇迹的时刻到了——不会的还是不会……

望着后半面空荡荡的数学卷子,我咽了口口水,告诉自己不可以放弃,作为一个热血而青春的少年不到最后一秒绝对不能放弃,于是我在打铃前郑重地写下了好几个:"解"。

考完数学那天我妈出于优待考生的心理开车来接我,她问我,你感觉如何？

我诚实地告诉她,我不会做的还是不会做。

我妈脸一黑,说,那你是来高考一日游的吗？那你后面几场还考不考啊？

我说,钱都付了,就勉强考考吧。

这之后我就再也没享受过接送的待遇,想来我可能是当年充话费送的。

后来我就上大学了,不要问我怎么上的大学,总之就是上大学了!

当我在自习室,为了两道物理题复习了一整个通宵仍然不会做的时候,我就觉得自己的脑袋可能不止被驴踢了一次,很可能被弹簧门反复地夹过。

但是像我这么热血而青春的少年,怎么可能一下子就放弃呢？于是我坚持不懈每天学习到半夜3点,早上5点起来再接着学习,这样努力学习了一周,奇迹又出现了,我还是一道题都不会做。

就这样在不懈的努力中考试临近了……关于物理挂科率之

高的种种传言让我不寒而栗,于是在某个天气晴朗的日子里,我默默地拿着书去找我们的物理老师,我当然不指望她会给我补课,我其实是想过去抱大腿套近乎,希望她透露一些重点给我。

当然了,我不打无准备之仗,去之前了解了一下物理老师爱吃什么,然后自己吃了些就过去了,我猜想这样能营造出一种同类的气息。

可是物理老师这种生物就是很高贵冷艳的,去的时候她正在对着一摞去年的卷子出新卷子,我拿着一道题目去问她,她花了一秒钟赏脸瞥了一下后说,这么简单的题目你问我就是在侮辱我,吓得我赶忙将题目收起来。

正在这让人万分尴尬的时刻,手机铃响了,物理老师拿起手机走了出去。我冷静地想了想,难道我就这样认命了吗?不,我一定要逆袭。

于是我把去年的卷子折吧折吧叠了起来塞进课本,高贵冷艳而蹑手蹑脚且丧心病狂地跑掉了。

现在想来真是个励志的故事啊。

## 2. 焦虑洋流的成因是孤独

我有时候会错觉自己生活在一股洋流中。

洋流是什么呢？是潜伏在海洋中的一条河道。我知道热盐效应会造成少见的密度流，多数的洋流成因仍然是盛行风，我也知道洋流可以调节地球表面温度，最实惠的利益是形成渔场，世界四大渔场的成因都和洋流有关，墨西哥湾暖流是其中最大的一条洋流，流量约为世界上所有河道总流量的20倍。

而我呢，有时候好像就生活在某一股洋流中，潜藏在深海，貌似在同一片水域中，实则在迅速地背道而驰，去往不同的方向。

很小的时候，我便觉得自己和别人不太一样，总是显得木讷、迟钝。一整个幼儿园时期我没能学会拼音，5岁还不会看钟表，上小学后，数学课上的口算练习简直就是噩梦，一分钟20道加减题，没有一次可以顺利做完，要是大家都做不完便可以嘻嘻哈哈地在里面捣糨糊，可偏不是，只有我才这样，营造出了一种雪上加霜的恐惧感。

长大后，我将这些往事当作笑谈穿插在每个闲聊的午后，试图营造出一种让人亲切的氛围来，并且将这般种种归结为，我小的时候开智很晚。听者往往一针见血地指出我话语中的逻辑错误，如果这叫开智很晚的话，那你岂不是直到现在也没有开智？

除了尴尬地讪笑两下，再也想不出什么机智的应对方法来，所谓的亲切氛围也立刻荡然无存。看来，蠢、咳嗽和爱是这个世界上无论如何都无法掩藏的三样东西啊。

但我也因此得到了一些有用的人生感悟，比方说，卖蠢这种事情果然是无法让他人产生认同感而拉近距离的,只可能因为暴露短处遭到嫌弃,又比方说,自黑这种事情轻易不要尝试,不然别人的补刀可是很痛的。

因为我总是慢半拍和别人不在一个调子上,所以当青春期,同龄的少男少女们都努力展露出自己的鲜明个性,追求与众不同的人生时,我却在努力跟上别人的步伐,摩擦摩擦似魔鬼的步伐,我希望自己能够像别的同学一样快速解出数学题,我也希望自己能够和别人一样在各种场合游刃有余,谈笑自若。

但是不行,体育课上我是那个800米不过关的人,数学课上我是那个站起来长久不能开口蹦出一个字的人,英语课上我是那个语法题18道错15道被老师点名批评的人,化学课上我是那个默写方程只能得5分让老师震惊的人……更不要说因为频繁迟到而被常年罚站在走廊上,成为一道校园风景线的往事。

我也想泯然众人,也想过平凡普通的人生,但是不行,因为我的人生中总是充满了"不行"两个字。就算只是静静地站在拥挤的公交车站等车,也会被人径直走过来问路,而我面对这一切却一脸惶恐地回答道,我不知道。

对公众场合生理性恐惧,厌恶一切集体活动,每每不得不出席这些场合,我总是着装不得体,局促不安又深感焦虑地窝在一角,手里握着手机,一遍又一遍刷新着并没有新鲜事的首页,心里期待着这种煎熬能够尽早结束。

非常不喜欢认识社交名媛,讨厌那些自来熟又极其自大、自以为是的家伙们,他们总是像传销般举着手机,到处转悠,口中喋喋不休地念叨着,朋友加个微信,留个联系方式呗。可是朋友,谁跟你是朋友啊?

如果胆敢将自己的联系方式写在黑板上,然后让一众人务必要加他的,那简直就是令人火大的存在,这样缺乏基本自我认知的家伙究竟是怎样存活至今而没有被人打死的?

开学典礼无疑是我最讨厌的场合No.1，不但是个在公众场合的集体活动，还充斥着大量不认识的陌生人，其中便混杂着一部分妄图成为社交名媛或leader的人。他们不管不顾地将你加到一个又一个群里，只为了让你听他们滔滔不绝地长篇大论一些自以为是的愚蠢想法，又或者每次九张照片，一次刷七八条社交网络，美其名曰分享精彩生活，要不是怕挨揍，十分想留言，朋友，你的生活一点也不精彩，或者朋友，我一点也不关心你所谓的"精彩的"生活。

由于我抗压能力极差，便会频繁地感到焦虑，有时甚至什么事情也没有发生，想想自己一贯的可悲处境，就莫名其妙地悲伤焦虑起来，一焦虑，我便会失眠，失眠的第二天就会神游天外，一切都不在状态，如同行尸走肉般地咀嚼进食、木讷地坐着听课，而至于老师在上面说了些什么，见鬼去吧，我一个字都没有听见。

正因为这样，等到了晚上，待我神志清醒了一些，这一切所引发的排山倒海般的愧疚感，便会再一次让我陷入巨大的焦虑中。循环往复，看不见尽头，这一条生活的闭环，让我感觉自己跌入了一条名为焦虑的洋流，看似和大家愉快地生活在一起，却因为深陷另一股洋流中而被迅速地带往冰冷的孤岛。

于是我变成了一个奇怪的人，总是精神不振、迟钝，显得既木讷又局促不安，是的，这些词看着很眼熟吧，我又回到了可悲的过去。我就像那可怜的西西弗斯，推着没完没了的石头，疲惫而焦虑，却得不到一个平躺下休息一会儿的喘息机会。

与此同时，生活范围也小到只限于步行十分钟的地方，去楼下便利店买东西都感觉很麻烦，要花一个小时来说服自己走下去，好不容易买完了东西背回家，不要说做饭了，就连吃饭都觉得很困难，真诚地希望有一天可以靠服用胶囊或者光合作用活着。

不但如此这般奇怪，性格还异常别扭。非常热爱吃火锅，可是讨厌出门，倘若吃完火锅有人提议说，不如我们接下来去KTV

吧，这便是我的地狱了。每次感到压力大的时候，总是非常想要找人倾诉，可又觉得不停抱怨着的自己不应该再去麻烦别人，又或者说其实连自己都非常讨厌这样不断抱怨着却又无法做出改变的自己，于是便花钱去找占星师聊天，可就连占星师都非常厌恶我这样无趣的顾客，不到五分钟便把我打发了，如此一来，我等于是在花钱买侮辱。

明明非常羡慕能出去愉快游玩的人，但每逢节假日，不论外面怎样热闹非凡，我却总是在电脑前一遍又一遍地刷着已经没有新鲜事的主页，自顾自陷入焦虑之中。看见别人努力学习会焦虑，看见别人在玩耍也会焦虑……许久之后才发现，这些焦虑的根源并不是我所谓的压力，而是因为孤独。

好像所有的情绪都失去了出口，一遍又一遍在胸腔中回荡，最终转化成了焦虑，想要和别人产生联系，却又害怕那么做，甚至觉得和他人产生联系这件事情本身既无趣又麻烦，正是这样矛盾又别扭、不知所谓的自己才引发了那么剧烈的焦虑。

几年前我们对孤独讳莫如深，几年后孤独仿佛又变成了什么高贵的代名词，常被人说成孤独是聪明人的特质，要学会享受孤独。但我不是什么厉害的人啊，没有什么厉害的兴趣爱好能够让我钻研着打发时间，没有什么学术天赋能够让我在某条道路上越走越远，我啊，不过是个可悲的西西弗斯，推着石头行走在一条环形封闭的小径上，我啊，不过是个对普通人类不大感兴趣的更为普通的人类。

由于无法做出什么行之有效的努力，很快便被名为焦虑的洋流带往了大洋的深处，阳光慢慢不再穿透海水，温度也越来越低，水中的氧含量越来越稀薄，水压越来越巨大，在这一切的终点，是一种名为孤独的物质，而我生活在那里。

## 3. 平凡人生

现如今我们都知道也能够坦然接受，大部分的同学或是朋友随着升学、搬家、工作……又或者什么都没有发生，随着时间的推移，慢慢就会淡出我们的生活，但由于SNS的存在，他们却又没有完全消失在我们的视野中，我们能捕捉到他们生活的蛛丝马迹，却又不在其中，类似的场景相当于看电影。

这样的一类数量庞大的昔日伙伴，我们一般称为"旧友"，带有一丝历史的温情，却又暗示了自己此刻已不再出现在他们的生活中，小心翼翼地将这份惋惜掩藏了起来，又或者根本没有什么惋惜，将这份不惋惜掩藏了起来。

假若说立足于SNS上的这些窥探当真如同电影一般，那么作为自己生活的导演，想必也没有人愿意让这部电影看起来既贫乏又无趣，而SNS的功能便是将这部电影以一帧一帧的形式展现出来，连成观影者眼中的片段和印象。

也许是SNS大量充斥在我们生活中的缘故，有时候连我也会恍惚，我究竟真的活在现实生活中，还是仅仅存在于SNS中？

我见过许许多多精彩的人生一帧，像每日充斥在朋友圈里的自拍和养生鸡汤那样多，像被人广为传颂的N手成功励志学那样多，以至于我渐渐开始怀疑起来，也许根本就不存在什么平凡的人生，所有人的人生都是这样精彩纷呈、充满了激动人心的瞬间。

生日的时候一定高朋满座，情人节的时候必定会有鲜花和小熊，周日还有无穷无尽的电影首映礼排队等待着被观看，如果能偶遇个把明星的话，那便是精彩人生的一个小小注脚。

好像就是在这样日复一日的精彩一帧中，我注意到了旧友Q，并不是因为她的人生格外精彩，反之，我之所以能够慢慢注意到她，是因为她的生活格外平淡，平淡到好像没有什么好说的，我甚至没见到过她转发什么人生感悟、养生心得、星座运势、男友必做的100件事。

我心想，难道她的人生没有什么好说的吗？怀抱着这样猥琐的心思，我转而将她在SNS上全部的信息都翻了一遍。

不但没有转发过这些，其实连像样的人生感悟也没有，没有一本正经地说过自己现如今十分难过，没有在深夜痛哭流涕过，没有高兴得语无伦次过，没有激动得彻夜难眠过，这些通通都没有。

旧友Q的人生轨迹是这样的：一年以前搬了一次家，也只是普通地搬家而已，而没有像多数人那样，仿佛换了一个新地方不重新开始一下自己的人生，简直就对不起搬家费一样。最近一直在做的事情是考CPA和健身，生活非常规律，就是上班、下班、健身和复习CPA，夜生活很少，也可以用几乎没有来形容，周末有时会和朋友一起出去吃饭，自己会给自己准备工作餐，简单的小料理，有时候会拍一个布丁说，我发现了好吃的东西，这是她生活中值得记录的事情。她似乎从来没有对自己说过什么励志的话，她没有说，拿你现在做白日梦的时间来努力，你的梦想就会成真，也没有说，如果我这科CPA不过，我就去跳楼，更没有在考试前转发锦鲤说，拜托请让我考试过关！

可是我好像在所有人精彩的一帧中，唯独最羡慕她的人生，只有她的SNS让我觉得这是一个在踏实生活的人。

我不知道你们怎么看待"踏实"这个词，似乎这个词就像在相亲市场中形容男方的"老实"一样，不受欢迎，显露出一种平庸的土气来。

只有一无是处的男人才要用"老实"来形容，不然又高、又帅、又有钱这些形容词多么好，何必用什么老实，同理如果生活精彩纷呈，性格鲜明独立，每日社交丰富，又何必用踏实来形容。

可是就连电影也不会每分每秒都精彩着的，总是在平淡地铺垫中引发一个高潮。其实我不太明白每时每刻都精彩着的人生是怎样的，但最起码我没有在生活中见过这样的人，我们总是在平凡地度过每一天，又在SNS中兀自精彩着。

我有时候不太喜欢看别人的自拍，这并不是因为她们不好看，再说，哪有女孩子发自己不好看的自拍？我总是模模糊糊地觉得，这并不是她们，是的，磨皮了，液化了，可是这并不要紧，我总是搞不明白我不喜欢的点在哪里。直到我看了Q的自拍，看了Q在生活中的照片我才明白，我不喜欢那些自拍是因为她们不自然。

我看见的Q仍然是我旧日里那个熟悉又陌生的Q，她笑着或是搞怪着，露出亲切自然的神情，平凡普通，可是既放松又随意。和那些紧绷着的、做作着的自拍不同，她们仿佛要登上某个舞台，接受喝彩，只有Q才像是生活在自己的生活中。

为什么要在SNS上不自然地活着呢？归根结底是因为不喜欢现在的生活吗？不喜欢现在的自己吗？

于我们之中的大多数而言，在我们平凡的一生中，又有多少个真正精彩的瞬间呢？踏实地生活在平凡的每一天中，做好自己要做的事情，把控自己可以把控的，这样人才会因为自律而自由，才会真正拥有属于自己的人生，不需要害怕，不需要励志文章给自己打气，可以开心做自己的时候，才会闪耀起来，不是吗？

## 4. 日剧里的小酒馆

人生有的时候过着过着就变成了一部日剧，画面中出现一些老套的情节，朝九晚五忙碌工作的上班族，在闹钟声中痛苦地醒来，一点也不期待新一天的到来，叼着一片过期打折吐司挤在充斥着汗味和其他乌七八糟气味的地铁中，冷眼看着身旁打扮艳俗的花季少女和自己的男友在电话里吵架，大声嚷着："你去死吧！八嘎！"这就是新的一天的开始。

顶着那些高频出现的路人甲姓氏，佐藤、高岛、木下、竹中……看不见一点主角光环，无论是谁都小心翼翼地赔着笑脸，可即使这样，回家之后却发现妻子对自己的态度又冷淡又刻薄，让人不禁怀疑是不是有了外遇；晚饭时间女儿/儿子回来了，想温馨一刻，可是谁理你啊，甩着张中二病脸就躲进了房间。

你独自坐在餐桌前，味同嚼蜡地吃着那些粗糙的食物，生活简直逼得你无路可走，什么时候变成了这样呢？该怎么办呢？于是你出门了，没什么地方好去，便去了常去的小酒馆。

酒馆里的老板娘还是那样烫着栗色的鬈发，为了工作方便全部扎在了脑后，你看着她从明艳风骚变成现在的徐娘半老，你和她倾倒的苦水比和你老婆倾倒的多多了。

现在你又和往常一样想起来这位善解人意的老板娘，只有在她这里你才能看见一张热情的笑脸，而且你肯定，她不仅仅是为了赚钱，你们早就是老相识了。

"哎呀！佐藤桑！您来了？还是和平常一样来杯啤酒？"你点点头，一杯风味绝佳的啤酒被送了上来，同时送上来的还有老板娘,她坐在吧台的另一端准备听你抱怨。

我的那个混蛋上司实在太讨厌了!把我辛辛苦苦做了三个月的方案给废掉了!却通过了竹中那家伙的方案,他算什么呀!马屁精!

哎呀!有才能的人总是招人嫉妒,在公司常常会遇见不公平的事情呢!

我老婆最近对我总是板着张脸!怎么说这个家也是我在养!给我看脸色像什么样子!

哎呀!可不是吗!实在是太不像话了!

我女儿进进出出从来不和我打招呼!简直把家当旅馆!一回家就把自己关在房间里打电话发短信!该不是和哪个臭小子……

哎呀!佐藤桑!小女孩都是这样子的嘛……长大了就好啦!养女儿就是让人担心呢,你也真是不容易啊!

你喝了四五杯,时间也慢慢临近午夜,终于到了回家的时间,你也终于消磨掉了一天,如果人生真的是一部电视剧,那么演到这里就该出现转折了。

具有特异功能的少女、喝醉酒的漂亮女人、神秘的黑暗组织、黑帮老大逃跑的情妇、自己的情妇搂着别的小白脸、意外的横财……实在不行……被人一刀捅死明天上头条……

但是……和平的一天就这样度过了,归根结底,那是因为……你就是路人甲啊!

对于我来说,现实生活时不时就会被我过成日剧的开场,也就是一个落魄中年大叔的生活,我经常一个人傻兮兮地躲在家里吃泡面,然后一整天什么也不干就这么荒废掉,过着过着,低潮期这个老朋友就来找我了,他经常带着一大打啤酒不请自来地串门,"嗨!曾良我又来了哟!想我了没?哈尼……"

就算义正词严地对他说"滚你!"也是绝对没有用的。

每当这个时候我就觉得我想要一家小酒馆和一个有大胸脯的老板娘能让我埋胸。

然而不幸的是,大部分时间我才是那个开小酒馆的老板娘,大家总是习惯了来找我,"嗨!小太阳我又来了哟!"

"哦,你找钟汉良啊?"这时候装傻充愣是没用的。

大部分人的故事和佐藤桑是一样的,我明明这么优秀,怎么总是时运不济啦!那个谁谁谁之所以现在混得那么好还不是因为他巴结领导啦!她被潜规则啦!贱人!

我男朋友怎么总是那么幼稚,他劈腿!他花心!老娘一定不让他好过!极品!人渣!去死!

现在的生活根本不是我想要的!都是因为我妈曾经逼着我做了这个那个我不喜欢的选择啊!都是因为我有童年阴影啊!一切无可挽回啦!

以前的我有些帮亲不帮理,我觉得,既然你们想要安慰就给你们安慰好啦,但是随着时间的推移,我越来越发现这样不对,我再说"不是你的错啊!就是那些贱人的错啊!"有什么用呢?

你去小酒馆去得再多,老板娘套路的安慰听得再多,除了让你在某个晚上坚信,对啊!不是我的错啊!是傻×们的错啊!然后继续在一件件事情中碰得头破血流外还有什么别的意义呢?

就像以前的我一样,我特别讨厌人家指责我,我总是在顶嘴,你根本不知道当时的情况有多复杂!我要考虑的事情很多!我的人际关系又不是你的人际关系,不用你去处理你当然说得容易啦!你说的方法我又做不到,你自己也做不到吧,这根本是不可能的事情!

我曾经一度很讨厌别人评论我的日志,如果人家说不好看我就很夵毛,老子自娱自乐的东西也要你管吗?不好看别看啊!你这种中学作文都常常不及格的家伙有什么资格说我啊!管好你自己啊!

可是这样的矛盾是没有意义的。

在现实生活中不断受挫,找家小酒馆,抱着老板娘一顿哭诉,然后得到巨大的心理安慰,对啊,不是我的错啊!全是这个世界的错啊!都是命运不公平啊!

受到指责后大嚷,我不需要你的指责啊!我只要安慰啊!反正事情无可挽回了啊!你安慰我一下会死啊?!指责有什么意义啊?!就你了不起啊?!

于是生活变成了受挫—小酒馆—受挫—小酒馆……(无限循环往复。)

接受现实吧!少年!怎么可能在现实中你不断受挫,不断地招人讨厌,可是发生的每一件事情你都没有做错呢?怎么可能每一件事情都只有你做出了正确的判断,因为别人的傻×而毁了呢?怎么可能每次你和别人闹矛盾都是因为别人是极品,你是那个忍无可忍的呢?

我不要变成那些酒桌上的中年大叔,喝得醉醺醺的还在大声嚷嚷,这件事情都是那个×××的错,我当初早就说过……我说过如果你××××一定会×××××××,现在你看吧……要是当初听我的……我一眼就看出了问题,但是×××那个傻×非要……我没有办法……结果……出事了吧?!都是×××的错!

哦,我很好奇,怎么会有人一辈子都不做错事情的,怎么会有人一辈子做出的决定90%都是对的,因为我自己做出的大部分决定都是很傻×的,时不时还要做非常傻×的事情,活到现在也没几件事情是做得很明智的。

我时常记着你们的教诲:曾良,你不要总是用自己的情况去揣度别人的情况,你做不到的事情人家不一定做不到。

嗯,这话很有道理,但是最起码我不是常去那些日剧中的小酒馆,我也不是常常需要一位老板娘。

如果你的生活过得不太好,并且持续了很长时间,那一定是你自身出了问题,不管你把情况说得多么复杂和难以处理,归根结底是你自己出了问题,何况你要知道一句话,"但凡是说出口和写下来的东西都是经过了修饰之后的东西,离原来的样子总是有差距的"。

你看你永远都是对的,但是现在问题又出现了,所以只能是别人的错,那我看要不你就别交朋友了,这样你的生活中就只剩下对的事情了,我想一切一定会顺风顺水的。

但是即使这样你还要工作还要学习,我猜想一定有刻薄的上司和故意刁难你的老师吧,那要不这样得了,你就和我一样整天待在家里傻×兮兮地吃泡面好了,这样就没有任何问题了。

但是你又不要,因为你不想成为我这样的傻逼loser啊!

你觉得自己是很不错的人,应该配上很不错的人生,你觉得自己的判断能力比别人强,做事能力也超过平均水平,社交什么的不在话下……

就是很多事情做不好,因为发生了这样那样不可抗拒的理由啊!命运不公啊!

我说是你错了,你说不是的,我不了解情况。

我叫你改变自己,你说不要,活着不是为了别人,何必在意别人的目光。

既然这样,那你自己定义自己为"成功者"不就没有任何烦恼了吗?但是又不是,你又烦恼别人不这么觉得,你觉得别人都看你是个loser。

哦……也就是说你不要在意别人的目光,但是你又要大家都按照你的想法去看待你。

醒醒!小酒馆也救不了你了,该吃药了少年!

低潮期的时候人人都需要一家小酒馆和一位老板娘,但是……人生怎么可以总是在低潮期啊。

就算老板娘能抚慰你受伤的心灵,给你友谊的温暖和力量,你还是需要改变自己吧,给了你温暖是希望你过得更好,不是希望你继续出去横冲直撞满身伤,还要一个人嘴硬,我没错啊!

于是你在"我没错"中温水煮青蛙把自己给煮死了,临终遗言是:"虽然不知道发生了什么,但是气氛上还是感觉自己没什么错的样子。"

## 5. 初心

　　梦想这种东西啊，不能轻易说出口，一旦说出口了就请务必要去实现，这是少有的一旦说出口就闪闪发光的词，这是少有的，被动漫中热血少年拼命追逐的词。

　　最近九个月我陷入了一种非常奇怪的状态，变得什么都不想干，不想念书、不想上课、不想做作业，甚至想不复习便去考试，管他什么合格不合格，反正不想动弹，只愿在床上躺到地老天荒。与之对应的，我的拖延症也越发严重起来，慢慢地，连小说、动漫都不愿看了，拒绝一切要动脑子的事情，在假想中似乎有个熨斗将我的大脑沟回全部熨平了，我的脑袋像个充满积液的愚蠢容器，无法进行思考和记忆。

　　时间陷入了一种缝隙，时而黏腻时而飞速流逝，我打开电脑放一部电影，看了五分钟便会不受控制地摁下暂停键，刷十分钟网页再摁下暂停键继续看，如此循环往复，很快一个下午就没有了，又或者很快东方就泛起了鱼肚白。

　　长此以往，便是无脑电影也看不懂了，看着剧中的人物或欢笑或悲伤，我却麻木着一张死气沉沉的脸在屏幕的另一端。于是又选择开始刷网页，浏览许多垃圾信息后找到一两个比较有趣的东西，很认真地笑两下，一天就过去了。

　　慢慢地，我就超过了拖延症的范畴开始变得越来越懒，拖延症只是不想做最需要做的事情，而懒就是什么事情都不想做。

　　我确实什么都不想做，甚至连对食物的欲望都像潮水般消退了，开始认真地思考为什么人类不能像植物一样靠光合作用养活自己，这样就避免了麻烦而耗费时间的吃喝拉撒，我们只需要单纯地享受睡眠就够了。所以我即便醒了也不愿意起床，如果没有什么必要的事情就坚持一直躺着，躺到再次睡着，并在接近黄昏的时候转醒，花费半小时光阴慢吞吞地穿衣服，再花费半小时光阴慢吞吞地刷牙洗脸，如此这般，等我正式起来后，一天便也差不多就结束了。

其实对于我来说起床后的第一件事情并不是上厕所，而是开电脑，虽然我漫无目的，可如果不打开电脑，刷一些垃圾资讯的话，仿佛我就不知道这一天要如何度过，从这一点来说我真是个不折不扣的网瘾少年。

因为总也打不好游戏，所以慢慢地我发展为一个对网游天然厌恶的人，其心态有点类似于得不到就毁掉，有时候心里还有点羡慕打游戏很厉害的人，不管现实中如何，最起码在游戏中是可以获得成就感，可以被人喊一声大神的，而我呢，我只是徒劳地浏览着垃圾信息而已。一遍又一遍地刷新着，首页再无新鲜事，手指却停不下来，仍然摁着鼠标，听见鼠标发出的轻微的"咔嗒"声，好像只有这样才安心一点，不然一旦仔细思考一下自己的处境便会被无穷的空虚感所淹没。

也会开着聊天界面，其实没有什么一定要说的，没有什么重要的事情，但总之就是有一搭没一搭地聊着，发着无意义的表情，连字都懒得打，为了聊而聊。似乎是希望有什么事情将这段时光迅速地消磨过去。

不知道自己要干什么、想干什么、能干什么。

拖到天微微亮，撑不住了躺下就睡。

第二天傍晚照旧如此这般醒过来，听见楼下小孩放学回来的声音，恍惚一天已经过去了啊。

我荒废了一天又一天，然后在沉重的愧疚感中继续浪费又一个一天。

因为被这样死气沉沉的状态所环绕,所以我也懒得出去,变成了一个彻底的宅人,住宅区门口的便利店仿佛和我隔了一整个银河系那样遥远。

有时候别人来约晚饭,虽然答应了,临出门时却后悔得不得了,对社交有种疲于应付的惧怕,而且在我看来,只是吃个晚饭而已,一整天就没有了,真是劳民伤财的大事件。

甚至有那么几次,虽然出去了,却困倦得不行,在饭店的暖气中毫无预兆地睡着在饭桌上,尽管在食物的香气中也食欲恹恹,隐约有种超负荷的焦虑,想要尽快回家。

可回家了,实际上也没有什么要紧的事情,严格来说根本就是无所事事,却仍然一心要回家,不然怎么都不自在,能够察觉到自己的安全可控范围在日益缩小,恐怕很快就只能待在被窝里了。

整日窝在房间里,刷网页的时候一杯接一杯地喝奶茶,莫名地在那段时间内立志喝遍某宝所有种类的贩售奶茶,那阶段每日快递的敲门声几乎要变成我的起床铃。

一天几乎要喝掉半盒子奶茶,七八个杯子排列组合在桌面上,也懒得去整理清洗,指望着自己某一天突然地勤快起来,用难以想象的行动力将这一切收拾干净。

除了每日大量地消耗奶茶产生许多塑料垃圾外,我是近乎环保地活着的,几乎不消耗什么多余的产品,奶茶已经足够提供我一天所需的热量,甚至因为喝多了,不但吃不下什么,感觉还想吐。

而疯狂喝奶茶的尾声是以我写了一篇奶茶点评帖为终结的,那之后我便告别了无穷无尽的香精味。

而等短暂愉悦的寒假过去后,我不得不以这样无比可怕的状态来迎接开学。目之所及同学们红扑扑的脸蛋上都充满了对新生活的希望,他们列着计划表,准备考研或是投着简历,像极了一个准毕业生，而我呢？我一如既往死气沉沉地待在教室不起眼的阴暗角落里，手指焦虑地点着鼠标在玩一些不需要动脑子的小游戏，眼角的余光瞥着讲台上的教授，希望他们赶快闭嘴让我回家。

行走在毕业前夕的校园中，考研资料、厚厚的单词书、公务员的申论、大开本的专业书以及无处不在恨不得钻到你眼皮子底下去的竞赛海报让我觉得无比压抑。

大概是因为我自己不努力，所以也见不得别人努力，思及此不禁为自己的卑劣而感到震惊。

虽然没有列什么计划，也不知道自己的未来要何去何从，但在充斥着校园的毕业气氛中，我仍然止不住地开始回忆起往昔的大学生活来。

我真的学到了什么吗？我有认认真真地听过课吗？

仔细想来，我确实什么都不会，我只是参加了很多次考试并且通过了它们，但这并不代表这几年我都在学习，脱离了学习的状态真是件可怕的事情，等你想回去的时候仿佛在找一扇已经消失的门。

现在无论做什么，我都是一个想法：好麻烦，随便做一下好了，快点回家去躺着。

过去那个为了做好一样东西可以通宵46个小时的自己，想要超越以往变得更好的自己，充满了对未来的期望的自己，已经不知道消失到哪里去了。

我听同学们兴致勃勃地讲着自己的计划和安排，反过来问到我的时候却只能干巴巴地回答道，不知道，没想过。

一步步走到现在是为了什么呢？当时支撑着自己的动力现如今去了哪里呢？

因为这个疑惑萦绕在心头，便在无意中问了我妈，你当初的梦想是什么？

我以为她会说做中学老师或是医生，我以为她肯定是期待着一个稳定又受人尊敬的职业,但是答案出乎我全部的意料,我母亲说她年轻的时候想要当一个小提琴家,那真是个华丽的梦想啊。

有一瞬间,我觉得眼前这个中年妇女真是新奇而陌生。

我觉得,我好像从来没有好好地了解过我妈。出于好奇,我继续问她在那个年代怎么会想当一个小提琴家。

她说,当她还在念中学时邻居是个会拉小提琴的男人,优雅又礼貌,她第一次觉得,人生不仅仅是上学、工作、结婚,原来还可以拉小提琴,她实在是太羡慕这种生活了,好像发现了什么不得了的新世界,于是央求邻居教她小提琴。

可能是因为闲着无事,邻居同意了,可是学了才半年,那人就去了奥地利,自然而然地学小提琴的事情也就没有再继续。

幻想和做梦什么的,真是人类的特权呢,不管是怎样的人,都会有一个埋藏在内心深处的梦想,通常都不是什么特别伟大的理由,而是出于一份非常赤诚的向往。

那种羡慕和向往的感情支撑着那个梦想在心里牢牢扎根,并为之去奋斗。

然而有种叫现实的东西却会让梦想褪色。

我问我妈,你后来干吗不继续学小提琴呢?换个老师嘛,我妈说那时候哪有什么小提琴老师,再说她根本买不起小提琴这种昂贵的东西。

我又问她,那你当年考大学的时候为什么不考小提琴专业?

她的回答却现实得可怕,她说,风险太大了,谁能保证我学得好呢?谁能保证我以后成为著名小提琴家呢?那岂不是一辈子都毁了。

我说,谁说学小提琴一定要学成世界名家的?

她说,你不懂,学个别的实用的专业毕业了马上就能赚钱了。

没了梦想的人生虽说很安稳却也很无趣,可见任何事情都有它本身的代价，我们大概活在一个和撒旦做交易的年代。

虽然人生看起来有无数种可能性，其实大部分时候都像钟摆，从这端到那端，充满变化的过程被自身和社会的期待压得死死的，只余下一个结局。

再后来我妈就和小提琴没有一丝一毫的关系了，上班做实验，下班看电视。

那时候我非常想问她，那么这样的日子你究竟是过了一万天呢，还是过了一天，然后重复了一万遍呢？可是这话太残忍了，我不如留着去问自己。

梦想很廉价，人人都可以有，梦想很珍贵，让你为之不停地奋斗。

梦想很神奇，赋予了拥有者一种奇异的色彩，让他们因此而变得与众不同，让他们的生活发生改变。

现在，我出现了过一天重复一万天的先兆。

我也会想，最初的梦想去了哪里，为什么现在的自己停滞不前？

思考了很久，我想其实没有人真正忘却过自己的梦想，梦想一直在那里，我们总是为了安慰自己，假装不记得，假装不在意，可那种向往的感情始终没有变过，无论过去多少年，谈论起自己最初的梦想的时候那种闪闪发光的眼神依旧很动人，就连嘴角的笑容都和平时不同。

这就是梦想的魅力。

没有梦想的人生还有什么意思呢，只是活着罢了，甚至可以把别人的人生换给你也没什么不同。

在我看来，只有一种人生道路是正确的，那就是沿着自己的梦想一路前行。

在我看来，只有一种方式可以让自己成为人生赢家，那就是有一天达成了自己的梦想。

《悠长假期》里说,上帝会给每个人一个假期,让你停下来思考人生的意义,知道自己想要什么。

我突然觉得,梦想就在前方,只要朝前走就能触碰得到,又到了一个该出发的时刻了。

## 6. 又到了采摘油面筋的季节

  一直有种迟钝的感觉萦绕在我心头,我好像觉得,自己和别人有些不太一样。可我既不优秀也不突出,很长一段时间里我并不知道我和别人不一样在哪里。

  直到我念了小学,拿到了新发的数学书,神才给了我一丝启示。

  不,我不是简单地想说自己数学不太好。

  那注定不会是一个平凡的瞬间,在我打开数学书的那一刹那,便注定了往后我们的爱恨交缠,这么说似乎又有点不太对,除非我放弃生而为人,不然我总是会遭遇到数学的。

  那么,我也可以这样说,这就是命运吧。

  当我第一次打开数学书的时候,看见第一页有1到10这样十个阿拉伯数字,每个数字边上都有一幅图,类似于一个衣架,两罐饮料,三个夹子……幼年时的我便特别仔细地把每个图片上的东西都数了一遍,随后发现了一个惊人的巧合,那就是这些图片中的物品数量竟然正好可以和旁边的数字对应起来,这个发现让我觉得自己好像哥伦布那样伟大!

  我献宝一样给彼时还很陌生的同桌看,凑过去神秘兮兮地说道,你看,数学和图片是配对的呢!

  同桌对此格外匪夷所思,他说,因为它们本来就是用来表示十个数字的啊。

  经过长达十分钟的沉思,我顿悟了,没错,肯定只能是这样啊,根本就没有第二种可能性啊!

于是从那天起我开始明白我这种自己和别人有些不一样的感觉到底是从哪里来的了,那就是我总是比别人要更为迟钝一些,使用过时的网络词汇表达则是反射弧长,可这样说有种自我掩饰的倾向,仿佛这是一种很萌的事情,所以还是用迟钝这个词好了。

从小学到高中漫长的十二年学习生涯中,我始终没有觉得生活停滞过,人们总是喜欢把生命比作长河,乃至于生命的长河已经变成了一种固定用法,好像生活理所应当是这样向前流淌着的,自己会慢慢前行着的。

而与此同时,我的父辈们的生活,却变化甚微,我很小的时候我妈经常用痛揍我一顿这种简单粗暴的方法来解决问题,上了高中后,我没有考好,我妈仍然用痛揍我一顿的方法来解决问题,不,问题根本没有解决,所以我才一直在被痛揍。

我在成长着、变化着,父辈们却并不如此,这让我很困惑,仿佛他们的生命不再是一条长河,而已经到达了长河的尽头,是一汪静止的潭水,偶尔泛起涟漪。

这种狂妄傲慢的想法一直延续到大学,直到有一天我和大学同学说起我爱吃的油面筋,在上大学前我一直根深蒂固并且理所当然地认为,油面筋和棉花是一种东西,油面筋是罩在棉花上面的一个套子,所以在没有采摘油面筋之前,所有的棉花看起来都像是一个个灯泡那样,在微风中轻轻摇曳。

我还曾经在感慨夏天来临的时候说过这样一句话,啊,又到了采摘油面筋的季节啦!

所以生活就是这样,喜欢突然推翻你所坚信的一切。

再比如,我的大学生活突然停滞了,变成了一汪死水。

没有尽头地忙碌着,却看不见什么进步和希望,每天累成狗,心累却更胜,无时无刻不觉得疲倦,上课疲倦假期也疲倦,对一切都没有了期待。

直到有一天我突然发觉,今天和昨天、昨天的昨天似乎并没有什么分别啊。

我产生了一种被人塞在时间夹缝里的奇怪错觉,感觉身旁的人都在往前走只有我被遗忘在了夹缝里,我问自己,不是还在每天上课吗?不是还在学习新的知识吗?不是还在一个年级一个年级地升上去吗?怎么突然之间我也开始觉得生活一成不变了呢?

我开始回想以往学生生涯的点点滴滴。

一种熟悉的感觉涌上心头,那是一种每天都会存在着的焦虑感,上课讲数学题的时候这种感觉就会涌现,做作业的时候这种感觉就会涌现,考试的时候这种感觉就会涌现,打开数学习题册的时候这种感觉就会涌现,而当周围的同学蹙着眉头看着我的数学卷子,欲语还休地说道,你……怎么能考出这种……分数啊的时候我就会焦虑得想把卷子撕成碎片夺路而逃。

我每天都会面对不会和不懂的东西,每天都在解决困难,每天都面临新的挑战,每天都看见一个新的世界。

可似乎那时候仍然是在进步着的,仍然在走向更深的地方,哪怕是面对着并不拿手的数学吧,可是现如今这种进步已经停滞了。

现如今麻木地焦虑着,对任何一切都浅尝辄止,连阅读这种喜爱的事情都开始变得碎片化,越来越浮躁,越来越没有耐心,将自己本身变成了一次性的易耗品。

好像失去了方向,好像失去了前进的动力,未来仍然处在一片迷雾之中,我却不知道自己走到了哪里。

偶然看见了一个小问题:假设宇宙中有一张无限大的纸,将这张纸反复对折50次后,会有多高呢?

我在心里默默思考了一下,预想的答案是电冰箱那样高。

然后翻了下答案,上面说将会超过地球与太阳之间的距离。

五十张纸叠在一起还不足一厘米,但是一张纸对折五十次却可以超过日地距离。

我突然明白这也想要去做,那也想要去做,实在是很贪心、很愚蠢的事情啊,平凡普通还有些迟钝的我其实并没有足够的天赋去支撑我这样生活着啊。

如果哪一天你觉得生活波澜不惊、惬意得很,那就说明你停留在了一个你所熟悉的旧世界,那是上帝给予你的一个假期。

想到了一句台词:

人生不如意的时候,是上帝给的长假,这个时候应该好好享受假期。突然有一天假期结束,时来运转,人生才是真正开始了。(《悠长假期》)

不那么走运的时候,可以慢慢来,停下来歇一歇,在上帝给予的悠长假期中静静地思考,可年复一年这样下去,会让人生变成一潭死水的。

总要有个目标,认准一条路心无旁骛地走下去,这样才可以走得很远很远,走到超过日地距离的地方。

## 7. 最终只能成为自己

Harlan告诉我他考研失败了。

对这件事情他的反应倒是十分淡然，主要是得知班上考研的人都失败了，他也就能安心地去工作了。

其实我对他考研失败这件事情一点也不意外，因为Harlan实在是个不会拒绝别人的老好人，他有限的时间都拿去无限地助人为乐了。

在庆祝他考研失败的饭局上，所有人都显得其乐融融，丝毫看不出任何对于他考研失败的惋惜来，要知道其中也有好几位同样铩羽而归的同学。即便大家都失败了，在吃饭聊天的间隙他们还是力劝我也要考研试试，因为这是对意志力的一种极大折磨，让人生不如死的一种酷刑，在半年时间里总有一件事情吊着你，让你睡也睡不好，玩也玩不好，吃也吃不香，而现在失败了也就解脱了，所以考研善莫大焉。

面对这样神奇的逻辑，我感觉自己也是醉了，连忙摆手拒绝，表示自己无法胜任，这种伟大的长征事业还是留给红领巾们吧，我的话，肯定会辜负组织的期待的，毕竟我这种人活着就已经很艰难了，每天早上都起不来。

吃完午饭，我帮着Harlan一起忙他的毕业设计，在为了毕业设计而焦头烂额的当口，Harlan突然站起来一拍桌子说道，哎，我当初为什么要选这个专业啊？我明明是想要成为钢琴王子的啊！

什么，钢琴王子？我从图纸上猛地抬起头看着他，虽然知道Harlan平日里经常做钢琴家教贴补家用，也听闻他琴艺很好，但没想到他原来是想要成为钢琴王子的。

对啊,他说道,想要学音乐,想要成为一个钢琴家,想要开个人演奏会的,心里偷偷地希望着自己能成为下一个郎朗。

这下子竟让我感到有些茫然了,没想到在 Harlan 这样精力旺盛、热情无忧的老好人心中也曾经根植着这样梦幻的理想和期望。

不管怎么说,我觉得或多或少每个人都有想要成为的那个人。

小学三年级之前我是个特别安静的人,安静是因为我比别人更迟钝一些,既迟钝又安静便显得十分木讷,这无疑让我看起来傻兮兮的,班里的同学便时常会欺负我。譬如说我不小心弄坏同桌一支笔,同桌便会揪着我的领子不放让我赔偿整个铅笔盒;譬如说我带了一盒崭新的彩色回形针去教室,不一会儿便会被人抢空……面对如此种种,懦弱而无能的我却只会哭着回家。结果看见这样不成器的我,我妈往往又会怒火中烧,冲我大喊,你是傻子吗?你不会凶一点吗?她再敢让你赔什么铅笔盒,你就把她的铅笔盒给踩了,你踩了我就赔!我可怜巴巴地望向我爸,我爸通常只会从报纸后面露出眼睛敷衍着说道,嗯,你妈说得对。

可第二天到了教室,我立刻又懦弱起来,什么也不敢做,同桌让我赔铅笔盒的压力和我妈怒斥我让我踩铅笔盒的压力同时落在我的肩膀上,我觉得自己几乎要被压趴在地上了。

因为这样我便非常羡慕班里那些艺高人胆大的孩子们,譬如善于迟到的×××和善于赖作业的××。

但那时我最羡慕的人还是班长,我们的班长是个喜欢扎粗麻花辫的圆脸姑娘,语文、数学次次双百分,在我刚刚记住 banana 和 apple 的时候她已经能说 How do you do 了,我觉得她和我从来都不是一个世界里的人。

在我茫然地看着期末考试卷的时候,她却因为优秀的成绩有了免考的特权,我一直想我要是能成为她那样的人就好了。

如果有朝一日成为了她那样的人,我大概再也不会有什么忧愁和烦恼了吧!

幼年时的我这样认真地坚信着。

似乎我比较喜欢用"没开智"这个说法来形容三年级以前的自己,尽管这个说法经常遭到他人的嘲讽,被说成,如果是这样的话,那你岂不是直到现在还没有开智吗?但不管怎样,我还是喜欢用这个说法来解释我突如其来的变化。

升入三年级后我突然就不那么木讷了,我开始愿意讲话,变得活跃起来,喜欢看小人书,看完后又在课间绘声绘色地给大家讲起故事来。

也许是为了弥补之前几年的木讷,那时候我一讲起话来便收不住话头,下课讲上课也在讲,严重影响了周围同学上课,经常被调换座位,在连续影响了好几位同学听课后,班主任将我妈叫到了学校,痛心疾首地将我形容为,一颗老鼠屎坏了一锅粥!

那天回去后,我依稀记得我被我妈一顿胖揍,我爸在一旁看着,同一个院子里的邻居笑眯眯地在门口和我爸搭话,哟,又在打小孩呢?又皮了呀?

于是我爸客气地回答道,可不是。而我则成了号叫着的背景音。

这之后我被调到了当时班上成绩最好的郑雨同学边上。

郑雨同学是个非常高贵冷艳的人,当时还没有傲娇这个词,于是我们都说这个人很骄傲。

他基本只和我说两句话,"你的手不要碰我的作业本",以及"你的眼睛不要瞄我的卷子"。

因为我说话郑雨从来不搭腔,于是我讲话讲个没完没了这个毛病就通过这样的方式解决了,这就是我在小学毕业前一直都是郑雨的同桌的原因。

小学毕业后我没有再和郑雨说过话,尽管我们仍然在同一个城市学习生活,却也从未在大街上遇到过。不过假使遇到了,郑雨同学大概也会装作没看见我大步走开吧,毕竟在做他同桌的那几年里他也不曾和我说过几句话。

唯一有一次印象比较深刻的是,数学老师点我回答一个我向来不是很明白的知识点,我自然又回答不出来,在老师快要发作前,郑雨突然小声将答案告诉了我,因为这样我暂时得以顺利过关。

待我坐下后想要对他表示感谢,刚开口对他说了两个字,郑雨便没好气地让我闭嘴别妨碍他听课,于是我也只好悻悻然地作罢了。

在我上大学那一年,刚好是校内网火起来的时候,可能是因为我频繁出现在被推荐人里的缘故,郑雨加了我好友,其实在我的推荐人里也出现过郑雨,但是我没敢加他。

当我在一所九流大学里混日子的时候,郑雨却在美国斯坦福念书,这本是意料之外情理之中的事情,我却偏偏克制不住自己,羡慕起郑雨的人生来。

看着他在网上和自己的同学用英文谈笑风生,看着他一篇篇英文 paper,明明和我半毛钱关系没有的事情,我却还是会挫败起来。

每次看见他更新状态,我都会在心里卑微地默默地想着,我要是郑雨这样的学神就好了,不管什么名校都可以上,不管什么课题都不会害怕,没有什么学不下来的东西,还可以去用智商碾压别人。

但也只是想想,我深刻地知道,我这辈子不会成为这样的人,郑雨这样的学神不但聪慧而具有天赋,同时也是认真自律的人,我实在是差得太远了。

而带有烂泥扶不上墙属性的我,哪怕只是这样想一想,也会觉得自己实在是很可耻,这样的自己凭什么去期待成为一个学霸。

因为一直有别人家孩子这种逆天的存在,所以我妈很希望我也能成为别人家孩子club的一员,当时比较流行的是各种少年宫、国画、围棋、形体等都是热门课程。

但是因为我连学校里的课程都学不好,所以节假日不是在补课就是在去补课的路上,从来没有机会去学习这些陶冶情操的东西。

等到了几乎所有同学都开始学习一两门乐器的时候,我妈也一度心动过,认为是时候培养一些我的艺术细胞了,但是询问过小提琴和钢琴课程的收费后,我妈便打消了这个主意,转而建议我去学二胡。

但是幼小的我一想到学二胡就要变瞎子,就要坐在街边拉《二泉映月》,我就默默地有些退怯了。

×××成功法则说,人和人的差别在于业余八小时。

为了尽量缩短我和大家的差距,以及综合考虑我家贫瘠收入和我自己丰富的想象力,我选择了看电视。

就这样,我漫长而短暂的青春岁月就都在看电视和补课中度过了。

刚上大学的时候我记得要填写一张个人资料表,在里面特长一项,我犹豫了半天没好意思写"看电视以及闯红灯还有在不迟到的前提下尽量把起床的时间拖后",主要是考虑到不能给新同学太大的压力。

可能是上了大学后大家都比较闲,开始有各种人频繁地组织同学聚会,有大规模的全班性聚会,也有小规模的八九人聚会。

托这些聚会的福,时隔多年,我再次见到了小学时那位圆脸麻花辫同学和学神郑雨同学。麻花辫同学长高长壮了许多,没有选择念大学而是早早地工作了,她在聚会时一边抽烟一边讲段子,爽朗地笑着说念书其实并不适合自己。她谈论起初中开始每况愈下的学习成绩,谈论起她在办公室里每日枯燥的接待工作。

郑雨同学胖了很多,不再是印象中那个清秀的小男孩了,他出现在聚会上时,大家都跑过去和他打招呼,"大学霸""在斯坦福呢""真是了不起啊",昔日的同学们都这样称赞着他。麻花辫同学也开玩笑说:"看哪,小学一二年级的时候我念书可是比郑雨还要厉害的!我以后也要说,我当年可是比上斯坦福的人更聪明的!"

在大家哈哈笑起来的时候,郑雨却很认真地说:"你那时候总是拿双百分只是因为学的东西太简单了,你只需要花上两倍的努力就可以做到了,但是随着学习内容的深入,智商跟不上的话,就算是三倍四倍乃至十倍的努力,不,你也不可能做到超过别人十倍的努力,总之内容一进阶,就不是单纯凭借努力可以解决的了。"

顿时气氛显得非常尴尬,笑容凝固在我们脸上,麻花辫同学只好说:"是的,我知道,我没有你那么聪明的。"

"所以没关系的,你不是不够努力。"郑雨用这种方式安慰她道——应该是安慰吧,总之我是这样猜测的。

他们已经变成了和我想象中完全不同的那类人,不知道为什么在此之前我总是试图将他们的生活想象为圆满而没有任何烦恼的状态。

我们其实都有自己的天堂和地狱要去经历。

那一刻起,我曾经发自内心羡慕过的人们都变得陌生而遥远,散发出冷光,不再留给我半丝幻想的空间了。

我已经不再想去成为他们了,我看见他们身上的荣光,却未曾看见他们背后的阴影。

那一次对话让我想起了那阶段非常流行的一种苦行僧式的学习状态,具体来说就是那篇《每天学习8小时以下都是不道德的》文章引发的连锁反应,当时这篇文章极大地刺激了我和我身边的同学。我们都为了自己如此不努力地活着而感到羞愧,我们既做不到每日学习、打工之余只睡三小时,也做不到三个月间通过专业考试同时托福上110分,一时之间甚至找不到自己活着的意义,那么多天赋异禀的聪明人还在夜以继日地努力着,而我们这样天资平庸的人却还在虚掷光阴。

那么这个时候问题就来了,羞愧也羞愧过了,焦虑也焦虑过了,悔恨也悔恨过了,反省也反省过了,道理我们都懂,可就是做不到。

鸡血打完了,骂自己一通,过两天还是该干吗干吗,这种鸡血一点意思也没有。

那时候我也想不出个所以然来,我只好将之归结为是我基因里刻着的劣根性,不知改变就等于不知羞耻,我这样痛恨着自己。

现如今,除却周末平均每天我只能睡四个多小时,白天有十个小时的课,中午连回家好好吃顿饭都变成很荒唐的事情,大部分人都不会在午休的一个小时内离开教室,我自然也没空为了吃饭而特地跑回家一趟,匆匆塞两个面包就打发自己了,晚上6点下课了,还有小组讨论要进行,倘若回家了在网上讨论则效率更低,所以我们总是选择继续留在教室安排任务,等晚上回家了,继续查资料画图,累得不行了也没有任何办法,因为所有人都很累,别人也没有义务来照顾你。

可实际上,这样的生活很正常,既不励志,更谈不上什么了不起,我每日花费那么多时间在学习上是因为我蠢而且效率低,我在一段时间内日复一日如此,是因为我日复一日的效率低,本质上这仍然是一件很可耻而且足够让人羞愧的事情。

我断然不会将这些事情当作是自己努力的佐证,如果可以我会选择闭口不谈,我为什么要让所有人都发现我的愚蠢呢,而且这事实上也根本就不是什么所谓的努力,这只是目前这阶段正常的效率略低的学习生活而已。

假使我用这样的状态去复习备战托福三个月,也断然是不可能考上110分这种高分的,所以不管怎样,即使全面复制了,在自己的人生里也是看不见别人的人生的,同理,别人的人生里其实也没有你想要的一切。

所以,我们最终只能成为自己。

认识自己的无知是认识世界的最可靠的方法。(《随笔录》)

## 8. 深夜剧场

我住在一楼靠北的房间,虽然这样有些冬冷夏暖,但不妨碍我产生住在一楼是很便利的事情这样的想法。

譬如说方便我下楼倒垃圾(底楼是车库)啦,出门右拐去便利店买泡面、零食以及遛猫啦,尽管我非常少那样做,不过确实存在了一种方便的可能性。

从我房间的窗台上看出去,再往北十几米便是一条河流,那是一条运河的分支,当然这条运河就是京杭大运河,而我所能看见的那条河流则是它无数分支中的一条,既不出名也未曾荒废。

运河理所当然是连接两地河运的水上交通要道,我刚搬入那里时,这条河道的河运十分繁忙,有大批量的运沙船,还有寻常的水上人家。

都这个年代了,怎么还会有水上人家,我十分不理解。我妈对我的疑问不屑一顾,她说,那是当然了,这里可是水乡。我不明白其间的逻辑关系,但如果再发问,气氛上就显得我十分愚蠢,于是我决定不再深究这个问题,总之就是21世纪的现在还存在着很多水上人家,他们生存在河道上、船舶上。

我第一次发现这个问题,是在某个深夜,那时我还在念高中。万籁俱寂的夜里任何声音都变得清晰可闻,沿着运河设立的隔音板一到晚上就形同虚设。

我面对着一张残酷的数学卷子,正在怀疑人生和自我,这样严肃的时刻,一段黄梅戏飘了过来,我以为这显然是我的幻觉。但黄梅戏的声音越来越清晰,巨大而清晰的声音简直就像举着一台收音机将音量扭到最大贴着你的耳朵让你听。伴随着汽笛的"呜呜"声,由远及近,太过震撼,导致我"一骨碌"跳上窗台站起来趴在玻璃窗上往外看。

一艘中等体量的船,没有运载任何东西,上面建了简易的房屋,屋里屋外透出红色的光,红色的光映在隔音板上,模糊成一片霓虹。我看了看时间,已经过了午夜十二点,我不明白这是一种怎样的生活情趣,午夜、红色的灯光加上一段黄梅戏,我原本以为这个世界上只有一杯红酒配电影的。

感觉新世界的大门一旦打开就无法合上了。

第二天,和我们住在同一个小区的那个胖同事告诉我妈,他昨晚遛狗的时候看见我趴在窗上听黄梅戏。我妈问我,为什么不睡觉要干这种事情?我说我没不睡觉,我只是在做数学题。她又说,你为什么做到那么晚,说明你做不出来,你为什么做不出来,说明你上课没有听,你为什么上课没有听,说明你在看小说。

趴在窗上等于上课看小说,一个推理诞生了。

虽然事实并不是这样的,但就是感觉十分难以辩驳。

我不明白,为什么我妈精妙的推理不用在她那个胖同事身上呢,显然在半夜12点遛狗是一件很奇怪的事情,但整件事情中丝毫没有人在意。他比我可疑多了!我真想大喊一声,但是气氛上这样做不太妙,于是我并未采取这种不明智的做法。

在未来的几年中,我时常能见到这种在夜半以吓人音量放着戏曲的点着红灯的水上人家,有时是京剧,有时是昆曲,有时是秦腔,当然也许是我搞错了,毕竟我是个文盲。但我可以肯定的是,其中并没有社戏,因为我未曾看见隔音板上有飞起的斧子。

因为临近运河,所以周围必然有桥。

桥离我家也很近,有多近呢?一次我周末上完补习班回家,在桥上看见我妈坐在客厅里看电视,里面的人说了一句台词,我连台词都听见了,是的,桥就贴着我们那个小区。

我妈说这怎么可能，我只好解释道，这没有什么不可能的啊，毕竟时代在发展，电视机也越做越大，渐渐地我们就能够在桥上看电视了啊，这就是科技的力量啊。

除了水上人家，还有另外的一些事情。

夜半，我时常能听见有人在桥边大喊大叫，他们有的喝醉了，有的没有，多数都嚷嚷着要跳河自杀。多的时候一个月能听见三次，为此我十分疑惑，我原本并不知道那座大桥是个著名景点啊。

为此我特意在一个周末去图书馆的地方志里查询这条运河分支、这座大桥究竟是不是一个著名自杀景点，可是一无所获。我又想也许有《地方志——适合自杀的场所索引》这类文献，但是工作人员让我滚得远点，于是我无功而返了。

一次，午夜时分又有一个喝醉酒的男青年宣称要自杀，当时我正在看电影，我听见他声嘶力竭地嚷道："×××为什么不爱我，你不爱我，我就去死。"

配合着电影里的内容，我不禁思考起了一个问题：为什么隔音板一点作用都没有。

一部100多分钟的电影放完了，喝醉酒的男青年还没有去死，来了一个他的朋友，我站起来能看见他们在交谈。这期间我出去倒了杯水，刚回房间就听见"咚"的一声落水声，啊，一定是跳河了！

我站在窗台上往桥边张望，男青年还好好地站在那里，那是什么东西掉了下去？手机？不不，手机不会发出那么大的声音。手提电脑？这倒是可能，但是似乎没有人会带着手提电脑去自杀……

啊，也可能是他的朋友，他的朋友跳了下去！是的，他的朋友不见了！

第二天晚上我坐在沙发上等社会新闻，我想象一定会有这样的一条新闻，"男子为情而困欲自杀，友人先行自杀阻止他"，可地方台放的却是家常菜青椒肉丝的新烧法和小朋友们积极开展课外活动。这到底是什么意思?这样重要的事情为什么不报道呢?我感到很困扰。

我开始分析起这件事情,男青年的友人要开解男青年,希望他不要自杀,最终友人开解成功了,于是友人就没用了,没用了就等于是一个大件垃圾,被男青年随手扔入河中。确实这个过程中男青年可能违反了《治安管理法》或者《运河垃圾管理条例》,不过谁在乎呢?自然也不能上地方台的社会新闻了。

一定是这样的,我得到了一个合理的解释。

于是在未来的几年中,我听见无数人在夜半趴在桥栏杆上宣称要自杀,我也听见过好几次"咚"的落水声,可我始终没在地方台上看见相关新闻。我们的地方台是个很无聊的电视台,永远都在放家常菜的新烧法以及小朋友们积极开展课外活动,那个老得一脸褶子的主持人讲着一年前的老段子,弯下腰逼迫着小朋友们称赞他萌。

对于这种人,我只想说一句话,先生,你的肥皂掉了。

好吧,忘掉那些一直在自杀却从来没成功的人,我来谈一谈小区里的居民。

小区里的居民都很奇怪,我认为他们多数都有狂躁症,午夜时分高发,和他们比起来,那个在半夜遛狗的胖同事便也没那么可疑了。

一次在半夜两点,我楼上的邻居们因为车子的问题而争吵起来,二楼邻居的车挡住了三楼邻居的车,但是三楼的邻居宣称自己此刻有急事,必须马上用车。

于是三楼的邻居在楼下大喊大叫,车牌号××××的车子到底是谁的?他中气十足地喊了二十分钟,二楼的邻居打开窗户喊道,你叫魂啊。

三楼的邻居便喊道,你他妈的给我下来挪车!

二楼的邻居说道,我不,我讨厌别人说粗话,我就不。

三楼的邻居继续骂道,你他妈赶快给老子下来。

二楼的邻居说道,我不,我讨厌别人自称老子,你再说一句我不爱听的,我就天亮再下来。

我当时正坐在书桌前看一本小说,他们没完没了的争吵让我心烦,三楼的邻居又在楼底呼喊了二十分钟的"你给我下来啊,我有急事啊"。

于是我爬上窗台,将窗户打开,想要对楼上的人喊一句,你到底有没有公德心?你知不知道这个时间还有人在看小说?

但是我刚一露面,三楼的邻居便喊道,一楼的,你快来评评理!

啊,一旦面对这种正式的官方邀请,我就变得不好意思起来,于是我赶紧摆摆手,收起我的正义之心关上窗继续看小说去了。

又有一次在高三那年的最后关头,夜深了,我还在装模作样地做一张我并不会做的英语卷子,并且随时要提防我妈的胖同事在午夜遛狗,不然我很可能就要背上在英语课上听相声的莫须有罪名而又难以反驳。

有人在靠近运河的停车位上停车,下来一个哭泣的胖女人和她的闺密,胖女人喝醉了。

她们就站在我房间边上的路灯下,光源照射下来在地面上形成了一个圈,她们站在那个圈的中间,我站起来好奇地朝她们张望了一眼,我以为她们在演深夜舞台剧。

不但珠光宝气而且浓妆艳抹。

胖女人一直在大声地哭泣,她说,我的老公出轨了,我现在马上就去死。

她的闺密说,你为什么要去死,你根本没有做错啊!

胖女人大声地哭喊着说道,就是因为没有错才要去死啊!

我听不懂这里的逻辑关系,但是气氛上很深刻的样子。

胖女人哭闹了许久许久,开始发起酒疯来,她用高跟鞋砸路灯,铁艺的路灯杆子发出"噔噔噔"的巨大声响来。

此刻我很想念那些平时我多丢几次垃圾都要用看小偷般的眼神看着我的保安,他们不是每晚都在巡逻吗,为什么还不出现?

也许这确实是一幕舞台剧,布光,浓妆的女人,曲折的剧情,激烈的冲突,气氛上很深刻的台词。我想这应该是一种用来考验小区内居民文化素养的文化节目。

我不想暴露自己是个文盲的事实,于是我假装自己明白了什么,我想,我应该明白些什么呢?于是我不做英文卷子了,我为什么要做卷子呢?我应该去睡觉才对。

然后我就去睡觉了,在高跟鞋"噔噔噔"敲击路灯杆的伴奏中。

后来我就上大学了,大几我已经忘了,毕竟大学生活年年月月都是那么相似。

那是一个冬天的凌晨三点,我正躺在床上看小说,有个女人走到了我的窗台下开始打电话,她用我这辈子所见识过的最歇斯底里的音量开始咆哮和尖叫,她说:"我不要分手!"

我被吓得差点从床上滚下来,我本以为这个夜晚,我在看一本很烂的小说,而且因为是花钱买的所以不舍得就这样扔掉已经是最倒霉的事情了,原来还可以更倒霉。

接着那个失恋的女人用这种异于常人的超高音量开始疯狂地大吼大叫,我认为最起码有半个小时吧……

为什么,我陷入了沉思,为什么要在我的窗口下打电话啊,没看见我还亮着灯吗?啊,我懂了,也许正因为整片漆黑的小区只有我的房间亮着灯,她才寻了过来,我的房间一定是她心灵的指路灯!

想到这里我简直都有点不好意思去打断她了,可是我的邻居们呢,真没想到,他们竟然是这种人,是这种睡得那么死的人,让人不可置信,毕竟他们平时看起来都有狂躁症似的。

失恋的青年女子，时而高声尖叫咆哮，时而低声诉苦，时而威胁要去跳河自杀，可似乎电话那端的男朋友完全不为所动。

时间已经悄悄地指向了四点半，我已经很困了，但是我无法在失恋女青年尖叫的怨恨声中入睡，我想，我要不要去提醒一个陷入疯狂的女人她此刻正在扰民呢？

等到凌晨五点的时候，失恋女青年的体力仍然保持MAX值，而我的血槽则要亮红灯了，新一轮的咆哮+质问过后，我忍不住站了起来，爬上窗台，打开窗户，希望尽可能客气地去问候她全家以及告诉她一个关于如何解决失恋的办法：大吵大闹是没用的，应该去跳河。而我甚至可以给她提供一个跳河自杀的好地方。

可我刚一打开窗户，一切声音都消失殆尽了，昏黄的路灯下什么人也没有，四周一片凌晨特有的静谧，难道这是我的幻觉？我掐了掐自己，明明很疼啊。

那一定是小区内的某位助人为乐活雷锋从背后潜伏靠近，将失恋女青年五花大绑，捆上石头扔入河中替她完成了心愿，我猜一定是这样的。

为此，我又开始等晚上的地方台社会新闻，在我的猜想中一定会有这样的一条社会新闻"失恋女子欲投河，热心邻居齐帮忙"，但是并没有。那天地方台放的是家常菜鲫鱼汤，如何让汤变得更白的新烧法以及小朋友们积极开展课外活动。

我感受到了一阵愤怒，地方台到底是什么意思，为什么不早点说鲫鱼汤里要加牛奶，而且整天报道一些吃吃喝喝的东西，显得本地市民都很没有追求的样子？为什么不能搞点高雅的东西呢？比如说看图说话，看图猜电影什么的，这不就显得我们很有精神追求了吗？

正在我愤怒的当口，手机响了起来，我收到了一条短信，是我的高中同学，他说回忆往昔峥嵘岁月稠，想当年快乐的高中生活，总能想起我满教室乱窜地说，我要吃东西。

这到底是什么意思？我这样有趣机智的一个人，高中三年里就记住了我说，我要吃东西？一定是来找碴儿的。

我想我得为我们这里做点什么。

于是我找到地方台的微博私信了他们，我说，你知道澳大利亚悉尼有个悬崖靠近海边因为景色很美，所以很多人去那里自杀吗？

那边回复道，不知道啊，为什么人们不去加利福尼亚自杀呢？

我又说，好吧，不要管究竟在哪里了，地点不重要，重要的是，我现在要告诉你们，本市也有一个经常有人要自杀的地方，这地方可能有神秘的魔力，你们必须来报道一下。

那边回复道，在哪里？

我说，运河的桥边啊。

似乎是思考了一会儿那边很遗憾地说道，不行啊，桥上的话，要是举办食神大赛，风就太大了。

你们到底在说什么！这都什么跟什么啊！

桥上风大你们可以去桥底下啊！

后来地方台果然还是举办了食神大赛，安排在了风更大的河边。

那个满脸褶子说着过时段子的主持人，每次都会自以为是地说，我觉得不好吃。真奇怪，他又不是什么美食家，他怎么能判断好不好吃，虽然那些参赛选手做出来的玩意儿一看就知道非常不好吃。

不过自以为是是一种态度，和当时的真实情况无关。

很多事情都是没有理由的，你们要知道。

就好比我看见那个一脸褶子的主持人，我就想上前去扔肥皂，没有为什么的，毫无原因。

## 9. 你以为生活是怎样的

这个世界总是一会儿变得无限大,一会儿又变得无限小。

有一些文章和帖子都在告诉我们,一定要趁着年轻多出去走走,穷游也好间隔年也好,总之要走出去,读万卷书行万里路,指不定旅途中能够惊心动魄经历一场奇遇,不然转角遇到爱也好,实在不行转角打个炮也不错。

通信网络发达后,大家发现原来世界这么大,一定要走出去才不枉此生,又发现交通这么便利,恨不能一脚跨到南极去。

就这样身边出现了很多要去过间隔年的人,很多要去穷游的人。

他们说,这才是生活,人生总不能永远闷在一个地方吧。

他们又说,这样的生活才有意义不是吗?

我也觉得这样很有意义,不管怎样想,出去走走看看风景认识更多的人都是很有意思的事情,只是有一点点替他们感到担心,万一他们没有和那些帖子里所描述的一样遇到奇遇或是真爱,他们会不会很失望?

不是很流行一句话吗,叫生活在别处。

几年前,我有幸或者说不幸去上过雅思班,非常短暂的课程集训。去了之后发现该教育机构并没有和当初宣传海报上说的那样名师辅导,而是请来了暑期临时工。

虽然是临时工,但是势必都是英语非常好的人,其中有一部分是留学回国的学生,教我们班的就是这样一位华裔。

我已经忘了她姓甚名谁,只记得她化着蓝色眼影的双眼说话时不停地眨,像翻飞的蝴蝶翅膀。

　　坐在教室最前排的女生非常喜欢问她,老师,你什么时候去的美国啊?美国的生活怎样?

　　她十分大方地花了三小时和我们讲述她大致的人生。

　　由于父母是从事文化工作的,所以在她小学的时候举家去了意大利,生活在时尚之都米兰,然后到了她初中的时候,又因为法国文化部的邀请,举家去了法国巴黎生活。

　　在她高中的时候全家终于在美国安定了下来,入了籍成为美国公民,参加完美国高考后她开始自己的间隔年旅行。大约旅行了没多久她的父亲就托人安排她回国进入高中,理由是没有参加过国内的高考是毕生的遗憾,于是她在极短的时间内回国进入高三开始紧张的复习迎考——最后考到了一本之上的成绩——不过显然还是回美国念了大学。

　　听得大家兴奋地狂敲桌子,大喊大叫,老师你好酷!这才是生活啊!

　　老师那你岂不是会说意大利语会说法语?——我能听懂但不怎么会说。

　　那老师你会说四国语言(中、英、意、法)岂不是工作超好找!为什么还来这种培训机构?——我总是要回美国工作的,这个只是回国没事干随便投的简历,大约8月我就回美国工作了。

　　最后老师告诉我们,她根本不缺钱花。

　　大家又狂敲桌子,大喊大叫,我们好羡慕你!

　　结束后,那个问话的女生和我一起去买奶茶,她说,我好讨厌这个人,我们就这样听她炫耀了三个小时?!

　　我心里想,明明是你自己问她的,她说了你又嫌她炫耀,那你到底要怎样?

　　那个女生斩钉截铁地告诉我,那个人是骗子!

　　我当时没有想过她是不是骗子之类的,我只是单纯地觉得,虽然这个经历过于酷炫了些,但是不能以自己贫乏的生活为标准去检验他人吧,也许她只是实话实说。

去年,我十分有幸或是不幸去了另一家语言培训机构,我泡茶闲谈的当口,我再次看见了那位老师,虽然仍然不记得她姓甚名谁,但是那翻飞的蓝色眼影我还记得,她依旧在培训机构当老师。

——那人是个骗子!

这句话不由自主在我脑海里回荡。

很多哲人都试图告诉我们,一定要珍惜当下,生活在当下。

但是更多的人生导师又告诉我们,一定要着眼于未来,放长线钓大鱼,小不忍则乱大谋。

电影告诉我们,有情饮水饱。

但是更多的人生导师又告诉我们,说实话,没钱还是不行。

那到底要过怎样的生活才好?

那你们又以为生活是怎样的?

光鲜的、亮丽的、跌宕起伏的、痛苦的、哀怨的、辗转反侧的才是生活吗,一定要经历过后从中得到什么才是生活吗?

一定要不停地行走,去间隔年出国旅行才能体验生活吗?

很早前看过一部日剧,里面有个片段:

女主人公问身旁的友人,你听过松尾芭蕉的著名俳句"闲寂古池旁,青蛙跳进水中央,扑通一声响"吗?为什么只有芭蕉桑能写出这样的俳句呢?真不敢相信古今这么多年只有他一个人听见青蛙跳进池塘的声音啊!

既然芭蕉桑已经出现了,不如再放一首俳句好了,"树下肉丝、菜汤上,飘落樱花瓣"。

我觉得,这样才是生活啊……

难道非要走得很远,非要去经历跌宕起伏的奇遇才能知道什么是生活吗?很难想象一个平时听不见青蛙跳进池塘,看不见樱花飘落菜汤的人能在别处有什么生活。

如果不懂得观察和体会,那么在哪里都是一样的无趣。

不管听起来是怎样的诱人和酷炫,但是那些都不是生活。

时间要一天一天地过,饭要一口一口地吃,书要一页一页地看,不管在哪里都能听见青蛙跳进池塘的声音,夏日的午后都能听见蝉鸣在树荫里不知疲倦地响。

这样才是生活吧。

## 10. 没有办法一直努力的人生

我妈就像所有已知的中年妇女那样,强大、不可战胜,自成一个种族,战斗力极强,有一套固有的自我逻辑,宇宙万物都将在她的自我逻辑下运行,不得僭越。

我小的时候功课一直稀松平常,当然我使用"我小的时候"这个时间限定词并不是为了暗示现如今我功课就很好,这只是一个单纯的时间限定词。这点让身为理科大学生的我妈感到难以理解,她着实不太理解这个世界上为什么有人解不了那么简单的数学题,回答不了那么简单的"请总结本文思想感情";记不住那么简单的ABCD。在经历漫长的几年从地板打到天花板的粗暴教育后,我妈终于认命了,在她的自我逻辑体系下,她找到了一个可能性的答案,那就是我随我爸。

她语重心长、面色凝重地问我爸,你是不是脑子不太灵光?你看你就没有上大学。

对此我爸潇洒地呵呵一笑,他说,我只是选择了不上大学,而不是我不能上大学,其间是有区别的。

我妈说,看起来你真的脑子不太灵光。

为此,在我跨入小学三年级,成为一个光荣的中年级生的时候,我妈经过极其激烈的思想斗争后,做出了一个审慎的决定,她半蹲下来,双手搭着我的肩膀,告诉我,她已经接受我是个脑子不太好使的小朋友这个事实了,所以她将不再要求我一定要考试优秀,只要求我努力念书就好了。

只要你努力了,妈妈就不会怪你,就算考得不好也没有关系,因为你已经尽了自己最大的努力了,我妈如此感人肺腑地说道,那一刻我几乎看见了圣光。

圣光在三年级第一学期第一次考试结束后连同节操一起碎成了渣渣,随风逝去。我妈一边猛揍我,一边嚷道,你还敢说你努力了,你努力了怎么会考不好?哪有这种道理,你小小年纪不学好,倒是学会了说谎,说谎比考试不好还要严重你知道吗?这是人品问题!

而我爸则站在一旁,装模作样地喊道,啊,不要打了,啊,快来吃饭吧,饭都要凉了。说罢,他就不再管鬼哭狼嚎的我,跑去厨房忙他的蒸鱼或是酱油虾了,仿佛这些比我的人品问题更重要似的。

而每每被揍后我脸上眼泪与鼻涕齐飞,落霞与酱油虾一色的时候,我妈则又要说,你为什么要哭,你是不是对我们有什么不满?

我一边吸着鼻涕一边说,没有啊……

没有你为什么要哭?我立刻便语塞了,小小的脑回路里处理不了这样的逻辑冲突,分分钟便当机了,也就忘了继续去哭。

你不要因为我打你而哭,你要为自己考得不好而感到羞愧,你看你们班40个人,为什么只有你考得不好呢?你有没有找过原因?我妈循循善诱。

没有啊,不只是我一个人考得不好,那个谁……

我妈脸立刻就拉到桌子上,双眼一瞪,不怒自威,呵斥道,你好的不比,比差的?流浪汉有晚饭可以吃吗?你怎么不跟人家比比这个?念书的时候倒是会和学习不好的人去比,那你还去上什么学?小小年纪就这样鸡贼,长大了不知道要怎样了!

我再一次被这个逻辑所震撼,久久地说不出话来,感觉哪里不太对,却又说不出来,这个宇宙对我一点也不善良,为什么所有真理都掌握在我妈手里!我妈就像如来佛祖,而我则是跳不出她掌心的孙猴子，更可怕的是，我还不会七十二变，我只会流着鼻涕露出一副蠢乎乎的呆相来。

因为我从未展现出什么过人的天赋来，所以当别人家的小孩在学画画的时候，我在家看电视，当别人家的小孩在弹钢琴的时候，我在家看电视，当别人家的小孩去参加夏令营的时候，我仍然在家看电视。

这导致我上大学后，不管别人谈论起什么童年时代的电视剧，我的答案一律是，爱过，啊不是，是看过。

同学们惊讶地问我，你哪来的时间看那么多电视剧？我就骄傲地回答他们，在你们努力念书、挥洒汗水奔走在兴趣班的时候，我都在家看电视。

但这也直接导致我在任何文娱活动上都坐冷板凳，就连去KTV唱歌，我也是那个坐在皮沙发上拍手、摇铃铛的人，看来我注定是大家美好青春年华里的背景板，少男少女校园恋爱故事中的路人甲，课桌里被人遗忘的面包上的霉点。

逢年过节走亲串门的时候，别人家墙上要么贴着小孩的绘画作品，要么是三好学生证书，大人们的夸奖也自然有了个口子可以倾泻而出，其乐融融地进行一番符合礼节的寒暄。啊，老王，你们家女儿真不错，这个荷花，啧啧，传神……哪里哪里，都是乱画的，老张你们家儿子的书法才是了得，以后要成大师的。

可一旦轮到别人来我们家串门就不行了，毕竟我们家家徒四壁，哦，不对，我用错了成语，毕竟我们家墙壁上光溜溜的，我既没有什么绘画作品，也从未拿过什么奖状，如果爱牙护牙卫生标兵也算的话……这样别人的寒暄就迟迟不知道从哪里开始，沉吟半天，只能从小朋友你平时干什么呀开始，好不容易有个话头，我还只能干巴巴地回答道，看电视。

中考前，我爸给我制定了一个人生规划，那就是不要上高中，去念技校，三两年也就可以风里来雨里去地赚钱了，然后浑浑噩噩地过一辈子,完全符合我这种脑子不灵光的人应该拥有的人生,但是很不幸我还是考上了高中,档案也被及时调走,失去了念技校的机会,为此我爸直至今日仍然感到很懊悔。

高考前,我妈又给我重新规划了一个人生,她说,你去念个会计,不管好坏都是能找到工作的,毕竟公司不论大小都是需要会计的嘛。说这话的时候她一如既往显得高瞻远瞩,极有伟人风范。

可是,我产生了一个疑惑,虽然公司不论大小都需要会计,可是这些会计一干就是几十年,又不需要每年都招新的,而且会计这种职业也是越老越吃香啊,还是把会计留给有数学天分的人去念吧。

我妈横眉冷对,你懂个屁!会计和数学不一样,你好好努力去念个会计,你不努力当然什么都干不好。

可是,我又产生了一个疑惑,虽然我已经很努力了,但是活到今时今日不仍然什么事情都做不好吗?那既然我的人生怎样都已经不行了,为什么我还要继续去努力呢?就算要努力我为何总要为我不喜欢的事情而努力呢?

我常被人说不求上进,是个人生 loser,我也的确什么事情都做不好,可这个世界原本就不是能靠努力来弥补一切的,即便是拥有这种想法的我,也会被人说,那只是因为你还远远不够努力。

那什么才是足够努力呢?大概是要除了睡觉全部的时间都用来学习充电,除此以外还要懂得孝敬长辈、兄友弟恭,赚很多的钱,但仍然保持谦虚,炫耀的事情只留给爸妈,在适当的年龄结婚生子,小孩活泼可爱,聪明懂事。

但即便这样,倘若仍然没有成功的话,也会被人批评说,那是因为你仍然不够努力,你要努力压缩自己的睡觉时间,提高自己的工作效率,掌握正确的学习方法。

若是能够做到这样,还是没有成功,大概才会得到世人的谅解,他们充满同情地拍一拍你的肩膀,兄弟,你已经足够努力了,这事真的不怪你,你真的只是智商不行,你没有这个能力,从此以后你就继续保持这样的努力,毕竟你不努力不是更不行吗?

这样的生活听起来就让人觉得疲劳和艰辛,即便成功了于我来说也味同嚼蜡。

努力和成就就留给热爱它们的人不好吗?就让热爱追求成功的人去努力创造奇迹,让他们去攀登科技树,而我这样的人就在底下给他们鼓掌不就好了吗?

本来就不是每个人都能成功的,也本来就不是每个人都足够优秀的,如果大家都优秀了,那优秀就失去了本身的价值沦为平庸。

平庸的人为什么就没有权利去过自己平庸的人生呢?平庸的人当然可以甘于平庸,他们当然可以不努力去追求成功,他们也有权利选择碌碌无为地度过一生,只要他们愿意。

于是我决定效仿亚历山大大帝,一刀斩断在中年妇女体系神话中永恒解不开的高尔丁死结,我告诉我的爸妈,如果他们很喜欢会计,他们可以自己去读,他们认为成功才有价值,那么就请他们自己去追求成功,他们所有的人生抱负应该在自己的人生中去实现,这样才更爽快,不是吗?

而我呢,我只要碌碌无为地度过一生就可以了,我没有远大的志向,我不想改变世界,我也没有能力追求成功,我甚至不想努力,我只想找份干着不那么吃力的工作糊口,然后每晚回家躺在沙发轻松地看着电视就好了。

如果说我的人生还有什么是一定要达成的目标,那么我所定义的成功离普世价值的成功也一定差得很远,我只要成为一个更好的自己,然后去做一个别人眼里的loser就可以了,就这样,我可以只在自己的世界里成功,而且,不成功也可以。

这就是我所想要的人生。

## 二、中二病少年拯救世界

　　我还是很怀念那些犯着中二病的日子,可以肆无忌惮地想着,我这么特别的人怎么可以过这么平庸的人生啊!总有一天会有某种奇遇降临到我头上的!
　　我还是很怀念那些和朋友、同学一起犯中二病的日子,在幻想中我们未来的生活充满了无限可能性而且闪闪发光。

## 1. 永远17岁的高中生活

尽管我的高中生活中存在着许多值得书写一番的人物,可是我本身,其实并没有什么可说的,不外乎是校园内平凡的路人甲,课堂内常驻的NPC。

就连毕业时的同学录上都千篇一律地写着对于我的刻板印象:挺能吃的。啊,真是让人意外,我给高中同学留下深刻印象的难道不应该是我的机智吗?

如果一定要说说高中时期在我身上发生的让人印象比较深刻的事情,那就是我理科都很差,除了化学勉强还算正常水平外,数学和物理都是突破天际的烂,而不幸的是,化学又时常被人说成是理科中的文科,看来我真的是和理科没有什么缘分。

因为家族内大多数人都是从事理工科行业的,所以他们对于我这样的基因突变显得格外热衷和匪夷所思,每次吃饭必提,每次提到必数落我。

经年累月地强化后,一提起高中生活,我便立刻想到自己的超级烂的理科,奇怪,说着说着就显出有些得意的样子,不不,其实我并没有在奇怪的地方得意起来。

我们学校比较特别,为了过犹不及地适应高考,进校一学期后就文理分班,本来我妈这样强势地信奉"学好数理化,走遍天下都不怕"的中年妇女一定会使用各种惨绝人寰的暴力手段迫使我就范的,但是我很争气地在高一上学期期末考试中拿了个物理倒数第一、数学倒数第三回去,在我铁一般的成绩面前,一切道理和想法都显得那样苍白,于是我最终还是去了文科班。

分入文科班后，我的新班主任是个以不讲道理为己任的青年妇女，明明是个连小孩都没养的青年妇女却从心态到神态都进入中年妇女阶段，众所周知这种人通常都比较麻烦，因为她们都吃饱了撑的没事干。

只要有谁迟到、作业没做完、考试没考好，她就会无休止地找人谈话，把有限的生命投入到了无限的谈话当中，就我个人而言，我觉得给她多少朵小红花都是不过分的，因为这三样事情我都很擅长。

作业做不出来就睡得晚，睡得晚就起不来，起不来就要迟到，迟到了就只能站在教室外面……多么合乎情理的逻辑啊……但是班主任非要问我，你为什么要迟到？

还有为什么啊！我当然是睡过头啊！难道我刚才临时去拯救了一下地球吗？

但是以不讲道理为己任的班主任当然不会轻易接受睡过头这种理由，她摇摇头用自己最经典的逻辑套路说道，这不是理由。

于是我只能骗她说，老师，我家的微波炉坏掉了，所以为了热面包我先修了一下微波炉才来上学的。

接下来按照正常的逻辑思维，一般的老师肯定会质疑我，我根本就不可能会修微波炉，可是我的班主任没有，她完全接受了这个理由，并且质问道，那你觉得这是我的错呢还是你的错呢？

天哪，不管怎么想，就算是接受了这种匪夷所思的理由，正常人也该问，那么你觉得是你的错呢还是微波炉的错呢？可是她偏偏要把自己扯进来。

我当然没有办法说是她的错，在我承认是自己的错后，她又问道，所以，你为什么要犯错呢？

如此循环往复无休无止的莫名其妙的对话可以持续一整个早自习。

有的时候，班主任心情比较好就会把我晾在走廊里，我会东看西看消磨时光,然后和隔壁班那个被晾在走廊里的迟到者挥手打个招呼,对了,他是我的初中同学。

我那时候永远是睡神附体,死活睡不醒,听着听着就神游天外,尤其是在上地理课的时候,地理老师说话的声音又慢又空灵,你觉得自己听见了,但是仔细想想又好像什么都没听见。

于是我和同桌开始百无聊赖地观察起班级里女生的大腿,同桌说你看那个人的大腿好粗哦!我说是啊是啊,是我的两倍哎!她说哪有两倍那么夸张,我们可以来对比一下,然后她双手在我腿上摸啊摸啊测量宽度,量得不亦乐乎的时候,一声大吼雷霆而下,老师无比震惊地质问我们,你们两个光天化日之下在干什么?给我滚出去!

我们两个被吓得险些从椅子上弹起来,惊魂稍定过后谁也没有动弹。

僵持了一会儿后地理老师继续用她那空灵的声音开始讲课,我们也静悄悄地转而使用眼神交流。

过了一会儿同桌和我都睡着了……

下课后同桌被叫了出去,老师问她,你们上课在干吗?同桌想了想觉得量大腿这件事情太猥琐了,于是她说,赵曾良腿抽筋了,我在帮忙按摩……

我心想,还不如说量大腿呢……

十月金秋的时候照例要举办校园运动会,好大喜功的班主任十分热衷于这种和集体荣誉有关的事情。

我那时候是体育委员,由于800米和1500米全部从缺,班主任便命令身为体育委员的我必须顶上。

虽然身为体育委员,但我其实是个不折不扣的运动废柴,也并没有法律规定,废柴不能当体育委员,参加比赛之类的事情着实让我压力很大,两者选其一,我选了800米。

运动会那天空气中有一点点秋天的气息,天空蓝得发亮,几朵云漫不经心地飘在空中，风里带有干燥的落叶味道。

男生在涂了绿漆的铁网那边打篮球比赛，女生在铁网的这边打排球比赛，作为体育委员的我就和友人一起站在铁网的边上两边看，手指抠在宽阔的网洞中，绿漆和灰就顺势黏在手上。

还记得两边带着欢笑的加油声。

还有那些乱七八糟的走位和嘻嘻哈哈的笑场。

跑800米的时候我下定决心随便跑跑，心想，既然此事非我所愿，那么就算我跑了个8分钟你也不能怪我咯。

不巧的是站在我身旁的净是些隔壁班的熟人，他们朝我微笑点头，问我，第一次看你跑800米哎。我就讪笑着回答道，是啊是啊。

发令枪响，大家箭一般地蹿了出去，我看着他们的背影变小又再度变大……被套圈后第一名很快跑完了全程，然后是第二名、第三名……

我还在跑道上顶着压力慢吞吞地跑着，已经跑完的选手和同班同学以及别班的熟人们都跑来给我加油，就连体育老师也跑过来，不过他并不是来给我加油的，他满头黑线地冲我嚷道，同学，你在跑道上干吗呢？下一组的比赛开始啦！

我只好尴尬地回应道，啊，老师我是上一组没跑完的……

虽然还在慢吞吞地跑着，可是不知道为什么加油声越来越大了，最后竟是整场都在给我加油，我侧着脸惊讶地望向他们，那些熟悉的或是不熟悉的脸庞，那些常常说话或是不常说话的同学都在笑着给我加油。

于是我脸一红低头开始加速奔跑，越过终点时大家过来给我欢呼，好像我是什么英雄那般，我看见第一名、第二名和第三名都挤在人群里笑着对我说坚持就是胜利之类的话。

语文老师正在分发矿泉水，然后一回头看见我，鼓励着说道，你还说自己不能跑，我看你跑得挺轻快的嘛！

我只好在心里回答她，那是因为我前三圈都是走的啊。

回家后我便和家人兴高采烈地宣扬自己校运会800米得了全校第四的成绩，当然我隐去了一个不太重要的细节，那就是只有4个人参加。

待到青春而热闹的校运会结束后，生活便会回归寻常。

在一大早昏昏欲睡的两节课后，我总会被饿醒，小卖部永远是去得最勤的地方，那时候我的高中有卖那种一块五一根加了超多淀粉的劣质香肠。

香肠在烤箱上转啊转啊，很凶又很市侩的老板娘一边刷油一边收钱，手脚麻利得要命，我们一群人便挤在边上的酱料罐旁死命刷酱，老板娘就吼我们，刷那么多干什么啦！

吃了几百根之后，有一次撞见老板娘在捡我们丢在地上的竹签，思考了一下，我决定再也不吃了，以后都改吃巧克力泡芙。

我为数不多的娱乐活动是上课看闲书，只要不是数学课都看，藏在课桌下面悄悄地看，就这样我看掉了好多书，周围一圈同学还交换着看，直到有一天，上体育课的时候班主任悄悄来检查我们的课桌，我就只好跳上茶几看着自己变成了杯具。

班主任将我叫到办公室，质问我，你这种数学连零头都考不到的人怎么还有心思看闲书啊？

我竟然还慢条斯理地回答班主任，我数学课没有看啊。

于是班主任说，我不想看见你，你给我面对饮水机站着去。

我就面对饮水机站着，等班主任批完了几沓作业本后她踱过来用她的经典逻辑套路问我，你觉得是你的错呢还是我的错呢？

我说，是我的错。

班主任说，那你就和饮水机道歉吧！

于是我就和饮水机鞠躬道歉了。

我记得那时候很多人和我说，你以后就会怀念你的高中生活的，你要好好珍惜啊，我心说，我又没有什么毛病，为何要怀念这样的生活。

还曾和友人一起赌咒发誓绝对不会怀念高中生活,那时我们说,高中生活有什么可怀念的,不过是作业、考试、补习班。

我只记得我们倒是无数次地讨论过,等高考结束后要做些什么,睡得昏天暗地是最多次被提起的事情,痛痛快快补番紧随其后,余下还有约着搓麻将之类的事情。

说了几百几千遍,每一次都觉得好过瘾,可是当高考真的结束了,一切都尘埃落定后,这些曾经热烈的讨论也便失去了温度,变成冷冰冰的话语砸在虚空的过往里。

领成绩单那天是我最后一次回高中,结束后我们将椅子翻上桌子,和同学挥手说再见,说着"上了大学再联系吧""在一个城市的话总有机会见面的嘛"。

我当时想,这些桌椅又将陪伴谁度过下一个三年呢?

但我当时没想到的是,很多人,直到他们大学毕业我再也没有见过,一个城市,说大不大,说小不小。

走之前,友人说,喂,赵曾良,我们在小卖部的台阶上坐会儿吧。

于是我们并肩坐着,咬着冰激凌,天气晴朗得要命,预示着夏季的到来,风一吹,蝉鸣就此起彼伏地响,天气却还没有非常地热。

那一刻我觉得自己好像就坐在青春里。

我记不清我们那天说了些什么,只记得一直笑一直笑,一点烦恼也没有,真好,高中生活结束在笑声里。

如果时间是一个个节点,那么17岁的我永远在高中时代停留着。

回忆成了缱绻的颜色。

## 2. 中二病少年拯救世界

> 中二病(又称初二症或厨二病)是日本的俗语,比喻青春期少年过于自以为是的特别言行,青春期特有的思想、行动、价值观的总称。虽然称为"病",但和医学上的"疾病"没有任何关系。
>
> ——以上词条摘自维基百科

我原本一直认为,自己是个异常普通的少年,度过了平凡无奇的青春期,可因为一件关于雪月饼的小事,我发现其实自己内在仍然是一个中二病患者。

在我上初中的时候,苏州这种小地方才刚刚出现雪月饼,在此之前,我们都是吃肉月饼过中秋的,我想表达的并不是肉月饼就不好吃,而是肉月饼没有雪月饼贵,雪月饼这玩意儿不管好不好吃,总之很贵是一定的。

我爸拿了一盒子回来,他说,你和你妈吃吧,我就不吃了。多么伟大的奉献和牺牲精神啊,于是我和我妈赞美了一下他之后就六四分吃完了。

没过几天我爸突然之间又想吃了,但是他没有想到才短短三天时间我就已经全吃完了,于是他就生气了,他就出离愤怒了,为了一个雪月饼冲我发火说你怎么都吃啦,我还没吃哪!

我说你自己说不要吃的啊,我才吃完了啊,你要吃你一开始就说啊!

显然我说得十分有道理,我爸竟然无言以对,于是他拿出了大杀器,他说,那我叫你好好学习的时候你怎么不去好好学习啊?

面对这种混乱的逻辑,我分分钟血气上涌,气得半死,感觉学习这根软肋被人狠狠地捅了一刀,于是我气急败坏、恼羞成怒地大喊道,等我做了拯救世界的英雄后,你不要来认我!

哦,天哪,我怎么会说出这样耻度爆表的话来,在我平凡普通到蒙上灰尘的人生中,难道也渴望成为主角吗?渴望拥有一个光环吗?竟然还做着什么拯救世界的大梦!

后来我同学和我说这种行为就叫作中二病,从此以后我就认识了这个听起来似乎很厉害的词汇,虽然我也不知道不中二病的人面对以上情形该怎么做,也许他们会立刻跪下大声朗诵"树欲静而风不止,子欲养而亲不待"之类的吧。

不,不,中二的人或许根本就没有学习这根软肋可以被人捅吧。

很长一段时间里我都觉得我这种嘴巴很欠的少年应该算是重度中二病患者,直到高二的某一天的放学时分,那是个夕阳如旧布料般温暖的黄昏,大家又度过了平静而愉快的一天,我们结伴骑着自行车回家……然后在熙熙攘攘吵闹不休的大马路边上看见一个非主流的淡淡的忧伤的男子眼神迷离地躺在一辆貌似很大功率的台湾古惑仔片子里才能看见的摩托车上……

明显能够感觉到大家经过这个忧郁男子身边的时候时间都静止了,一切都变成了黑白胶片的质感。

当时我们这群病情轻重不一的中二病少年们都被强而有力地震撼了,原来这个世界上中二是可以到达这种程度的啊!原来中二病再发展下去就是这副死德行啊!

这件事情直接促使我开始吃药自救,而我也明白在我注定平凡的一生中,就算中二病都中二得很温吞,一点都不激动人心,一点都不特立独行。

再后来我意识到自己的中二病其实并没有治愈的时候是

高三。

  我斜对面的女生和大家夸耀她认识相当多的人,有的是二十岁出头的广告公司小白领,有的是社会上的小混混,有的是辍学在家的不良少年,这时有人羡慕道:"认识这么多人超帅气的!"我不知道为何接了一句:"拿小流氓标榜自己有什么好帅气的?"

  于是那个女生不爽地反驳我说:"那你嘴巴欠有什么好得意的?"

  我说:"可以反驳你啊。"

  他们说我已经上升为中二病的高级形式,就是中二黑,但内在其实还是中二病。

  可以理解为,看见比自己更中二的人就一阵不爽,感觉他们在挑战自己。

  我觉得我的病不会好了,我的人生便是这样既中二又平凡着。

  再后来我看本杰明的书,好像是《地下室》那本书里面写道,年轻的时候可以为了理想去死,但是成熟之后可以为了生活而忍受耻辱。

  我就觉得自己是不是该长大了,总不能中二一生。

  可不再中二之后的人生变得有些无趣,我再也不能对自己抱有什么不切实际的希望了。

  我不能幻想自己突然之间精通八国语言变成帅气的外交官……

  我不能幻想自己突然之间拥有某种超能力拯救世界……

  我不能幻想自己突然之间中了彩票变成亿万富翁去环游世界……

  我不能幻想自己突然之间可以游走在时间的缝隙里青春永驻……

  我不能幻想自己突然之间……

  变成了成熟的人之后每一天都现实得可怕,每一天都在努力做着什么，却好像又一事无成，没有人关心你的挣扎、你的痛苦，人生变成了一个个苍白的结果。

变成了成熟的人之后，一份份责任压在肩头，却又无处可以逃避。

我还是很怀念那些犯着中二病的日子，可以肆无忌惮地想着，我这么特别的人怎么可以过这么平庸的人生啊！总有一天会有某种奇遇会降临到我头上的！

我还是很怀念那些和朋友、同学一起犯中二病的日子，在幻想中我们未来的生活充满了无限可能性而且闪闪发光。

## 3. 每学期都有一个老师让你悲伤逆流成河

这可能是我人生中上过的最神奇的一堂课,尽管这么说可能不太好,毕竟我的人生还没有结束。

在学期初,我静悄悄地站在课表前时,我发现了一门安静的悲伤的排在了周五下午的课,名字叫作"工程设备设计与安装",仅从名字而言,这门课就透露出一种淡淡的枯燥和无聊的感觉(不,其实是浓烈的),但是我错了。

首先这门课的老师就长得很提神醒脑,很像吃了毒蘑菇后的芭蕉桑。

从课程名字来看就知道芭蕉桑一定来自环工学院,我们学校环工学院的老师都像是60年前的出土文物,一般来说他们都充满了现如今会被称为直男癌的一种优越感,表现形式是觉得自己与众不同,人见人爱花见花开,常年走路脚下生风,自信心爆棚。

名言有"我可是会修马桶和灯泡的男人哦""我知道抽水马桶的原理,和只会用抽水马桶的人可是不一样的哦""年轻的时候老师也是被很多漂亮女同学倒追过的呢""我还去过阿美莉卡哦"。

经过二十多年的反复强化,你要明白,你面对的不是一个人,而是一座自信化身的碉堡!

一个环工老师倒下了,千千万万个环工老师会站起来。

没有虐不死的学生,只有不努力的老师。(共勉!)

我还记得第一节课芭蕉桑问了我们一个非常高深的问题,那就是北方为什么不用空调。

看着那明显是从网上拷贝下来的连背景都没有换过的幻灯

片,我们都陷入了沉默……

芭蕉桑不满地喷了一下,"你们这都不知道吗?"

我们仍然保持寂静一片,芭蕉桑又喷了一下,"当然是因为放着占地方啊!"

可是按照这种说法,南方也不该有空调啊,啊不,空调这玩意儿根本就不该被发明出来啊!

接着芭蕉桑又居高临下地抛出了第二个问题,"在北方,冬季使用空调时怎样做可以节约能源?"

他点名让同学A回答,同学A站起来战战兢兢地说道:"可是……可是……北方不是不用空调吗?"

芭蕉桑立刻三连击,"你怎么知道没有?你说没有就没有?你怎么能证明它没有?"

于是同学A陷入了自我怀疑的困境,"啊……不是,刚才……"

"你不要刚才,你好好回答我的问题。"

"好吧,我觉得可以先用暖气片预加热,再开空调。"

芭蕉桑怒道:"错!你们这些大学生啊……我说你们什么好,一点常识也没有!"

此时我已经陷入了一种蛋蛋的忧伤的氛围,捂着肚子和边上的小江说,我蛋疼……

小江转头看着我,你还有蛋可以疼,你没看见我的蛋已经碎在地上变成满天繁星了吗?

我立刻佩服地低下头……看见满地都是小江吃剩下的面包渣,刚想指责他,你下巴是漏的吗?却发现他正以45°角看着网上拷贝来的PPT,整个人呈现出一种蛋蛋的忧郁感来,真是一朵寂寞如花的男子啊。

由于同学A的后继无力,不幸的同学B出现了,"啊……我觉得是加强墙壁的热辐射……贴隔热墙纸之类的!"

芭蕉桑的眼神顿时犀利起来了,"这是谁告诉你的?"

同学B顿了一下警觉地回答道,"我在网上看见的……"

一个迅速而果断的四连击:"网上看见的就是正确的吗?你说是网上看见的就是网上看见的吗?你怎么能证明你是在网上看见的呢?网上看见的事情就一定存在吗?很多事情是相对的……"

设备课悄无声息地转化为哲学课,毫无违和感!

我再次默默地看向小江,告诉他:"不行了,我好像血槽已经空了。"

小江看向我,"你只是血槽空了而已吗?我连HP条都空了。"

我疑惑地看向小江,"脚多麻袋(日语:等等),你还有HP条,我怎么不知道?"

"这不是重点好吗?"

而此时此刻,就在我们闲聊的当口同学B显得很着急,争辩道:"我就是看见了啊,我就是在网上看见了啊!"

芭蕉桑气定神闲地反驳道:"你不能说你看见了就是看见了,这种事情不可以随便乱说的,今天你说看见了就是看见了,明天你说没看见就是没看见,我们做事情是要讲证据的……"

哲学课悄无声息地转化为法律课,毫无违和感!

这时候另一位不幸的同学C闪亮登场,他挠了挠头,突然一拍大腿机智地回答道:"把空调变大一点!"

哦,天哪,我简直要怀疑我在梦境中。

事态发展成这样已经是可忍孰不可忍。

芭蕉桑又喷了一下,"这样不是更占地方吗?"

我和小江相视而笑,觉得好像也没有什么不对。

芭蕉桑深吸一口气,"你们啊……我要怎么说你们才好,我对你们太失望了!这么简单的一个问题,怎么就没有人能回答我呢?你们的爸爸妈妈要是知道你们成天在大学里混日子听邓丽君、刘德华的歌,他们该多失望啊!"

最终他无可奈何地说道:"好吧,我来告诉你们答案!"

所有人都期待地看着他,表现出难得的求知若渴的一面来,像是《柯南》到了大结局,一切的谜团都要解开了。

"把空调擦一下。"

"这样就没有灰挡住出风口了,啧,我觉得以我的水平不太适合教你们。"

其实我也是这么想的,可我还是有一个问题,如果空调是新的怎么办?

不不,我为什么已经接受了这种逻辑,这太可怕了,而这种寂寞的感觉又是怎么回事……

脑海中也不知道为什么突然就冒出了诗句(并不是诗句),悲伤逆流成河,你为谁而不顾?

## 4. 教练，我想喝冰可乐！

我做了一个非常可怕的梦。

梦境一开始我是一只憨厚的北极熊正在北冰洋里捞苹果，虽然当时没有给我配上背景音乐，不过如果有的话我想应该是蔡琴或者邓丽君的歌吧。

总之我感觉十分的岁月静好，只是有点冷。

剧情刚进展到这里我突然就醒了，发现自己在一间老旧的教室里上课，天气十分闷热，能听见头顶上旧电扇"嘎吱嘎吱"转动的声音，还能听见周围一片"窸窸窣窣"的翻书声，课桌上那本《五年高考三年模拟》发出耀眼的光芒来。我咽了口口水，抬头看见一个并不认识的老太太站在讲台上讲课，讲到一半她扶了扶眼镜，镜片闪过一丝智慧的反光，她说道，同学们，马上就要高考了啊！此刻《义勇军进行曲》响起。

哎……什么……我以为我早就高中毕业了呢……

就当我坐在教室里愁肠百结、无比糟心的时候，时光荏苒、岁月如梭，我发现我已经高中毕业了……

我百无聊赖地躺在家里过暑假，天气炎热得可以烤化泡芙，于是我开始非常地想喝冰可乐，打开冰箱拿出冰可乐的瞬间，我爸妈突然出现了，驱赶着我让我去上课……

哎……什么……我以为我还在过暑假呢……

接着我突然产生了一种巨大的恐惧，我觉得如果我不马上去上课就会发生很可怕的事情，比如说桌子上可能会出现一本《五年高考三年模拟》，思及此我就恐惧得不能自已，丧心病狂、四脚着地地跑出去上课了。

下一秒我就出现在了大学阶梯教室里,天气越来越热了,可以烤化奶油蛋糕。

由于没有喝到冰可乐,我整个人十分地不开心,更加不开心的是我边上的同学正在吃一个十六寸的奶酪比萨,当时我就觉得这个人非常无法直视,竟然在这么热的天气吃这么腻的奶酪比萨,简直不可饶恕,实在无法原谅!

更加讨厌的是,我好像有点饿了,但是我不好意思直接开口问他要,于是我说,你这样吃不对,我来给你表演怎样机智地吃比萨吧!

那个同学停下大快朵颐的手,十分感兴趣地说,好啊。我拿起一块比萨就吃,等我吃完了他也没有发现我到底机智在哪里,于是我又拿起了第二块,我说,你要换位思考,我吃比萨这件事情本身就已经十分机智了。

就在我准备吃第三块比萨的时候这位同学反应了过来,他恼羞成怒要用比萨抽打我,但是天气太热,比萨已经融化了,不过这难不倒他,他从口袋里掏出好多苹果派用射流星镖的姿势扔向我,他扔一个我吃一个,扔一个我吃一个,最后我瘫倒在椅子上深藏功与名地笑了。

我吃得汗流浃背,想这么热的天气还要人来上课简直不可饶恕嘛!学校还能更无法直视一点嘛!想到这里突然之间岁月如梭、四季更迭,我回到了大一开始军训,操场上烈阳高照让人快要热血沸腾了,我们一帮同学站在树荫下吹牛,有个人开始派烟,大家纷纷表示这日子没法过了很想抽一根解忧愁,这时校园广播里隐约还响起了张震岳的《爱的初体验》……

可是没有打火机大家都不能抽烟,于是我机智地从口袋里摸出了放大镜给大家表演用放大镜对着太阳点烟的科学小品。

我抽着烟摆出我不做大哥很多年的沧桑pose,眯着眼睛追忆往昔峥嵘岁月稠,天空十分配合地变成了夕阳残血的场景,年少热血时的江湖岁月从我脑海中连环画般飞快地闪现而过,我弹了弹烟灰,脑海中只剩下一个念头,"教练!我想喝冰可乐啊!"

正在这时,门铃响了,我买的猫粮快递来了……

其实我并不明白这个梦境具体想要表达什么。

## 5. 神说，要断网

俗话说得好，最是人间四月天（并不是俗话），所以四月不用来睡觉我简直想不出来还能用来干吗。

就是在那样令人愉快的一个四月天里，一个春风拂面让人微醺的午后，我挣扎着起床，睡眼惺忪坐在电脑前准备做作业，但结果就如大家所能预料到的那样，我情不自禁地刷起了网，完全无法自拔。

于是这个世界上不能自拔的除了牙齿、爱情以外又多了一样东西。

电光石火间，我心中闪过一个念头，上帝啊，如果你真的想我好好做作业，就只能把我的网路给断了啊！

闪完这个念头我去厨房泡了杯咖啡，回来网路就断了……

真没想到上帝在百忙之中竟然听到了我的祈祷，并且瞬间就让它实现了。尤其想到当今世界战争仍未停止、资源仍旧短缺、环境还在恶化……但是上帝放着这么多问题不管，偏偏把我的网路给断了，一定是想让我做什么了不得的大事情吧！

俗话说得好，天将降大任于斯人也，必先拔其网线，断其网路，收其零食，撕其漫画……

按照一般剧情的发展，接下来我要做的就是拯救地球。

但是黑暗组织暂时并未出现，于是我也就不急着做作业了（并没有逻辑关系）。

因为这样，我就继续去睡觉了，睡到夕阳西下起来一看，网路仍然没有恢复，看来睡觉不能够使网路恢复啊。（一个心得体会。）

虽然我已经知道了自己即将要拯救世界的命运，可在此之前我还是想先坐下来静静地刷一会儿网页，于是赶在下班时间前给网路运行商打了个电话，请他们派人过来维修，而我呢则悠闲地跷着二郎腿看着库存的动漫等待着。

不一会儿年轻的维修工就来了，到处摸了一番后，露出十分惋惜的样子来对我说道，朋友你这是网线坏了啊，我们修不了啊！

我莫名其妙道，那就修网线嘛！

年轻的维修工为难道，可是我们不能为了你一个人把网线挖出来修吧？

这是什么态度？我可是即将要拯救世界的英雄啊！英雄想要刷一会儿网都不行吗？总不能要我为了世界的和平而从此失去网路吧？

还好并没有，维修工沉吟了一会儿说，要不过几天来给你换光纤吧！

说完维修工就抽着烟跑掉了，夕阳西下、暮色四合，就好像从来没有人来过一样，而我则扒着门框，冲着维修工渐渐消失的背影充满期待地喊道，一定要来啊！

在等待维修工再次到来的时间里，我翻出几年前存着的电视剧和动漫，一部接一部地看，往常我断断续续一天只能看一集，现在我一天能看二十集，实现了质的飞跃。于是我想，也许上帝断网，就是为了让我能够安心补番吧（你够），思及此，我就安心地看了起来。

等我看完了整整两部动漫，网路还是没有恢复，看来补番也不能使网路恢复啊。（又一个心得体会。）

在补番的过程中，我突然看见了手边的专业书，买了许多年，无数学长、学姐都说如果能看完就会变成很牛×的人，可惜古往今来似乎从来没有人能够看完。

我以前看过两页，枯燥程度是"没事干躺在地板上假装自己在荒野求生"的137000倍。

看来我注定要成为一个牛×的人了！

我开始看书，大约花了两天时间全部看完，奇迹出现了——我并没有变成一个牛×的人。

看来看专业书也不能恢复网路。（另一个心得体会。）

因为不需要出门，也没有社交，我渐渐地就忘记了时间，开始忘却今夕是何年，想起来已经过了好几天，似乎仍然没有人来给我换光纤啊，打电话催之，答曰，马上来。

打完电话继续看动漫，因为已经与世隔绝没有人来打扰自己，所以看到了天亮，惊觉，仍然没有人来修网路。再打电话催之，答曰，在路上。

我感觉我和维修工似乎并不在同一个时空中——触摸不到的维修工。

我又发现，其实我有手机，手机可以上网啊！欣喜若狂，拿起手机，拿起的瞬间手机网络信号降到最后一格……

永远不要藐视上帝的力量，说断你网，就断你全部的网。

发微信，平均三小时发出去一条。我说，早上好，别人要下午收到。我说，晚饭吃了吗？人家要凌晨收到……

这样很不好，显得我像个神经病。

经过我各种钻研，我发现如果只打两个字，字节数很少发送就相对快很多，但这样一来，我所发的内容就变得十分简练，比如说"不好""吃屎"，当然我也可以打"今天""你早""饭吃""了吗"。

但是这样仍然显得我像个神经病……

又或者我可以打"嚯！""哈！""是谁~""把你""带来""我身边~"

不行，我幡然醒悟，这样一来我岂不是陷入了自己是个神经病的怪圈而不可自拔！

于是这个世界上不能自拔的除了牙齿、爱情、社交网络以外又多了一样东西。

最后有人提醒我说,其实你可以发短信啊。

是啊,一拍大腿！我可以发短信啊！拿起手机瞬间,手机键盘坏了……重新下载拼音软件,软件无法正确打开。

永远不要藐视上帝的力量,说断你网,连你的键盘都要毁掉。

折腾了一圈,我发现,在路上的维修工始终没有来啊,我心伤悲……继续打电话催,答曰,很快就来啦！

看动漫、看书、上课、回家吃饭睡觉,结果一天还没有过完。以往我觉得一天只有十二个小时,现在觉得一天有四十八个小时。

也许我陷入了时间的缝隙,转到了另一个可怕的世界限,那个世界限的特点就是没有网,每天都很漫长。(参考命运石之门。)

我开始思考人生和宇宙的意义,思考人类存在的意义。

这样不行,应该做点有意义的事情,于是我和猫玩耍了起来,我们先在床上一起滚,哈哈哈哈哈哈地狂笑,接着一起满屋子疯跑,干完这些,我又发现,维修工一如既往地没有来……

我想,还应该干点别的才行。

于是我晒被子、拍被子、收被子、装被子、换被子……洗碗、拖地、换猫砂、出门散步、买果汁,就这样一天仍然没有过去,而维修工也仍然没有来。

接着我开始打扫卫生、整理书桌,把堆积在手边的事情干完,如此这般吃饭睡觉看小说的生活过了两天,我实在受不了了,爬起来把作业给做了,于是维修工来了,网路又好了,世界也恢复了和平(并没有)。

所以说,断网才是第一生产力,你们感受一下。

永远不要藐视上帝的力量,上帝说要断你网,在关上你门的时候连窗也不会留,你们再感受一下。

## 6. 先生，你听说过床垫吗？

大二那年的国庆节，我的朋友圆脸超人盛情邀请我和她一起去打工，她用超夸张的口气描述道，节假日打工真的超有赚头的（此处要用台湾腔朗读）。被她真诚的口气所打动，我毅然决然就去了。

圆脸超人联系到的打工机会是在一家大型的中高档家具城里卖一种非常昂贵的床垫，因为家具城很大，而我们工作的那家门店在相当里面的位置，所以需要两个廉价劳动力导购——也就是我和圆脸超人。

我们的工作说简单也很简单，就是站在电梯口的样品床垫边，对着往来的客人高声狂呼，大爷，来买个床垫玩玩啊！大爷，我们的床垫是美国货啊！睡得爽玩得也爽啊！

但是店长制止了我们的行为，他说，你们给我闭嘴，我们又不是做什么不正当生意的！

于是我们就听话地闭嘴了，店长又说，你们不要像两尊蜡像一样，站着一动不动好不好？给我活泼起来，你们到底懂不懂什么叫严肃活泼，团结紧张？

不不，我当然不懂，我从上学时就不明白这两句话的意思。

我们尴尬地对视一眼，十分为难道，这个真的很难懂啊店长，要不您严肃活泼一个给我们看看？

店长便恨铁不成钢道，我是店长，我怎么能严肃活泼，我只能严肃不能活泼！

我便立刻说道，那我们不是店长，我们只能活泼不能严肃！

说完我们那看起来既年轻又沧桑的店长就背着手叹了口气走了,真想给他换上海滩夕阳的背景啊。

店长走后圆脸超人突然翻脸不认人指责起我来,她说,你就不能正常点吗?像个正常人一样地当导购对于你来说很困难吗?我匪夷所思地望着她说,刚才喊的时候你不也很起劲吗?

圆脸超人恬不知耻地说,那是我被你影响了,你懂什么叫正常地招揽客人吗?你招揽一个给我看看。

为了证明其实我招揽客人的时候一直很正常,我就去了,拦下一位刚从电梯里出来的客人说道,先生,你听说过床垫吗?对方点点头说,知道啊,然后淡定自若地推开我走掉了⋯⋯

圆脸超人受不了道,你有没有上过大学啊,拜托你有点水平好不好?你看我的,说着她立刻拦下一个人,热情洋溢地问道,先生,你听说过安利吗?哦,不是不是,我是说床垫。

我们的客人上帝便用白天见鬼了一样的表情看着圆脸超人,圆脸超人也超尴尬地看着他,他们对视了约有十秒,并没有一见钟情。

忙活了整个上午,我们像导弹一样飞来飞去地拦截别人,终于有一个大叔对我们的床垫表现出了一丝丝的兴趣,他一边坐在样品床垫上一边问我们,你们这个床垫多少钱啊?我说,打完折一万元啊!大叔立刻弹簧般跳起来喊道,这也太贵了吧!圆脸超人大手一挥说,不贵啊,我们店里还有打完折三万元的床垫呢!

这之后我们一整天都没有招揽到第二个客人,结业前店长质问我们,为什么没有带来一个客人?圆脸超人就说,店长,这不是我们的错啊!谁让你卖那么贵的床垫啊!我在一旁说,是啊,换我我也不买啊,那么贵的床垫和睡在人民币上一个感觉啊!

店长怒目而视我们,嚷道,那不是很爽吗?

我们一边点头一边赞同说,爽是很爽,就是买不起啊。

店长简直就要被我们的不成器所气昏,他又嚷道,你们两个穷鬼,这床垫也叫贵吗?你们怎么不去五楼看看,那里还有一百万元的圆床床垫呢!

第二天再有客人来抱怨这家的床垫很贵的时候,圆脸超人就说,这一点也不贵啊!你去看看五楼那一百万元的圆床床垫吧!

而每当这个时候我们的客人上帝总会格外不爽地用一种"你们这是在嫌我穷吗?"的表情看着我们。

大概判断出苗头有点不对的时候,我就会嚷道,这是我们店长说的啊,你去里面找我们店长嘛!

于是当一天之内有五个客人跑去问我们店长,那个一百万元的圆床床垫是怎么回事的时候,店长就怒气冲冲地跑来质问我们了。

他说,我让你们严肃活泼你们不会,中规中矩你们总会吧?你们就在这里喊,美国××,皮床床垫,这样总可以了吧?

我们立刻在店长的淫威下点头哈腰道,好的好的,没问题,包你生意兴隆。

店长走后我们便一起大喊道,美国××,皮床皮垫!喊了许久一点没发现问题,直到店长再一次怒气冲冲地跑过来揪我们的耳朵为止,他冲我们喊道,是皮床皮垫,不是皮床床垫!你们明白吗?

我们莫名其妙道,对啊,没错啊,是皮床皮垫啊,我们没喊错啊!

随后店长就愣在那里孤独地绕了十分钟才绕出来说,是皮床床垫!顾客一个个跑来问我买皮垫,我哪来的皮垫子啊!

店长走后我发现我们隔壁店铺的样品床上坐着一个穿婚纱的女人,她只需要坐在那里摆几个姿势就好。我问圆脸超人,她这样打工就很轻松嘛,她这种多少钱?圆脸超人说,500元一天。我说,卧槽,这个好啊,我也想干这个。

圆脸超人用鼻孔看了我一下,鄙夷不屑道,你一定要问这种自取其辱的问题吗?

听了这话我差点就和圆脸超人厮打起来,圆脸超人喊道,有好的我早就自己上了,还轮得到你吗?不就是我自己也上不了嘛。

冰冷的现实实在是太令人悲伤了,漂亮又高挑的美人就可以轻轻松松坐在那里赚钱,而我们则必须疯狂地跳来跳去,像病毒一样阴魂不散地去骚扰客人,不说了,还要去搬砖呢。

中午的时候整个家具城都没什么客人,我们就回到店里啃面包,店长痛心疾首道,你们怎么就不能给我招揽些客人来呢?我说,这不是我们的问题啊,客人一听这里的床垫一万元起,人家就不想要了啊!你们就没有便宜点的床垫吗?

店长说,有啊,你看这个0.9米×1.8米的单人床垫就很便宜嘛,才7900元,让利促销,谁买谁实惠。

我们不禁呵呵地笑了起来,店长大怒,你们笑什么?你们自己去看看五楼那个一百万元的床垫嘛!我们这个床垫真是物廉价美啊!这个既年轻又苍老的店长一边拍打着床垫一边邀请道,不信你们来睡睡,睡过了好才是真的好!

虽然这话听起来怪怪的,但我们还是将面包一扔躺了上去,感觉确实不错,不一会儿便睡着了。

五分钟后店长开始抽打我们,并嚷道,浑蛋,起来给我干活!

我们就号叫着跳起来,店长指示道,你们,给我去骗新婚夫妻,啊不是,是去做他们的生意,他们的钱最好骗,啊不是,我是说他们的生意最好做。

圆脸超人说,店长,你说得也没什么差别啊。

店长瞪她一眼说,我们可是正经生意,怎么会骗人家钱呢。

圆脸超人又说,可是你自己刚刚都说出来了啊!

店长便暴躁地喊道,给我滚去干活!

我们回到电梯旁后,开始集思广益开动脑筋,想出来很多很赞的广告词，譬如说"床垫恒久远，一个永流传"又或者"爱她就给她买个床垫吧"。

后面一句尤其有效，很多新婚的女士听到这句话都会笑眯眯地走过来摸一摸我们的床垫，每当这个时候圆脸超人就会一脸严肃地看着那些女士身边的老公，说道，先生，买个美国床垫吧，很爽的。

这时候那些新婚的男士们就会一脸匪夷所思地看着若有所指的圆脸超人说，美国床垫到底爽在哪里啊？和国产的床垫有什么不同啊？

圆脸超人就会继续若有所指地说道，持久，美国货持久，匹配先生你这样的人，你说是不是呢？

此时此刻我会恰到好处地在他们身后响起背景音：爱她就给她买个床垫吧，而且还持久。

大概是因为实在没有一个男人会在自己新婚的夫人面前说，"不好意思，可是我一点也不觉得我需要持久"又或者"持久这种品质实在是和我没什么关系"，所以那天下午我们一口气卖掉了三个床垫。

这之后，圆脸超人得出一个精辟的结论，她说，卖东西本身是很低端的销售，卖概念才是高端销售啊！并且夸赞自己，简直就是个销售天才。

说完这句话后，她一个床垫都没有再卖出去过。

国庆结束我们去和店长结钱的时候，店长始终黑着一张脸，圆脸超人说，店长你不高兴吗？这几天床垫都卖得很好啊！店长说，哼，都怪你们两个整天在那里提五楼那个一百万元的圆床，现在他们的圆床床垫竟然卖出去了一个！

我们大惊失色道，真的有人会买一百万元的圆床床垫吗？

店长不屑地瞟了我们一眼，两个穷鬼，少见多怪。

结完钱，我们走到电梯口，有个穿着西装的中年男人拦下我们,问我们是不是卖××床垫的导购。我们说,是啊,不过今天开始就不做了。那个男人便递过来一张名片道,欢迎你们以后来我这里做导购。

那个男人走了后,圆脸超人翻来覆去地看了那张名片好几次,她说,×××家具你认识吗?我说,我不认识啊,于是我们傻不拉叽地折返回去,问店长,店长,这家店请我们做导购你看靠谱吗?

店长接过名片一看,暴怒道,这就是那家卖一百万元圆床床垫的!

我们便莫名其妙地狂笑了起来。

## 7. 喏,人生呢就是这样的,我给你煮碗面

你说,人生有多少开心的时间呢,很多时候我们都不开心,但是会和自己说,人生呢就是这样子的啦,有开心也有不开心,有些人一直都很不开心,于是他们就离开了。

我说的是走饭。

她的最后一条微博被大家疯狂地转来转去,很早之前她在微博上说过我死了记得给我点一根蜡烛。

不知道你们是如何看待她,但我看着那些微博都觉得是自己坐在电脑前一个字一个字敲打出来的。

我说她要是认识我就好了,这话不仅仅是说说而已……可是说不定认识了也不能改变什么……

我不太懂抑郁症是什么,通常被描述成一种心理疾病,不开心很绝望,并且影响生理病变。

我看着她的微博,总是想到自己,我也有过一段非常不快乐的时光,非常非常的不快乐,我不知道你们怎么想不开心这件事情,但是我觉得不开心是一件很大的事情,不开心的时候什么也做不了。

从这条微博开始好了:"我发现我所有的焦虑都源于害怕被别人发现我是个傻×还口口相传——走饭。"

我曾经非常地焦虑这一点。

非常非常。

很多时候你们会想知道曾良君是个怎样的人,在现实生活中也这样喜欢吐槽吗?

哦……不是的，不是这样的，现实中的曾良君是个在陌生人面前沉默寡言的人，在熟人面前适可而止，就算在很好的朋友面前也不会什么都说，虽然还是粗线条得要命，不过多少算是个谨慎的人，因为他曾经得罪了很多很多的人，于是变成了现在这样的曾良君。

我人生的低谷期从上了大学后开始，简而言之我遇见了一个极度anti我的人。

因为我的大学同学很多人知道我的豆瓣，他们时不时会来晃一下，为了避免麻烦，请允许我暧昧地、模棱两可地、场景变换地、前后错位地讲一个故事。

A君是我大学专业课的同桌，他经常一句话把我戗得不知所措，让我怀疑一定是我开始谈话的方式不对，所以我常常会重新开始谈话，但结果却是受伤两次。

但总的来说我们之间矛盾激化是因为地域和我的成绩问题。

地域问题是个超级敏感的问题，个人成绩之类的问题仅次于此，这个世界上总有一些人，会因为某个人而否定一整个城市，也会因为城市而否定某个人。

而A君就是这种人。

A君非常讨厌我，也非常讨厌我的家乡，只是今日已经无法判别他究竟是因为我而讨厌我的家乡还是因为我的家乡而讨厌我。

他讨厌我当然是有理由的。

"文科生读工科简直是对理科生的侮辱，就凭你也配?!"

"明明是擦着分数线进来的人拜托你有点自知之明换专业好不好？从这个专业滚出去!"

"整天喝奶茶打游戏，你怎么不去死?!"

虽然不知道他在说什么，但是感觉好厉害的样子……总之作为一个中二病少年我是绝对不会接受这样的理由的。

我们的矛盾越来越深，直到有一天他在校内特地为我写了篇讥讽我的文章后我回了他一句"丑人多作怪"。

他深更半夜找到我，和我争吵起来，质问我："所以××地方出来的人都这么恶心对不对？""××城市最恶心了！"来来回回吵了几句我们便动手打了起来。

我觉得A君是个神经病，我打一个神经病有什么不对。

我还以为我弘扬了爱与正义，但事实不是这样的，大家说我的行为令人发指，他们指责我不该打人，我说A君也打我了啊，他们说是你先动手的就是你不对。

我说，可是他当着我的面侮辱我的家乡哎，难道我不该打他？

但是同学们才不听我的解释，他们坚持认为我打人就是不对。

我是个很固执很固执的人，只要我觉得对的事情，再多人和我说不对，我心里还是觉得自己对。

因为我们都动手了，所以没人申报校方，但从此以后大家觉得我竟然动手打人真是个freak，当然和我对打的A君也是个freak，我明显感觉到女生都不怎么愿意搭理我了，也许是怕我打她们……

这种事情就像高中某个学姐堕胎这种辛辣的绯闻一样，你想瞒也是瞒不住的，于是我在越来越夸张的谣言中变成了一个傻×。

你永远不能指望人们在谣言面前保持理智，比如说有人会站出来说："这个也太夸张了吧！""曾良似乎不是这种人。"

反驳的话都有版本可以用"知人知面不知心""坏人两个字写在额头上吗？""所以人性的阴暗面从表面根本看不出来啊！"

于是我就被傻×了。

被傻×的人生是很糟糕的人生，在有罪推断的前提下，别人看我干什么都是傻×的佐证。

我心情非常非常糟糕，那时候很流行一句话，出了事情总要往自己身上找原因，我想，我难道真的是个freak？

因为我总在思考这种怀疑人生的问题，所以想太多了就容易失眠，你们知道睡觉前就不能想太多东西，最好数数绵羊什么的……但是这件事情太糟糕了我忍不住要想，何况大家都不想理我……

心情持续地很不好很不好，开始严重失眠，每天顶着黑眼圈走来走去。

因为失眠得太严重我就被带着去看医生，神经科的主任医生自称是兼职心理医生，他听我简单地叙述了一下症状后说我是抑郁症和焦躁症。

虽然我确实每天都非常非常焦躁，但我觉得我好像不是抑郁症，在我一贯的印象中这种病似乎只存在于电视剧中，总之我这种平凡的人是不会得这种病的。

我说过我是个很固执的人，所以我坚决地否认了医生的说法，我怎么能和人家说，你看我失眠这么严重原来是得了抑郁症啊！这听起来太奇怪了，好像在看一本小说。

医生说，那先给你配一些强效安眠药好了，你以后再来复诊。

对于一个把我诊断为抑郁症的医生还有什么去复诊的必要？

总之我不太相信心理医生这种东西，我觉得很多事情还是要靠自己。

吃完了安眠药后我又开始无休止地失眠，失眠是件很痛苦的事情，天天看着天亮也没什么情调可言。

我和舍友说我失眠得好严重，我每天都睡不着，他们不相信我，他们说你看你还活着啊，所以你肯定有睡着，只是你自己不知道而已啊。

我和朋友说，我不开心。我当然没有说你知道吗有个看起来不怎么专业的心理医生说我是抑郁症哎，我只是说我不开心。

他们说，你有毛病吗？你看起很开心的样子，你就是太闲了才会不开心吧，如果你每天八点起来去图书馆看书、背单词、复习专业课你还会有时间不开心？

竟然拿这种校内看到的段子来敷衍我，你们是不是朋友啊……

但我总不能拉着每一个人说，我不开心，因为不开心这件事情听起来好矫情，你只是不开心而已，非洲每天有那么多小孩被饿死，叙利亚有那么多人被炸死，你只是不开心而已，算什么呢？

作为一个固执的中二病患者，我决定那就假装自己很正常好了。

我的演技非常好，没人怀疑我，虽然我常常觉得，我再这么失眠下去，可能很快就要死了。

我没有想过去自杀，因为我不希望他们在我的墓碑上刻上"曾良这个人吧，从各方面来说都是个傻×"。

虽然本班的人嫌弃我是个freak，可我还是和邻班的人关系很好，他们和我说，我这件事情处理得太傻×了，我说难道你们觉得A君是对的？

他们说不是，但是你处理得太幼稚了。

于是他们很有行动力地介绍了一个人给我认识，他们说你该学学成熟的待人处世。

成熟是什么？可以吃吗？

这位成熟的同学甲首先批评了我大错特错的冲动行为，然后他告诉我，正确的方法是不去care A君的挑衅，他说你不去管他，让他一个人跳梁小丑般跳来跳去不就好了。

我说，可是我很care啊，我要是不care我还打他干吗？

同学甲说，你最起码假装不care好不好？我说我care啊！

同学甲险些被固执的我给气死，他说你该冷静一些处理事情，然后让大家分辨A君是个什么样子的人，你只要沉住气不去理他就行了。

我说,你的意思是我要阿Q精神是吗?

同学甲说不是的,是一种心灵的强大。

一勺子二手心灵鸡汤朝我扑面而来……

同学甲说服不了我,他不死心介绍了成熟的同学乙给我认识,虽然我不太想见同学乙,但是他们说过去了有奶茶喝我就过去了。

同学乙说其实你的思路错了,你该在学生会动手脚的,比如把他排挤出学生会啊,或者让大家对A君产生民愤啊,总之你要借刀杀人。

虽然感觉有点奇怪,不过我觉得同学乙好像很厉害的样子。

我说,啊,那具体怎么做呢?

同学乙说,这个个人情况差别很大,但是你要调整思路,不要正面冲突,正面冲突是很愚蠢的行为,你看就像打仗的时候大家都正面攻击,如果能攻击敌人的侧翼就能出奇制胜!

等等……他刚刚说了什么?

打仗的时候如果能攻击敌人的侧翼就能出奇制胜!

可是……打仗的时候通常都是攻击敌人的侧翼啊!历史上两军正面进攻的战争如果你有耐心的话都可以数出来啊!

你以为次次都是朱重八和陈友谅一百多万人马鏖战鄱阳湖啊!

我突然明白刚才那种奇怪的感觉是什么了,分明是二手厚黑学的味道!

同学乙喋喋不休地和我说怎样心狠手辣在背后搞些小破坏,借助一个权势人物BALABALA……

我一心想着,他哪里看来的二手厚黑学,后来他说你看校内那个转天涯的正室斗小三帖子……

他刚才在说什么?!

一定是我听的方式不对!

告别他们后我发现假装成熟的同学都太不靠谱了。

我只好向自己的朋友求助,我说这件事情我做错了吗?

所有人都说,你错得很离谱啊!处理的方法太幼稚了。

虽然我固执地觉得自己没错,但是那么多人说我错了,我开始有些动摇了,我想我是不是该往自己身上找些原因呢……

也许我真的是个傻×什么的……

当时有两种声音,一种是和我非常熟的人:"毫无疑问你是个傻×,你怎么能做那么蠢的事情,现在算是自食恶果而已!"

一种和我还没那么熟的:"那么……这种事情发生了就没有办法啊,你管好你自己啦……"

我感觉他们好像什么都没有说……

一点建设性都没有。

日子浑浑噩噩地过了很久,因为心情不好、睡不好,每天想很多很多的事情,我就变得很烦躁,不想上课,期末考试也考得一塌糊涂,一下子变成了吊车尾,但是这种事情和心情不好比起来,实在是微不足道。

我回去之后很失落,觉得人人都嫌弃我,可我的朋友们只知道和我说些二三手的心灵鸡汤,还估计都是看微博看来的。

烦躁地摔东西惊动了舍友,他跑下来给我泡奶茶……

那阶段积累的情绪到达了顶端,我觉得我撑不下去了。

舍友泡东西有个习惯就是喜欢反复拿勺子搅,铁勺子碰上陶瓷的杯子产生了叮叮当当的回响,在安静的室内我听着那叮叮当当的声音,我突然想通了一个问题。

出了事情往自己身上找原因这句话好像逻辑有问题……如果一个漂亮女人被强奸了,那她是不是要怪自己太漂亮?所以可怜之人必有可恨之处?所以强奸犯干吗盯着她不强奸别人呢?都是有原因的!

所以A君是个傻×难道是我的错吗?

是我叫他爸妈把他生下来的吗?

这个世界傻×那么多是我的错吗?!

虽然豁然开朗可是还想得到认同,不然太心虚了。

当时是深夜三点,结果我的老师正巧没睡、正巧在Q上找我,我说,老师你说这件事情我错了吗?

他说,你没错啊,他踩了你的雷区被打是很正常的事情,太嚣张的人被打是很正常的事情啊,你是个很坦诚的孩子。

我觉得我的世界正常了。

突然觉得好困。

我的病都好了。

我讨厌故作成熟,故作不care,这种装×真是害人害己,每个阶段都做自己觉得对的事情,才能最后成为对的自己,我很怕有一天扛不住这种巨大的压力,变成了随便某个陌生人。

就算一百次回到当年我也会打人,但是现在不会,因为真的不care了……

我怕有一天我会问自己,喂,你怎么变成了这样?

如果能做自己,又能越变越好真是太好了。

走饭不是我这样固执的人,我一整夜都在想她,要是她和我一样固执就好了,固执地觉得自己没错就好了。

如果非要在我和那么多不认同我的人中选择一方是傻×,那就让那些人去当傻×好了,我干吗要选我自己当傻×。

那段时间过了之后每天都过得很开心,就好像打掉了一个大boss之后升级了。

处在低谷期的时候最害怕的不是那种烦躁和压力,而是看不见尽头的迷茫,常常会觉得,总不是这样过一辈子吧?

多坚持一会儿就能走出来了。

如果能做自己,又能越变越好真是太好了。

## 8. 有猫在

我有两只猫，一只黑白一只虎斑。

将它们养得现在这样滚圆，是我人生中最值得骄傲的事情没有之一。

我一直很想养猫，源于我脑海中一个模糊的关于一只小黑猫的印象。

印象中在我还很小的时候，每当吃饭时便有只黑猫会出现在我脚边，一直在饭桌下啃着鱼骨头，还会绕着我的脚打转，这些模糊的记忆碎片反反复复出现在我脑海中，一度让我以为是自己太喜欢猫而产生的幻觉。后来我问爸妈，小时候真的有过这样一只小黑猫吗？我妈说是啊，我养的啊，有一天不见了。

那我们为什么不再养一只呢？我这样问道。

啊，因为后来也搬了公寓啦，公寓里养猫多麻烦啊。诸如此类的车轱辘话我爸妈不知说了多少遍，总之他们并没有再养猫这个念头。

所以此后的许多年里，家里养着的生物便只有我和一只巴西龟，这只巴西龟是我十岁生日时我爸送给我的礼物，他说，给你一只乌龟，祝你延年益寿。

不，不是，为什么我才十岁就要给我这样沉重的祝福，到底在暗示着什么？但我爸向来就是这样一个古怪的人，所以我也就不好意思再大惊小怪些什么了。

顺便一提，那只巴西龟后来也被我给养死了。

而关于养猫这个念头，直到遇见了扣肉才得以实现。

我第一次看见扣肉的时候是在居住小区的主干道上，那是一个八月的清晨，我踩着自行车去上学，拐过两栋高层，突然看见一只黑白色的猫大刺刺地趴在道路旁，毫不畏惧的样子。

啊，这只猫简直不知羞耻，我这样想着便骑着自行车过去停在它身旁，猫昂起脖子来看着我，没有要走的意思。

那个，我清了清嗓子，我要去上学，要迟到了，晚上你在这儿等我，我抱你回家。

猫没有什么反应，仍然趴着。

我便去上学了。

傍晚回家的时候，骑过整条主干道仍然不见猫的踪影，我心里隐隐有些失落，便将车头一拐骑入旁边的岔道回家了。等我走到家门口时，赫然看见那只黑白色的猫就趴在我家门口，我小心翼翼地挪过去，它没有动，我将它一把抱起来，它仍然没有动，于是我打开家门，将它搂了进去。

所以那天晚上我妈回家进厨房时，便看见一只黑白色的猫趴在水池上看着她。

这之后扣肉便留了下来。

最开始的时候我并不会养猫，尽管小时候在我的生活中确实存在过一只，但是我仍然不会养。我妈爱抚地揉了揉扣肉的毛，打开冰箱切了一些鹅肝给它，然后郑重地告诉我，接下来就全部交给你了。

我爸说，你要是养不好，就把它还给大马路吧！

什么大马路，那是居住小区主干道，我气得大喊大叫，简直受不了我爸。

当天晚上，我没有想好要将扣肉放在哪里，于是暂时关在了厨房，第二天我是被一个高八度足以穿透云霄的女高音所叫醒的，是的，少年，你猜对了，这个女高音就是我妈。

你过来，我妈边说边揪着我的耳朵将我从床上拉起来一路扯到厨房，你看看它干的好事！

它干的好事就让它自己看嘛，我辩解着想回屋睡觉，可是我妈不依不饶，恨不得把我的脑袋摁到猫大便上。啊，猫大便所散发出的气味堪比生化武器，感觉闻久了，内脏会腐烂。

接着我便被一脚踢出去买猫砂、猫粮和猫窝，而那时的我，衣衫不整、蓬头垢面，勉强刷了个牙，抹了把脸，因为女高音的侵袭，脑仁还在隐隐作痛。

啊，那一瞬间，养猫的美好幻想便从可爱的小奶猫照片变成了刺鼻而狼狈的现实。这样不美好的现实，让人有一些害怕，也让人有一些退缩，跟着思绪一起飞速跳动着的是还在隐隐作痛的太阳穴。

可下一秒我立刻开始反思起自己的伪善来，在过去的许多年里，我不断和周围的人谈论着对猫的喜爱，对每一个家里养猫的人都表现出了由衷的羡慕，总是握着他们的手诚恳地说道，你真是个人生赢家啊，因为表情太诚恳了，还会把人家搞得很不好意思。

所以我决定还是要养的，不管遇到了多少麻烦的事情，不管以后还会遇到什么令人不知所措的问题，但我还是要养的，毕竟养猫是根植于我内心深处许多年的一个想法，现如今有了实现的机会，又怎么能就这样放弃呢？

可能会没有时间照顾、会将家具抓坏、公寓不适合养猫，这些确实都是客观存在着的问题，似乎因为这其中任何一个理由而放弃养猫也都是说得过去的。

你究竟是怎么回事，我责问起自己来，为什么在长久以来的梦想就要实现的前夕却在思考着放弃的事情呢？是伪善还是害怕呢？不知道为什么实现梦想的路途中总是会出现很多让人想放弃的借口，有些时候甚至冠冕堂皇又真实得不像借口了。

我一开始并没有想过这只猫要叫什么，后来我暑假的课程结束,和同学结伴去看《麦兜响当当》,里面有一首歌唱道"我愿像一块扣肉,扣住你梅菜扣住你手"。回去后我一边对着猫唱一边扣着它的爪子,一会儿我听见它"咕噜咕噜"地振动了起来,我惊讶地跳起来,把它抱给我妈,喊道,妈妈,它在"咕噜咕噜",它是不是长蛔虫了!

后来我才知道,当猫发出这样的声音的时候,其实是它在说"我喜欢你",于是它的名字便成了"扣肉"。

顺便一说,大名是梅干菜扣肉。

自从有了扣肉后我的生活便忙碌了起来,喂猫粮、铲猫砂什么的自不必说,同年的十月,我还收养了另一只出现在小区雨棚上的流浪猫小葡萄,一只黄毛虎斑猫,那之后光是拖地我就每天至少拖三次,多的时候觉得简直恨不得要拖十次,错觉人生存在的意义就是拖地了。

这是两只长毛猫,而且像七岁左右的熊孩子,喜欢和泡沫塑料玩,然后将泡沫塑料全部撕成碎片,在碎片上互相撕咬。

它们疯跑的时候爪子会在地板上打滑,没几天地板就都抓花了,我妈心疼得要死说,作孽哦……你抱回来一个惹祸精不够,还要抱回来第二个!一般说完都会拿遥控器去敲它们的脑袋,它们被敲了后就又疯跑去抓沙发,沙发没过几天就被正在长爪子的两只猫给抓得无法直视了,连内里的黄色海绵都被抓了出来。

后来,等我妈敲它们敲习惯后,小葡萄还会挥着爪子和我妈对打,嘴里发出呼呼的威胁声来,不愧是一只虎斑猫啊。

而扣肉被打的时候会一溜烟躲到窗帘后,它似乎认为抱着窗帘我们就看不见它了,即便它两个爪子抱着窗帘半个脑袋探出来看着我们,它还是认为我们肯定是看不见它的。

最开始我妈对这两只猫有些不大看好,她总是显得忧心忡忡,她说,我觉得它们会跑掉的,你信不信?我们来打个赌。

赌什么?我问道。

赌它们会跑掉的,我妈说。

我的意思是,我赌它们不会跑掉的,所以我们赌什么?我继续问道。

我们赌它们会跑掉的,我妈执着地说道。

我觉得我妈在耍我。

扣肉在最开始的时候,非常喜欢我爸妈房间里的一块毛绒地毯,整天窝在上面,后来发展到早上饿了,自己打开厨房的门,偷走一袋猫粮,拖到毛绒地毯上心安理得地撕咬起包装来,发出清脆而折磨人的声响,而小葡萄则终日窝在暖融融的机顶盒上,看着它拖猫粮,然后等待拾取一些散落在地板上的。

每当这个时候我妈就会展开女高音尖叫攻击,我的血条会迅速归零,然后马上跑过去将扣肉抱走。

我将它扔在地板上,自己迅速钻回被窝,一会儿,感受到一股沉重的压力,扣肉爬了上来,趴在我的胸口,我感觉自己不能呼吸了。

下去,下去,我喊道,然后伸出手将它扯下去。

扣肉滚下去后便走到我枕头边,趴在那里,伸出爪子摁住我的鼻子,啊,我又不能呼吸了!

所以我常常会想,这个世界你和谁讲理去啊。

扣肉和小葡萄是两只很调皮的小公猫,皮起来就是疯跑,你装腔作势要打它们,扣肉就抱着窗帘假装你看不见它,小葡萄则撅着屁股逃到床底下。但是每天早晨我们要出门了,两只猫便会显得很意外,用一种莫名其妙的眼神看着我们一个个走出去,倒给它们吃最喜欢的猫粮也没用,不吃,坐在那里将眼睛瞪得圆圆地看着你。

等回家的时候,它们便已经蹲在门口等着你回来了。

那时候我就明白,我对它们其实付出得很少,我给它们喂食,给它们清理猫砂,陪它们玩耍……但是不管怎么说它们只是我生活中的一小部分。

扣肉好像已经明白了我玩电脑的时候是绝对不可以打扰我的，所以每当我离开电脑去厨房拿饮料或是去卫生间上厕所的时候它就急急忙忙地跑过来，用身子很着急地拱我的脚，在我走路的时候悄无声息地蹿过来一把抱住我的小腿，然后又哧溜一下跑开，跑远了回头一看我没有去追它，它就会擦几下脸很失落地……再跑过来……抱小腿……

有时候我会没看见它，一脚踩到它的尾巴，又或者踩掉它身上的毛，我蹲下去摸它的时候都很怕它生气了一口咬上来，毕竟它是只很爱咬人的小公猫。

但是它没有，它着急地把脑袋凑上来蹭我。

好几次我在微博上看见关于汪星人很感人的故事，在车站等了十七年，或是在墓地陪伴故去的主人二十多年……

我想喵星人大概真的不会干这种事情。

我想起以前看见的一段话，大意是不要养猫啊，因为猫会很快忘记你的，猫这种东西呢就是这样的，无论你养了它多少年，它总是很容易就跑开了，又或者很容易就忘记你了，还是狗更为忠诚一点。

我想，这也许是真的。

但是，这又如何呢，如果明天我不存在于这个世界上了，我希望扣肉和小葡萄立刻从窗户里跳出去离开我家，不要恋恋不舍，不要悲伤。

何必非要永永远远地等待着我，期待着我还会回来呢，绝大部分人类都做不到的事情何必要求猫做到呢，再说，离开的人都是很自私的，他们不会想念任何人。

它们可以下一秒就忘了我，跑出去玩耍。爱在相处的每一天中，并非泛黄的回忆里。

## 9. 这个夏天有很多猫毛

早上被突兀的电话铃声吵醒,惊得从床上跳起来,猫本来睡在桌子上,立刻被吓跑了。

说是早上也不确切,接电话的时候看了眼时间已经快到中午。挂了电话抬头看向窗外,阳光热烈得像是某种实质性般的东西一样砸向玻璃窗,充满了夏天独有的巨大张力,窗口的树叶泛着油亮的光泽,盛夏的阳光打在上面反射出一种叫作生命力的东西来。

昨天也是这样的夏日好天气,去门卫处取咖啡滤纸的快递时思想斗争了很久才踏出家门,在宅人心中,家和门卫的距离并不比家和最近的便利超市之间的距离近多少。踏着树荫而行,交叉路口没了树荫就吼吼叫着跑过去,取个快递像是去码头干了一小时苦力,来回十分钟的路走出了一身的汗。

再往前推一个礼拜,好像也是如此这般的天气,回学校拿材料的时候热辣的阳光像鞭子一样抽上来,烫得发疼,跳着脚过去又跳着脚回来。

起来后给猫糊猫粮吃,将猫罐头里的吞拿鱼一点一点糊在每一颗猫粮上,不然它们就不吃猫粮,只吃罐头。糊得久了,导致我产生一种错觉,觉得自己好像一直是靠糊猫粮为生的。

其间又回房间接了个电话,回到厨房的时候猫的脑袋已经埋在罐头里了,把扣肉的脑袋拔出来,罐头早就空了大半。

到了夏天,两只猫就变成了两条猫。

布艺沙发早就被它们当作抓板抓烂了,到处都是线头和沾在上面的猫毛，每天要用吸尘器吸两次，但是收效甚微，家里仍然到处都是猫毛。

它们拉成笔直的两条呈 L 形躺在沙发上，肚皮翻在外面，毛茸茸的，几次想给它们剪毛，又好像无处下手，就算了。

它们不愿意剪指甲，前几天给它们洗澡的时候，小葡萄蹿到我身上躲着，把我抓得嗷嗷叫，对于猫来说，可能世界就是一个巨大的抓板乐园。

下午的时候，扣肉一如既往站在浴室的窗台上看外面的风景，外面的风景很简单，两片小草坪，几棵树，还有一只和它花色相同的流浪狗。

流浪狗看见扣肉就会叫，但是今天太热了，流浪狗不见了踪影。

纱窗被抓出了几个洞来，家里的蚊子便多了许多，每天又陷入无穷无尽拍蚊子的困扰中，想过去换纱窗，但实在是觉得兴师动众懒得换，何况换了新的一样会被抓破，还是继续拍蚊子吧。

小葡萄有时候会帮忙抓蚊子，至今它的战果是一只蚊子和一只瓢虫。

就像家里放了许多年的钟表一样，有时候能听见清晰的"嘀嘀嗒嗒"秒针走动的声音，一晃神这些声音又没了。夏日的蝉鸣也是如此，断断续续地能听见忽远忽近的海浪般的蝉鸣，潮水般扑过来，一会儿又消失不见了。

这大概就是夏日的背景音。

小葡萄睡在笼子里，它很喜欢那个笼子，里面铺上了一小张凉席，那个凉席原本是属于沙发上的某个方形靠垫的。

现在那个方形靠垫只好没羞没臊地裸着身体和一堆穿着小凉席的靠垫挤在一起，万物皆有灵，裸体靠垫一定会被别的靠垫所排挤和孤立的。

去年这个时候它们都还没有来到我家，再要等十几天扣肉才来，还要等三个月小葡萄才会跟它挤在一个小笼子里。

它们刚来的时候笼子对于它们还很宽敞，里面有个羊羔垫子，它们很喜欢爬进去睡，两只猫挤在一起互相取暖，现在已经不行了，它们都变成了巨大的喵斯拉。

小葡萄独自睡在里面，脑袋还耷拉在外面的地板上。

扣肉睡在客厅地板的正中央，拉成巨大而笔直的一条，前爪捂着眼睛在睡觉，我在旁边的饭桌上吃西瓜，扣肉就爬起来要闻一下西瓜，我不理它，它便人立起来，用前爪打鼓一样敲打我，战败，拿一片西瓜给它闻一下，遂满意，躺回去继续拉成笔直的一条睡觉。

大概到夕阳西下的时候，它们便开始满屋子疯跑，互相追逐，或者互相殴打，打着打着又开始给对方舔毛，让人匪夷所思。

空气里全是浮动的猫毛，在黄昏的光线下呈现暗金色。

拖地的时候它们会站在拖把上，抱着拖把杆，随着拖把一起移来移去，这可能是它们一天中最开心的时刻之一。

但可惜我老人家年纪大了体力不支，没办法带着两只喵斯拉一起拖地，赶走跟过来，赶走跟过来……没完没了，奔跑的过程中又带来许多新的猫毛，变成一个让人悲伤和困扰的死循环。

这个夏天和以往有些不一样，大概是多了很多猫毛。

## 10. 不存在的夏天

那到底是2009年还是2010年的夏天,在记忆中显得有些时空混乱,但又有什么关系呢,反正这个夏天并不存在。

那一定是那个夏天中最为炎热的一天,热得让我从黏腻发烫如铁板烧般的上铺爬下来,又决心逃离那个蒸笼般热气蒸腾的狭小宿舍。

距离八校联合设计才刚刚结束不到一周,满校园乱逛的美国人、荷兰人、以色列人就像潮水般退去不留痕迹,取而代之的是参加五校联合设计的精英们。

但实际上不管再怎样变更,参赛的永远都是同一批精英们,他们奔走忙碌着,而我则或在学校里或家里躺着,日复一日地荒废着时光。

评图室是除了图书馆外这个老旧校区唯一有空调的地方,而我的图书证却又早就消失在了上一个夏天。

我拿着一杯巨大的冰奶茶站在人来人往的评图室,来自五校的精英们或站或坐在我身旁川流不息地忙碌着,有人在打扫,有人在搬书,而我则一如既往既毫无用处又毫无存在感地站在一幅过期的作业前,上一期的作业还未来得及撤下,此刻成了评图室里的背景,虚伪地营造出一种若有似无的专业气息。

真是完美的作品不是吗?紧贴着我身后传来了一个陌生的声音。

哈?我疑惑地侧着身子闪向一边。

那是一个我从未见过的男生,高高瘦瘦的比我要高出近一个脑袋,不长不短的刘海刚刚到眉毛,肤白貌美长着一张精英的脸,礼貌客气又充满距离感,倘若他也有乳母的话,我怀疑会像教育姗莎那样教育他,礼貌是贵(jing)族(ying)小(xue)姐(sheng)最好的武器。

他从口袋里掏出黑色的框架眼镜戴上,看着面前的那份过期作业,评价道,真是完美的70分作品不是吗?样板一样的存在。

哦,我看了一眼那份作业又随意地点点头附和道。

仅仅从理论意义上勉强可以算作建筑,苍白无力又显平庸,我反复看了三次才注意到这份作业,我真的……很少看见这样没有存在感的作品,身旁的男生似乎对这份作品怨气很大。

你注意不到它是因为它没有建筑该有的空间感,像背景里的壁画一样存在着,我试图去分析他的疑惑。

你说得没错,是因为毫无空间感的原因,简直就像某种拙劣的平面设计图。他似乎释然了一些,随即看了我一眼,如果是你,你会给它打几分?我的话只能给这个设计本身打60分。

59分吧,毕竟不是什么合格的作品,我喝着奶茶漫不经心地评价道,因为奶茶外壁上凝结了满满的水珠,我不得不从这只手换到那只手。

不,我觉得是60分的作品,只是像……像经过生化污染后的工业产品回到实验室经过洗涤、磨平,变成了一块普通的铁块,没有特色、没有功能,无害也无益,但毕竟是矿石。

这样啊……我点点头,好像有点明白他的想法了,又打了个比喻道,就好像登山时携带的压缩饼干,索然无味,你平时也不会去吃它,但不管怎样它总是饼干没错。

就是这样,他扯了扯嘴角,我理解为这算是笑过了。

他顺着展板一路看下去,到底出现了学号和姓名,赵曾良,他慢慢将名字念了出来,这个字到底是念ceng还是zeng呢?

念zeng,我告诉他。

他点点头,问道,你认识他?

医生,你过来一下,他的伙伴们在方桌旁冲他喊道,他侧过身去扬了扬手,而后从口袋里掏出明黄色的临时通行证来,指了指上面的名字说道,我的名字,你叫……

我瞥了一眼他的名字发现是医生的谐音,也许他的英文名叫Doctor,我这样想到。他的小伙伴们催促得很着急,于是他转身匆匆说道,那我们一会儿再聊吧。

看来他似乎误会我是五校联合设计的人了,而此时我校参赛的精英代表们也发现了我的存在,他们有的冲着我僵硬地点了点头,有的则完全视若不见。

我的存在是多么不合时宜啊,于是我恋恋不舍地退出这有空调的房间,重新回到炙热的空气中去。

周末我背着一个巨大的斜挎包坐在公交车站等车,那原本是在运动专柜的网球区买的,现如今被我塞满了要带回家的脏衣服,但这不妨碍我看起来像是一个热爱网球的运动少年。

正当我全神贯注捧着PSP在打游戏的时候,头顶上突然响起一个声音,不是这样操作的。

我抬起头来发现"医生"就站在我身旁,我听见自己发出了一个无意义的音节,唉?

然后主角就挂了,屏幕变成一片灰色,红色的英文显示战斗结束,我有些懊恼,因为战斗之前忘了存档,这意味着我回家后得从上一个boss重新打起。

一边将PSP往衣服口袋里塞一边随意搭着话,你也来坐公交车吗?

但"医生"没有理我,他将PSP从我衣服口袋里抽出来,然后好心地拿到我视平线以下,回到上一个存档点,演示给我看如何快速而正确地操作。

我一点也不感激他,真的。

他怎么能明白,我只是想随随便便地打打游戏,然后随随便便地打发一些时间,我根本不在乎打得如何,会不会打,这是整个世界上为数不多的,我可以随便瞎搞的事情之一。

他完全破坏了我的乐趣,并且使我显得有些可笑。

在他细心地帮我找到存档点存档后,我也已经错过了我要搭乘的班车。

喂,赵曾良,他喊我。

怎么了?我一边防备着他一边赶紧将PSP塞入包内。

你要搭的车刚才走了,他若无其事地说道。

我有眼睛啊……我抱怨到一半,唉,你怎么知道我要搭哪一班车?

刚才有个女生和你打招呼,你没看见,我替你回了,他又这样若无其事地说着,仿佛在炫耀自己的观察能力多么强大似的。

当我和他一起坐在另一班开往市中心的公交车上时,我简直要埋怨自己了,唉,我累得要死,又背着一大包脏衣服,为什么要陪他去市中心找什么饭店,他爱去就自己去好了,我未免有些太好心了。

当我们从公交车上下来时,已经接近7点钟光景,落日熔金一样坠在最西端,商业步行街上像往日一样人来人往、川流不息,给人一种都市特有的繁华感。可是这些和我又有什么关系呢,我只感受到一种巨大的疏离感,幻想自己此刻已经回家了,在半明半昧的黑暗中躺在床上什么也不做,才让我感觉好受一些。

他倒是显得兴致勃勃,那个……陆医生,我喊住他,他停住脚步回头看着我,我吃力地拿过他的手机帮他在地图上定位好,然后再还给他,喏,饭店就在这里,我要继续在车站等车回家了。

哦,这样啊,他看也没看就将手机揣回兜里,你要转车吗?

不要。

你还有几站路到家?

八站,我看着密密麻麻的候车人群感受到一阵绝望。

陆医生轻快地点了点头,和我道谢后转身消失在人群中。

十五分钟过去了,有两班可以搭乘的车从我面前经过,而我,显然没有成功挤上其中的任何一班,假如我是个散打冠军的话,倒也不是没有希望。走了一车人,又来了更多的人,而我,快要被自己的脏衣服给压垮了。

我是不是有病?我开始质疑自己,我为什么每天都要换衣服,我从来没有觉得衣服这样重过。

正当我考虑要不要徒步往前走几站的时候,手里突然多出一个冰冷的东西。

陆医生说,拿着。

一个命令句式。

优等生都这样讨厌吗?我心里悔不当初,不该吃他的冰淇淋,可我反应总是慢半拍,当我恢复意识的时候,冰淇淋已经在嘴里了,于是现在我不得不陪着他去找什么私房菜馆。

天知道,我只想回家吃个泡面,然后躺着什么也不做。

等到私房菜馆的时候已经过了第一波饭点,来得早的人陆陆续续开始吃完结账了,于是我们虽然没有预订却也顺利坐到了位置。

哎,我为什么要用我们这个词,但当我反应过来的时候手里已经拿着菜单翻看了起来。

我大概猜到他费尽心思想要做什么,无非得知我就是被他大肆批评过的作业的主人,心里一阵过意不去,想请我吃饭来使自己的良心好受一些,可我根本就没有生气,他也用不着过意不去。

换言之这一切都是徒劳的,换作任何一个周末,这个点我都已经打完游戏,躺在床上开始看肥皂剧了,而不是在一家作为本市市民的我都不知道的店里吃着昂贵又很好吃的东西。

大概是因为东西实在是很好吃的缘故,我闷头吃了一会儿听见他感慨道,你还真是能吃啊。

我嘴里塞满了食物而无法反驳他。

你喜欢打网球吗?他看着地上那个巨大的斜挎包问道。

不喜欢,我不喜欢做任何运动,包里是脏衣服,我将食物咽下回答道。

那你……喜欢听交响乐吗?

不喜欢,我不喜欢听任何音乐,我的注意力被新上来的蜜渍过的菠萝完全吸引过去了。

等我将面颊塞得满满的,形似一只松鼠的时候,才意识到了吃了别人的东西却将别人这样晾着实在是不太礼貌,于是艰难地开口问道,你喜欢……看电视剧吗?

不喜欢,他回答道。

我好像看见有人用勺子在我们之间挖了一条马里亚纳海沟。

这之后我们沉默了约有十分钟,这期间我唯一做的就是吃、吃、吃、吃……

赵曾良听起来像个男生的名字似的,他将筷子横放在碗上,表示已经不准备再吃了。

陆医生听起来像个女生的名字似的,我回敬道,并且我感觉自己说的是实话。

他可有可无地笑了笑,随后说道,你做的作业真的挺差的,我都看不下去了。

天哪,我竟然天真地以为他是来和我道歉的,男人的心就像海底的针一样,真是琢磨不透。

嗯,是挺差的。

我这么说你,你不生气吗?

我为什么要因为你说了实话而生气?何况我也不是很在乎这些。

那你在乎什么?

我现在唯一在乎的就是我到底什么时候能回家。

你有急事吗？说到这里他才显露出有些过意不去的神情来，你家人在等着你吃饭？

没有，我将最后一片菠萝塞进嘴里，我家里没人。

我以为……你是和家人一起生活的，他小心翼翼地说道。

是啊，他们只是今天不在，我不明白这些人为什么总在不该小心翼翼的地方小心翼翼起来。

哦，他松了口气，你急着回家做什么？

回家躺着啊。

一个人吗？

两个人就不是躺着了。

陆医生低头笑了起来，为了掩饰而捂着嘴，我这才注意到他颇为好看的手指，我想他要是真去做个医生大概也不错吧。

他最终还是笑出声了，停都停不下来。

我到底说了什么，我只是在客观地描述一种可能性，又没有讲什么黄色笑话，他这样搞得我像个登徒浪子似的，不知道的还以为我有意博美人一笑。

等他好不容易停下来后，我想换一个话题，我试探着问道，你的英文名叫Doctor吗？

怎么可能，我的英文名叫Eason，谁会叫Doctor啊？

说得也是，我感觉自己在犯傻。

他又笑了起来，啊，他这人到底是怎么回事？那么容易被逗笑。

我吃得撑得要死，走在路上感觉连抬腿都困难，胃沉沉地往下坠，陆医生拎着我的脏衣服在后面闲庭信步。

喂，赵曾良，送你回家吗？他问道。

我才是本市市民吧？

哦，也是，过了一会儿他又问道，那你送我回家吗？

不送,我斩钉截铁地拒绝了。

为什么? 我不认路。他说。

因为你家在另一个城市,太远了啊,我莫名奇妙地回答道,到底有什么好问的,这不是理所当然的事情吗?

他便在后面一直笑一直笑,直到我们回到当初吃冰淇淋的车站。

这人到底有什么问题,我简直要满头黑线了。

车站依然挤满了人,看得人头皮发麻,而陆医生过去看了一圈后告诉我,我要搭的车今天已经结束了,真是一个好消息。

我只好打电话叫电调,在等电调车的过程中,他又不断问着这个城市的历史、地理,可我什么都回答不上来,我只是个普通市民而已,又不是什么地方志小能手。

车好不容易来了,我一头栽进去,拽过自己的包,再见再见,迭声地道别,他却也施施然坐进来,说道,过一会儿再道别也来得及。

你上来干吗? 我问道。

我回旅馆不也没车了吗? 他说得似乎也是很有道理。

等我在家门口用钥匙开门时,才意识到一件事情,我好像忘记付自己的那部分车钱了……

正当我还在为这件事情感到一丝过意不去的时候,收到了一条陌生短信,上面写着:喂,赵曾良。

啧,到底有谁会这样写短信。

干吗? 我回复道,明明记得没有留手机号码给他的。

你现在躺着吗? 消息很快回过来。

正躺着看手机的我,感觉有点不好意思起来。

起来,紧接着又是一条短信,一个命令式。

What! 这人以为自己是谁?

但当我拿着两块白色卡纸板走在路上的时候,我又觉得自己脑子被驴踢了。

评图室里依旧开着让人舒爽的空调,外校的学生们也依旧在忙碌地绘图或是搭建模型,仿佛这个世界上只有我一个人是静止不动的。我将卡纸板交给陆医生的时候,他正在和我们班的人说话,这是我最不想看见的场景。

班里老实憨厚的学霸举着手机晃了晃,我把你的号码给他了。

我点点头,心里在狂翻白眼,我想我真是个言行不一的虚伪的人啊。

我将卡纸放在桌上转身就想走,陆医生却拽住我的袖子,用一种再自然不过的口气说道,一会儿过来吃饭。

我将袖子拽回去,我吃过了,随口拒绝道。

你那么能吃,再吃一顿怎么了?

你……我突然想到了车费的事情,于是伸手就去掏钱包,说道,上次车钱还没有给你。

他摁住我的手说道,那今天吃完你送我回去不就行了。

那语气自然得仿佛我们是什么从小一起长大的邻居,认识了百八十年似的。

那天还是一起吃饭了,我暗自发誓绝对没有第三次,再也不要被这家伙牵着鼻子走了。然后我们又一起吃了第三次、第四次、第五次……饭,他仅仅只在我们学校一个月而已,和他一起吃的饭就已经比谁都多了,甚至把他的小伙伴吃成了自己的小伙伴。

人生好像已经简化成,躺着,他的电话或是短信过来,我就一骨碌爬起来去吃饭。

比赛结束后,我们最后一次一起吃饭,我面前放着一个焦糖面包布丁,他突然伸过手来摁了摁我的脑袋,我抬头不明所以地看着他,他摇摇头说道,没什么。

到最后他还是开口了,你……为什么要和宿舍里的人打架呢?

因为他们都讨厌我。

那你讨厌他们吗?

你会爱着讨厌你的人吗?我反问他。

他没有说,你这样冲动地解决事情不好,你要讲道理,也没有说,他们本来就该打,你做得好,他说的是,一定有什么更好的解决办法吧,我来帮你找到它。

但其实那时候,他并不清楚我经历着怎样的人生低谷,又承受着怎样的压力,一片茫然找不到攀爬上去的道路,只能静静地在黑暗中躺着,等待着某个时机的到来,可以走出这片阴霾。

所有的一切都被我搅得一团糟,我像是深海中的某种异形怪物,无人搭理,孤独痛苦又毫无存在感地活着。

他活着是为了追求更好的生活,而我活着就仅仅只是活着罢了。

他在路口和我道别,你这样很辛苦吧,他轻轻地说道,总是一个人。

这其实并不辛苦,虽然有些孤独,我这样回答道,并不希望将沉重的一面展现给他看。

陆医生并不喜欢我总是充满秘密的样子,但他还是展现出了最大的包容,故作轻松地说道,但也有一个好处,根据我的观察,你的同学里也没有什么值得交往的人。

不过我也不是什么值得交往的人啊,我耸了耸肩。

你何必这么说自己,他叹了口气。

八月底的时候他就作为优秀学生被交换去了德国,我早知道他要去德国的,他也一早告诉了我,可是分别的那一天,我还是没有告诉他,其实我很舍不得他。

我就是没有办法开口当面告诉他。

到了德国后,他每天会花两个小时来和我联系,他说,我对你认真的程度简直就像在对待一个新课题。

哦,那又怎样,我不屑一顾道,我可以每天在你身上花二十个小时,反正我的时间根本不值钱。

你不能这样下去了,这是他第一次非常严肃地和我提出要求,你要打起精神来去念书。

他每天六点就会起床跑步、念书,过着自律的生活,但是我不行,他见我深陷泥潭,便想拉我。

陆医生大概是这个世界上除了我父母外,最最希望我好的人,甚至可能比我的父母还要希望我好,他是真的想让我变好,但我一次一次让他失望。

他每天掐着时差打电话来叫我起床,可我挂了电话又睡,他让我去跑步,我一次都没去,他寄给我的CD,我一律放着当背景音,从未认真地去听过,而且我也真的听不懂。

那几个月每次有作业,他比我还要上心,明明他在那边也很忙碌,也有自己的生活,可还是把所有可支配的自由时间都花在了我身上。他帮我改了一次又一次的设计,每次让我再加工,我都原封不动地交上去,就这样,最终还是拿了我整个大学期间的最高分。

可这到底不会让我产生一点点的成就感,这些东西全部都是陆医生的,而不是我的啊,何况我已经有些害怕他督促我学习的电话了,每日电话一响我便开始感到焦虑,心说,我又不是来和你组成什么跨国学习小组的。

最终触及他失望的底线的是我英语六级没过这件事情,尽管他每天都在督促我背单词,督促我做练习,帮我找资料,可我挂了他电话便不再去努力了。

我一如既往,躺着,什么也不做,试图让自己沉到深海,直到他一个电话将我拉出水面,日日如此,其实我也很难受。

他对我越来越失望，我也越来越害怕面对他。

我们试着不再谈论彼此，他开始越来越多地提到另一个小姑娘，她活泼、开朗、天真、热情，总之和死气沉沉毫无干劲的我完全不一样。

我想他是有点喜欢她的吧，他完全值得更好的人，而不是我。

那一次和他争吵起来，大概是我人生中做过的最无知而卑劣的事情了，直到今天也不能原谅自己。

他又一次打电话来，问我到底想干什么，为什么一整天一整天地浪费时间却什么也不做，他说，我不希望这样眼睁睁地看着你毁了自己的人生，我做不到。

可是我回答他说，那你就别看啊，扭过头去就看不见我了。

他生气地质问我，知不知道自己在说些什么？他问我有没有考虑过自己的未来，难道要一辈子这样下去吗？

我冲他喊道，你少自以为是了，你以为的人生又是怎样的？是的，我什么都做不好，我知道在你看来怎么可能会有人考不过六级，怎么可能花了心思设计却上不了八十分，你甚至不能理解为什么有人会没有空间感，你把这一切通通都归结为，是他们不够努力不够上进，自甘堕落才导致的人生。是的，我明白，你的起点可能我这辈子都达不到，你走得太远我已经跟不上了，但是你有没有想过，你那么优秀只是因为你比别人更努力吗？你以为人人都像你一样有个德语翻译外公，一个在交响乐团工作的父亲，一个驻外记者母亲吗？你以为人人都像你一样天生那么聪明吗？你以为所有人都像你一样只要努力了就会得到一个好的结果吗？你过着这样轻松的人生凭什么来指责我？

我听见他在电话那头气得发抖的声音，我听见他用英文问我，你凭什么认为我的人生很轻松？

这是他母亲留给他的习惯，每当他们谈论到什么他母亲不愿意谈论的或是让人尴尬的话题时，她母亲就会不自觉地切换成英文,似乎换了一种语言,伤害和尴尬便也能随之化解掉一些。

我还听见他问我,这就是你不去努力的理由吗?否定我的努力就可以让你心安理得地堕落了吗?

一年后,当我们重新坐在一起吃东西时,我向他道歉说,对不起,我不知道这样说会伤害你的自尊,让你那么难过。他说,没关系的。

我说谎了,我知道的,我一直都知道这样说会伤害到他,可我就是故意要去伤害他,将他优等生的自尊心击得粉碎,我就是想让他难过,我既卑劣又残忍,将自己的不满全部发泄在无辜的他身上。

并且沉浸在一种无聊而虚伪的自我感动中,我以为这样自己就不用再去拖他后腿,我以为这样被我伤害过后,他就可以开始新的恋情,我以为我放手了,他就可以拥有幸福快乐的人生。

我至今也想不明白为什么那时的我竟然会认为,我可以通过伤害一个人的方式让他获得幸福。

那之后,我切断了和他的联系,不管他怎么找我,我都不回应他。

我知道他难过了许久,可我选择视而不见,我以为这样才能让他尽快开始新生活。

那几年我从来没有后悔过,可现如今我却偶尔会想,如果当初我老老实实向他道歉,告诉他,对不起,我做不到,我一宿一宿不能入睡,我吃很多很多的药,那些药让我精神恍惚、记忆力衰退,我时常感到绝望,我身体和精神都已经在崩溃的边缘了,会不会就有不一样的结果了呢?

可能也不行吧,陆医生这个人,不太能够理解这种人生,也不知道我为什么要绝望,但是最起码我不需要去自以为是地伤害他了。

和他断联的那一年里,非常想回头向他道歉说,对不起,我不想这样，我很想你。可是我没有，我固执地不肯回头。

直到一年后的寒假，他联系我说，我要回国了。这次我回复他说，嗯。他又说，回来看你，所以你想要什么？我说，没有什么想要的。他说，那老样子，我们一起吃饭吧。我说，好。

就好像什么都没有发生过那样，就好像昨天我们还在打电话聊天那样。

他出现在我面前的时候，我好像觉得他又长高了一些。

我们一起吃饭的时候，仍然是为了照顾我而点许许多多的甜品，他还是会谈论他最近听的作品，然后问我，要寄一些给你吗？

他又伸手摁了摁我的脑袋，他说，你看起来比以前好了很多，别告诉我这一切都是因为我不在的缘故。

怎么可能，我反驳道，我想告诉他，其实这一年来我都非常想你，可是我就是开不了口，不敢当面这样说出来。

那就好，他点点头，毕竟现在我回来了。

回来了？我疑惑地看着他，你的意思是，你不继续在德国念书了？

我当然会在那里继续念书，他笑了笑。

你的意思是，你想要我们……复合？

我们分手了吗？他这样反问我。

可其实我们之间的问题从来没有真正解决过。

他又开始每天给我打电话让我好好念书，帮我制订学习计划，甚至会帮我选课，不喜欢我做出的轻易而草率的决定，也不满我不求上进的人生观。

就这样在一起又过了半年，在另一个夏天到来的时候，我问他，你一定要告诉我，我们失去联系的那一年里，你有没有和小姑娘在一起？

他说，如果你一定要算的话，非常短暂地试图在一起过。

我问他，你和她在一起不开心吗？她不是乐观开朗、上进又努力吗？

他说，可是不行啊，我想和你在一起，只有你才是special的。

我不知道为什么在这里他又用了一个英文，究竟是不是想逃避什么，我无从得知。

我和他说，你觉得我special正是因为我是这样的人，我不能跟着你去走你的路，那条路我走不了的，你总是待在那个圈子里，你总觉得人要足够强大才行，你觉得努力念书、念名校，有足够的能力去找一个好工作才是成功的人生，可是我不行啊，我想走我更喜欢的路，可是那种生活在你看起来是有些荒谬的，你觉得危险，你不想让我过那样的生活。

他问我，你到底想过什么样子的生活？如果我努力赚很多很多的钱，让你什么都不用干你会开心吗？

不是这样子的，我说，如果那样的话，我们都不会开心的。

我好像知道这些话说出来就没有反悔的余地了，可我还是说了，我说，你不要再把我变成你想要的样子了，我不想成为你想要的样子，我付出了很大的代价才能做我自己，我自己没有什么好的，可我就是想做我自己，可这样子的我你又有些看不上，你想我按照你的标准变得更好一些，和你更配一些，你想让我变得和你那个圈子里的人一样优秀，可是我一旦不是我自己，也就不再special了，我会变得和那个小姑娘一样，热情、开朗、聪明、优秀，可是……却沦为另一种平庸，这样我既失去了自己又失去了你，我不想这样。

他没有回复我，很久之后他才说，你以为你这样说，就不会伤害我了吗？

对不起，我向他道歉，我不想伤害你的，我一点也不想让你难过，我想你过得更好。

怎么可能过得更好，他说，我真希望那个夏天从来没有存在过，如果存在的话，可能还是会想认识你。

如果你希望那个夏天没有存在过的话，那么它就没有存在过，我这样回答他。

这之后他便消失在我的生活中了。

昨晚我梦见他，梦见自己拉着他的袖子，告诉他，我喜欢你啊，非常非常地喜欢你啊。

可这些话，我一次都没有开口和他说过，毕竟那个夏天从来没有存在过。

## 11. 过期的 2012 年

每当提起 2012 年的时候，总会连带着想起那场声势浩大的末日传言，想当初也曾心情激动地在电影院里连刷三次《2012》，大概是如此这般因为末日电影的缘故总对已经流逝而去的 2012 年抱有一种莫名的期待，2011 年的时候曾经觉得这一年一定会大不一样的，具体哪里会不一样却又说不出来，只是莫名地坚信，一定会不一样的。

流年却是一如既往，月历上积着薄薄一层灰忘了去翻页。

在迟钝的感官世界中，一年似乎是个极其漫长的时间单位，想来是可以干很多事情的，时间多得无论干什么都绰绰有余，诸如开始学习一门新的语言，看完堆积已久的书，追完标记过的新番……也足够我颠来倒去进行好几次想当学霸却又做不到的旅程，可是一切都没来得及开始，这一年倏然便结束了，这大概就是拖延症患者年复一年的悲哀与茫然吧。

跨年真是一种仪式感极其强烈的事情，这一秒和下一秒全然是完全不同的两个新天地，过去一年中那些好的不好的，通通都消失不见了，好像有人将生命中的计数器短暂归零，一切便又可以重新开始，充满了新的希望。

去年这个时候跟风许愿想了几个要在末日前做到的事情，结果一件都没有做到，于是这些愿望便跟着末日一起过期了。

时间好像给一切都贴上了无形的标签，在短暂的生命中，所拥有的都会陆陆续续地过期，草莓蛋糕会过期，愿望会过期，回忆也会过期，大概只有罗马和猪肉卷才是永恒的。

时间的刻度细微地展现在四季和琐碎的生活中，一点点干瘪掉的牙膏，每日刷牙时能看见的浴室窗外风景，树叶由绿变黄，又干枯掉落，翻多了慢慢起毛卷边的课本，消失不见的橡皮，长了又短的头发，还有堆积在墙角的习题册。

一年之中总有一段时间过得飞快，一个星期连着一个星期眨眼间便过去了，仿佛上一刻还端着咖啡无精打采地面对着令人苦恼的周一，下一刻揉了揉肩膀，已然到了令人愉快的周五下午。这让我怀疑，有个看不见的小人在我睡着的时候偷偷地拨快了我的钟，又或者存在着某种妖精，以蚕食人类的时间为生。

不知道是因为城市热岛效应的越发严重，还是全球气候变暖的大环境影响，四季的更迭开始变得模糊起来。2012年的年末我甚至有那么几天还穿着短袖在到处晃荡，可没过几天，温度便直降到摄氏零度以下，我们又慌乱地换上了冬装，一切像游戏一样带着某种漫不经心的恶作剧味道，再也没有了四季变换的神圣庄严，而我的生活也对应着越发不严肃起来。

与之产生对比的是那四季分明的过往，还记得高二的某个清晨，我突然就醒了过来，脑海中一片清明，没有一丝倦意，手脚麻利地爬起来站在窗边，看着太阳从层叠的高楼空隙间升起，云彩从深蓝淡紫到橘金色依次变换，奇幻得像一张水彩画，我发自内心地感到高兴，产生了一种年轻人特有的憧憬，并且当真觉得自己听见了夏天到来的脚步。

而再往后，我就很少为季节的更替而感到高兴了。

人生总有两条岔路，我们只能择其一而走。

往往一开始打定主意一定要走某条路的，事到临头却莫名其妙地没那么想走了，于是走上了第二条岔路，离开自己的初衷越来越远，直至走到了另一个世界，和原先的世界再无交集。

2012年最重要的体会便是：不要曲线救国。

如果可以，请一直一直向着目标最笔直地前进，直到没有路了为止。

2012年间失眠好了许多，没有2011年那么频繁更没有2010年那么严重，总体来说还是朝着很好的方向在发展，虽然每个月还是会莫名其妙地失眠一次，但与之相比更让人无法直视的是爆发性的嗜睡，一天能睡十六小时从天黑睡到再次天黑，怎么也醒不过来。好像潜意识里在拼命地弥补前些年失去的睡眠那样。

颈椎和关节也开始有一点点的不舒服，这些都是过去四年拼命熬夜和通宵的结果，总是不停地保持着一周通宵一次的节奏，似乎认为自己还很年轻，还可以不在乎，可是，并没有这种好事。

努力地想要拖延症不那么严重，努力地逼迫着自己早起，却总是会在某次突如其来的嗜睡爆发中将这些抵消，让一切都回到了原点，好像某个看不见的小人站在生命的长河边帮我摁着计数器，不准我好好努力似的，看来努力也是有份额的啊（大误）。

入睡困难加剧了拖延症，拖延症又反作用于入睡困难，这就是拖延症的相互作用力。

一年以前所认识的、熟络起来的小伙伴们现如今已经多数断了联系，有的去了遥远地方，有的变成了熟悉的陌生人。

前一年是如此，再前一年也是如此，生命中的过客如此之多，本来就不需要太在意，我也匆匆地在那一年中走过，成了许多人生活中的背景音、临时参演的路人甲。

我急急忙忙地往前走，嘻嘻哈哈地应付着一切，无暇他顾。

小伙伴们也和水果罐头一样，要尽早食用，否则放置不管也是会过期的。

翻看去年写的一些东西，觉得自己有些无法直视，觉得自己暴躁地带着戾气也很差劲，不管是生活状态还是写出来的东西都非常差劲。

做了很多不成熟的错事，和关系非常好的人有了隔阂。

一年一年总在幼稚地犯错却看不见成熟起来的征兆。可能这辈子也不能成为自己想象中的成熟优雅的大人了,我活得太过狼狈不堪。

其实细细回想起来一年仍然很漫长,认识了许多人,发生了许多事情,只是当一切都结束时,站在结尾回顾过去,一切却又在感觉中压缩成了五分钟,发生在历历在目的刚才。

## 三、锡耶纳旧时光

多数人并不知道锡耶纳在哪儿,确实比起伟大的罗马、文艺复兴的佛罗伦萨和奢华的米兰来,锡耶纳只是托斯卡纳山野间一个拥有五万人口的小城,可这个昏黄的、慢悠悠的小城却是一个仲夏夜的意大利之梦,无论我去过多少地方,每当我回忆起意大利,脑海中浮现出的总是这个我居住过半年的小城。

# 1. 放下雅思，立地成佛

这应该是一个悲伤的故事，尽管只是一次略显普通的雅思考试，但我就是有办法将之演绎为一个悲伤的故事，对不起，我好像不该在这种地方骄傲起来。

什么，你问我复习了多少？

我是拖延症重度患者好吗，对神经病人要求怎么可以那么高呢？两个月九篇阅读是不是很了不起？你们说我的病是不是快要好了？

考试前三天就患上了考前综合征征候群，具体表现为24小时疯癫状态全开，坐立不安，目光呆滞，眼神涣散，四肢无力，腰酸背痛，时不时满地打滚嗷嗷乱叫，嘴里胡乱地叫喊着"我要完了"，正式考试那天直到凌晨2点半才睡着，6点半就醒了，满脑子都是不认识的单词。

出于我谨慎的性格，虽然没有做过什么题目，但我还是在别的方面好好准备了一下，比如说如何才能让考官看不出来我是第一次考雅思，表现出一副常常考的样子来，为此我特意喷了香水，不是国产名牌Six Gods而是Coco Chanel这种烂欧美大街的货色，将头发揉得蓬松一些，有一丝那么淡淡的迷人的美国派气息（不，并没有）。

再换上压箱底被压得都皱掉的白色小西装，差不多有种20世纪90年代归国华侨的感觉，我觉得就差不多了，翻着白眼颠到考场。

呈现痴呆状坐在候考室近一个小时，眼圈发黑、面色苍白，感觉自己是个纵欲过度还抽鸦片的二世祖,结果等到正式考试的时候我已经差不多要睡着了。

首先是听力。

section1保险公司索赔,我以为是赔车子,考完对答案时发现大家都在说赔厨房……

section2蜜蜂和寄生虫的关系,一道复杂的连线题……我只反复听见了一个单词那就是honey。(此处应有金馆长脸。)

section3从饭店回来check in,我以为是去旅游,对答案时发现他们在移民。(此处应有金馆长脸again。)

section4至今不知道在讲什么。

完了,一遇到压力我的内心戏就会丰富起来,我的内心戏一旦丰富起来,我就不知道外界在发生什么了,可是我控制不了自己的内心小剧场,所以后面的听力我只感觉到单词从我的左耳飘了进去,又从我的右耳飘了出来。

看在我大清早赶来不容易,看在我失眠了三天的分儿上给我个4分好吗?不要给我3分这种可怕的分数好吗?

第二部分是阅读。

我会告诉你我没有做完最后一篇吗?

第三部分作文。

小作文 The bar chart shows different factors in US and European that lead to business success.(条状图,美国和欧洲不同作用在何种因素上导致了经济复兴。)

大作文 Some people think the government should invest money in education, while some people don't. what is your opinion?(政府是否应在科教兴国上投资?有些人同意有些不同意,你的观点是什么。)

要求400字我写了近500字,到底有多水,写到最后一句完全臻入化境,废话如泉涌滔滔不绝连绵不断……以至于还想写都没纸了……

上午那憋尿的四小时就这样度过了,而精彩永远在最后。

下午2点20分考口语。

我抽到的考官是个发福的英国老头,稀疏的地中海一点也不和蔼。

如果要形容4个section的裸考程度,听力是穿着丁字裤,阅读是穿着比基尼,写作是摘了片树叶挡着,而口语……你以为没穿就可以形容了吗?

不,我是X光模式。

对不起,我又在奇怪的地方骄傲了起来。

但是,作为一个从小看着灌篮高手这种热血漫画长大的人,我深切地懂得不抛弃不放弃的真谛,我并没有因为大家都穿成衣冠禽兽而我是X光模式而自卑,相反我觉得我应该积极化劣势为优势,充分利用自己死猪不怕开水烫的心理博取一个好成绩(一个辩证的思想)。

思及此,我不禁充满信心地微笑着入内,和考官打招呼道,"Hi, good morning, sir."

北京时间14:20,我毫不犹豫地在心里扇了自己一个响亮的巴掌,接着我和自己说要hold住,于是我继续面露微笑,无视考官疑惑的眼神。

然后section1。

What do you usually do in your free time.

作为一个20世纪90年代的归国华侨,我认为我的回答要对得起自己压皱掉的白色小西装以及上面的Coco香水味,于是我说,"Travelling!(旅游)"

考官问我,"Which place have you travelled to?"

由于我目测判断这是个英国人,为了不被他发现破绽,我选择了澳大利亚开始乱讲,"I have travelled to Australia, you know the little city Brisbane? It is a seaside city, belongs to the gold seaside state, I had a barbecue on the beach...blablablabla..."（我曾经去澳大利亚旅游过，你知道那个小城市布里斯班吗？那是一个海滨城市，属于黄金海岸州，我曾经在海滩上烧烤过……）

由于编得非常开心，最后我得意忘形地问了考官一句，"You konw the little city?"（你认识这个城市吗？）

考官用一种想打喷嚏而打不出来的表情看着我说，"Yes, I had lived there for a long time."（是的，我曾经在那里居住过很长一段时间。）

在心里我非常痛快地又扇了自己一巴掌。

为了掩盖这section1的失败，我认为需要在section2的时候多说说英国，让考官对我产生一种（并不存在的）亲切感。

于是，当他问我"What do you usually do on the computer?"（你通常使用电脑干吗？）的时候，我果断地回答他，"I always search for the British history!"（我总是用来查找英国历史！）

于是考官又问我，"About which history?"（关于哪些历史？）

这时候我不禁灵光一现，想到了某个帖子上说的，要说一些不常见的单词震死考官，于是我说"About the 'Splendid isolation'"（光荣孤立事件，英国不再是日不落帝国的标志性事件）。

不，等等，我到底在说些什么东西？

想要左右开弓地狂扇自己！

尴尬地沉默了十秒后，考官继续提问，"In which part of the history were you interested the most?"（在这些历史中，哪些是你最感兴趣的？）

短暂而迅速的自我反省后，我觉得我应当说的是英国引以为豪的事件，可脑子里冒出来的却是，这是个由海盗组成的国家，于是我脱口而出，"About the UK fleet, and in the book I know the Spanish invaded you, and you lost the war..."（关于英国舰队，以及从书本中得知西班牙舰队曾经战胜过你们,你们输了那场战争……)

等等,考官的眼神已经发生变化了!

我为什么要提西班牙无敌舰队?

而且最重要的是,我把整个事件说反了,这场战争明明是英国赢了!

到这个时候,局面已经无可挽回了……

section 3的时候,毫无疑问考官已经不想再面对我了。

于是他问我,"What do you usually do on weekends with your family?"(你在周末经常和你家人一起做什么?)

已经陷入某种奇怪状态的我说,"We always go to a restaurant have a fantastic dinner, and I know a little about traditional British food, which are fishes and fried potatoes."(我们总是去餐馆吃一顿大餐,而且我对英国传统食物有一些了解,比如鱼和炸薯条。)

"Will you choose those for your dinner?"(你会选择这些作为你们晚餐吗?)

无比顺畅地脱口而出,"Absolutely not, it tastes horrible."(当然不,太难吃了。)

让我自我了断吧,在这电光石火之间,我的脑海中开始自动循环播放一句歌词"原谅我一生放荡不羁爱自由"(粤语版)。

我开始祈祷自己口语部分能得3分,我可能有点贪心了。

That's all.

考试结束了,我默默地走出考场,留下一个黯然神伤的背影。

出考场之后我惊讶地发现我找不到出去的地方,目之所及的门都是锁住的……于是最终我是找到楼梯间然后翻窗出去的……

接着被蹲点的人围观。

请问这位同学你是考完口语出来的吗?

是啊？有什么问题吗？——虽然我出现的地方诡异了一点。

你考的是什么啊？

What to do during your free time?（空闲时间做什么？）

哇，这个题目好好考哦！

我看着他们沉痛道，"谣言就是这样产生的！"

于是大家不解地问我，"谣言？怎么说？"

我回答道，"Rumor."

……

我可能没有办法面对自己的成绩单了，而我妈也一定会把我从地板打到天花板，让我回想起一度被我妈的巴掌所支配的恐怖。

佛说，放下雅思，立地成佛。

我说，我不入地狱，谁入地狱！

## 2. 荒野流长

当我迫切地想要去往那到达不了的远方时,却没有意识到正在飞速消亡着的过去。

我的人生似乎总是停留在某种尴尬的境地,诸如现在,像是一场成年人的未成年尾牙,又像是迷失在无限交叉小径的花园里。

前方雾气笼罩,在破晓前的雾霭中,我看不见如沸群星,也看不见那永恒无法到达的地平线。

所谓的人生啊,就像那无法踏入两次的河流,也像重叠着无限平行世界的花园,每踏出一步,不论是深思熟虑抑或是无知无觉,身后的道路总会在一瞬间消失不见,而当我意识到这一点时,就连回头的机会也已经没有了。

说再见不再见也许已是最好的结局,当真正的离别到来时,往往来不及说再见,我们在相逢的道路上离别,心中存着天真的幻想,以为一回头往事依旧,故人仍在。

常常忽略了,一旦当我们决心离开某个环境时,在做出那个决定的瞬间,便已经预示了日后的别离,当我们踏出第一步时,那些过往便再也触不可及,消亡殆尽。

故人也已是往事,连同时光与风,无可追忆。

就像生命之初踏入的那条河,每行一步,便已是另一条河,年幼时不曾明白这意味着什么,只管一步一步往前走,蒙昧地走过许多步,忽觉光阴流逝,再回首,身后只余下近似无限的空虚。

而即便止步不前,河水依然会流过你的脚踝,逝去的一切依然会逝去,到来的一切依然会到来,从踏入河流的那一刻起,人生与光阴便不由自己来掌控。

人类不足以去抵御这样近似无限的空虚,所以便拥有了记忆,过往虽已消逝,有些事情却不可以也不会忘记,终我一生用这些记忆来抵抗未来所迎向我的无限虚空,终我一生用这些记忆来陪伴我踏入雾霭重重的花园小径。

当我们毕业时,当我们最后一次唱起校歌时,当我们最后一次将凳子翻上课桌背起书包离开校园时,从未意识到,这一切其实已经消亡了。

我的那些同学们,和毕业演讲,和校歌,和桌椅一起消逝在回忆里,再见面,他们已不是他们,我也已不是我,我们是隔着无数平行世界的熟悉的陌生人。

如同不能抓住风一般,我们也无法抓住时光,离别时甚至无法回头多停留一秒。

出国前,突然便意识到,我要走了,我要离开这个家了,我知道我还会再回来,可是这次不一样,这一次啊,我要走了,我要离开这里了,我所留恋和依赖的一切在我踏出家门的那一瞬间都会消亡的。

我的过去,我的回忆,我的朋友和我的父母,他们都是我的过往,他们一并都会消亡,不管我多么恐惧,多么不舍,我都无法推迟这一刻的到来,哪怕一秒。

我眼睁睁地看着时光流逝,却什么也无法抓住,如同置身荒野,侧耳倾听无垠的风声。

离开的那天,去机场的车子停在楼下,摁响喇叭的那一瞬间,我突然开始怀疑自己,真的要离开吗,真的要做出这样一个决定吗?

可是我还没有做好离别的准备啊,我没有和这一切好好告别,仿佛今日昨日一如往昔,可是没有用啊,这一切不会因为我的不舍而减缓流逝的速度。

我被母亲催促着走出了家门,我心里陷入了无限的悲伤,想着,你为什么要推我出门啊?你可知道,这一次啊,我走了,你和这个家就要消逝在我的过往里了。

我走的时候还是你的小孩,等我回来的时候,就只是我了。

小孩子啊,终究是要离家的,可是这一天到来的时候,也许只是寻常日子,也许需要离家万里,唯一相同的是,你千万次踏出走进家门,终有一次你会意识到,这次是真的要走了啊。

我离开了,就再也不能回头了啊,不要推我,我想再看一眼,我想好好告别,可是不行啊。只有那一刻,我才明白,在命运的洪流中我们并不能随心所欲,时也势也,命也运也,此之谓也。

逆着自转航行,也不能夺回一秒,在时光的荒野中,随风逝去的是我们周遭的种种,也许会从一件小小的损坏的玩具开始,随之是1.2米的身高,告诉你,游乐场里的这些啊,你已经不可以再来玩了哦。搬走的儿时玩伴,毕业了的同学,某次聚会后在路口分别的朋友,及至你离家,所有获得的一切终将被剥离,直至自身也消逝在荒原中。

人啊,不要去厌恶孤独,因为人终将是孤独的,终其一生,不过是在荒野上行走,风带走了一切和你,慢慢将你剥离,无法道别,只剩回忆。

如果没有那些回忆,又是什么来支撑着我们继续行走下去呢?如果将一切都遗忘了,又如何证明这一切曾经发生过,抑或存在过呢?荒野流长,岁月洪荒,银河沙数,群星如沸。

我们啊,踏入人生河流的那一刻已被吞噬。

年少时,我读《飞鸟集》,不曾明白为何清晨的到来不是单调地无休止重复,为何每一次都是奇迹,我读《新月集》,不曾明白为何孩子们相聚在无垠的海边,死亡临近他们却仍不知晓,狂风暴雨,他们却仍在欢乐盛宴,我读《流萤集》,也不曾明白何为携带着万物飞快地穿越流光，读不懂那无法驱走黑暗仍要亮起的星光。

时光如白驹过隙，当我读懂时，我却已在荒野中独行。

在小径的花园中唯一的忠告便是不要回头，不要回头，不要回头！穿越恐惧的雾霭，你要记住每一条小径都无可回头，所以不要恐惧。

又或者如同休谟所说，我们被安置在这个有如戏院的世界上，每个事件的起源和缘由却完全被隐瞒，无从知晓，我们既没有足够的智慧预见未来，也没有能力防止使我们不断受伤害的事情发生，我们被悬挂在永恒的疑惧之中。

然而也许正因为我们得以意识到这样的疑惧是永恒的，我们才能快速穿越恐惧的雾霭。

前行在黑暗的荒野中，记忆是一点星光，无法照亮黑暗，却竭尽所能抵御着虚无，记忆如天空，往事如流萤。

直至我消逝在荒野河流中，这些都得以被证明发生过。

Take a farewell flight

in the sunset sky

## 3. 锡耶纳旧时光

沿着青绿色的山丘蜿蜒而上,暗红色的城墙在三座山顶围合出小城的边界,地中海的阳光打在红砖上,折射出一个昏黄的意大利梦境来。

多数人并不知道锡耶纳在哪儿,确实比起伟大的罗马、文艺复兴的佛罗伦萨和奢华的米兰来,锡耶纳只是托斯卡纳山野间一个拥有五万人口的小城,可这个昏黄的、慢悠悠的小城却是一个仲夏夜的意大利之梦,无论我去过多少地方,每当我回忆起意大利,脑海中浮现出的总是这个我居住过半年的小城。

如果你曾经留意过一些关于意大利的招贴画,便会注意到那些挤成一团被画在一起的著名地标建筑,通常是罗马斗兽场、比萨斜塔、佛罗伦萨的圣母百花大教堂以及一个市政厅的塔楼,下面带有一个扇贝形的广场。

那个总是被忽视的,认不出来是哪儿的市政厅塔楼以及下面那个扇贝形的广场便是锡耶纳的地标建筑田野广场(Piazza del-campo),也是市中心所在。

初到锡耶纳时还是寒冷的冬季,我居住在临近的小镇Asciano,每日搭乘火车往返于两地上下学。出了车站穿过马路,需要连续搭乘七次自动扶梯才能来到山顶,出了扶梯口向左走不多时便能看见一段高大的古城墙,进入古城墙后便是老城部分。

老城还保留着18世纪的风貌,高耸逼促的红砖建筑沿着地势起伏,蜿蜒的石板路四通八达,因为建在山顶坡度过大的缘故,居住在城内的人多数无法骑自行车也不能玩滑板,倒是有几班通往外城的公交车，我们每次坐车遇到下坡路，总要哇哇大叫，觉得自己在坐过山车。

　　冬日的下午因为晴明天空、阳光直射的缘故总是显得暖意融融，游人和学生或躺或坐在田野广场上，吃完午饭便去啃个冰淇淋、喝杯咖啡，大家总是赖在广场上，懒洋洋地不愿起来，外套往头上一兜，遮挡住刺眼的阳光，一睡便是一个下午，酣畅淋漓。

　　因为老城实在是很小的缘故，我在广场附近十次里能有八次遇到昔日的老同学，Alice经常叫我去她家，她家在靠近广场的一段下坡路上，就连走着也让人觉得心慌，我每一次都会问她，怎么样，要不要骑自行车？哎呀，你要死啦！她每一次都一个激灵这样骂我，结果没过多久，夏季刚刚到来的时候，这件事情便让田元给做了。

　　她家位于二楼，因为整栋楼都是留学生的缘故，大家很快互相熟识，不到入夜时分房门都是敞开着的，随时随地地胡乱串门。

　　城内的人都住在几个世纪前的老楼里，Alice家还算是新翻修过的，但这栋楼也有一百八十多年的历史，因此改造为现代公寓后，总是奇奇怪怪的，比如那颇为过分的层高，在天花板上安了灯后，灯光再洒下来已是朦朦胧胧一片。

　　哎，帮帮忙呢，你能不能叫房东装个吊灯？我一再地建议道。Alice将饮料抱过来又回厨房里去忙碌，喊道，就你事多，过来帮忙。

　　厨房的窗户打开，面对着的是一个空旷庭院，说是庭院也不十分准确，那是一个被楼道围合起来的天井，因为这里夸张的层高，狭小的天井始终光线暗淡，红色的砖缝里滋生着一些青苔，餐厅里有一扇小门可以进入天井，但天井里既阴暗又空荡实在是没什么好去的，不知最早这里是仅仅用于通风还是做什么别的用途。

　　这里真的是要吓死人了，Alice说，你是不知道哦，风一刮这个天井就呜呜地叫,拍鬼片都不用特效。

但是换到了临街的另一面,将高尖的哥特式玻璃花窗向外推开,便是清风拂面的另一番景象,暗红色的建筑层层叠叠,极目远眺再往后便是坐落在山顶的修道院,东边是青金色的大教堂穹顶,陡峭坡道的尽头是一个小小的喷泉,在我的印象中似乎总是围绕着一群叽叽喳喳的小孩子,他们叫嚷着,单词一个字一个字地往外蹦,多数时候在呼喊同伴的名字,Federico、Leo 或是 Fabbio。

住在这里真不错啊,我羡慕得不得了,倚在窗边絮絮叨叨地说着。可是我比较想住你们在 Asciano 的公寓哎,你们那儿都是别墅吧? Alice 问道。

你都说是公寓了啊,当地人住的才是别墅。

哪种别墅啊?

就是……就是……那种托斯卡纳制式的地中海别墅啊,有大的拱门和直达二楼的旋转铁艺楼梯,我边说边比画着。

Alice 将一些吃食端去餐厅,听说你们那里有人住在田野间?

你说 Giovanni 家吗? 对啊,他家在一片田野间,门口有两棵无花果树,就在沿着铁轨的另一条小道上,很好认的。

我脑海中慢慢勾勒出 Giovanni 家的样子来,那是一栋小小的自建别墅,底层被架空了一半,留着的另一半用作谷物储藏室,Giovanni 和他的房东居住在二楼,每个房间都小小的,几间小卧室,一个书房,厨房连着餐厅方方正正的一小间,我们每次去聚会便缩手缩脚地挤在一团。

但坐落在田野间的小别墅拥有一个宽阔的庭院,不像社区里那些规整的房子,用漂亮的栅栏端端正正地围好,铺着草坪,种上玫瑰与夹竹桃,这里则天然地用田野分出一个模糊的边界来,随意地种着一些果树,门口两棵枝繁叶茂的无花果树被稍稍修剪过,形成了一个拱门的模样,似乎在无声地欢迎远道而来的客人,但事实并非如此,Giovanni 的房东是个很小气的人,并且一点也不欢迎我们去，嫌我们啰里吧嗦的太吵了。

待无花果成熟后，房东会架上梯子将果子一个个地摘下来，自己吃掉一部分，另一部分熬成果酱一罐罐地装好，剩余的实在是来不及熬果酱的，便扔在麻袋里任由它们变干枯，Giovanni每每都要声泪俱下地控诉，连掉在地上的都不放过啊！禽兽啊！

时间过得很快，一日一日地划过，很快到了初夏，老城内的13个街区开始为即将到来的一年两度的赛马节而做准备。

也因为日头轻快起来的缘故，我往老城内跑得越发勤了，那扶梯上上下下地不知道跑了多少次。

我和室友吃过午饭便入城拐道去往大教堂，通往教堂的小径在去往田野广场的岔道上，逐渐上升的道路两侧鳞次栉比地开着羽毛笔店、信纸店、意大利传统手工鞋店、冰淇淋店和咖啡店，手工制作的牛皮书签被整整齐齐地排好，放在店铺外招揽生意。

室友是个狂热的中古产品爱好者，每次去必逛羽毛笔店，成排的羽毛笔连着不同用途的笔头、封蜡、印章一直摆到了天花板。

珍贵的鹅毛笔被封在木盒内，只有你开口请求，店主才会推一推眼镜从狭小的店铺内某处挪过来，将木匣子打开，允许你摸一摸那羽毛，看一看一旁放着的精致的小墨水瓶子，然后抽开某个抽屉让你在密密麻麻的各种笔头里挑选想要的款式。

我们原意是要去往教堂附近的博物馆，中途遇到了提着大袋鲜果蔬菜的Alice，我不行了不行了……她一迭声地嚷道，我们便过去搭把手，Alice甩着手道，跟我再去一趟奶酪店吧。

去奶酪店做什么？我问道，我还不会用那些奶酪做菜呢。

不是，不是买奶酪，是要买些调料。

因此我们又一同慢悠悠地沿着坡道往下走，小巷里的奶酪店临街而开，一捆一捆的圆奶酪垒在一起，门口是扎成串挂着的洋葱与不知名的干果，里侧摆着一些红酒，一个小架子上则分类放着瓶瓶罐罐的调料，桂皮、迷迭香、罗勒、胡椒等长的、圆的玻璃瓶熙熙攘攘挨在一起。

入夜后，我注意到新的街灯亮了起来，每走过几条街街灯便完全不一样了，这是……？我指着灯疑惑地问道。为了赛马节各街区做的准备啊，Alice说着示意我看巷尾的三角旗帜，你看，不同的街区会挂上不同的旗子。

在哪儿赛马啊？

就在田野广场边上，绕着跑三圈。

那不是很快就结束了吗？

我也觉得，Alice点了点头，到时候你要来看吗？

有空的话会来吧，听说这是锡耶纳一年中最大的节日，到时候会蜂拥而来无数的游客，为了以防万一我又补充道，不过如果那天火车上挤满了人，我来不了的话就算了，你不用等我们，自己去看就好。

赛马节当天我因为完全没有注意到日期，而稀里糊涂地跟着阿蒙去了海边，阿蒙已经在这儿三年了，夏季的爱好便是跑海滩，不晒出小麦色肌肤来不罢休，结果去年不小心晒过头，到现在看起来还黑不溜秋的，但他不死心，每次都要说，我以前可是很白的！

我们辗转到达第一个海滨城市，一出车站，便是茂盛的棕榈树，加之热烈的阳光和湛蓝晴空，真是满满的热带风情。

阿蒙在车站取了一份地图道，你看我们在这儿，往下几个城市也都有海滩，到底去哪个呢？

哪儿都好啦，海滩嘛，反正就是躺着晒太阳而已，就这里吧！我急急忙忙催促道。我们便再次搭乘海岸专线的公交去往海滩。

远远地就能看见蓝白条纹的大遮阳伞在地平线上连成一片，空气里鼓噪着海风的气息，我们下了车便哇啦哇啦地叫着跑过去，已是中午时分，周围的店铺都在出售各式海鲜套餐，我们点了整整两大盘炸鱿鱼圈和一盘生蚝加两块千层面。

我们点炸鱿鱼圈这种不上台面的东西会不会显得很外行啊？我有点担心地问道。

不要紧的，阿蒙显出一副见过大世面的沉着来，就算他们说我们什么，我们也听不懂的。

哦，这样啊，那我就放心了，阿蒙可真是个机智的小伙伴呀。

白色的海浪涌上沙滩，将小孩子们刚刚搭好的看不出来是个城堡的城堡给卷走了，一些日光浴爱好者早早地躺着，抹上了美黑霜，将自己均匀地翻面，另一些好身材的人们穿着比基尼站在浅滩里打充气的沙滩排球，不远处的一群拉丁裔年轻人，高高地举起一位拉丁美人，呼喊着大笑着将她抛入海中。

阿蒙站在没过膝盖的海水中，变换着108种姿势在自拍。

不行不行，不够浪，我摇摇头。

怎么就不够浪了？阿蒙单脚站立，双手抬起，问道，怎么样怎么样，是不是很风骚？

大鹏展翅啊？我疑惑着。

你懂什么，这叫白鹤亮翅！说着阿蒙扑腾了两下自己的双手，而后立刻向下一蹲，双手连成一直线，这个呢，这个姿势如何？

什么啊，老树盘根？我大胆地猜测着。

阿蒙气急败坏，大喝一声，去死吧，然后飞起一脚把我踹进海浪里。

我们回去时为了节省时间，经由另一个小镇换乘火车，买了车票后才发现这一班车的站台显示为：广场。

什么叫广场呢？我们半天摸不着头脑，站在车站外的广场上大眼瞪小眼，一会儿一个胖胖的意大利老头穿着铁路司机的制服冲我们招手，伙计们，坐车？

我们扬了扬手里的票，说道，坐火车呀。

胖老头点了点头，指着自己的面包车道，我这就是火车。

啊？我们还没反应过来，便被胖老头赶进了九座的面包车里,然后他查过我们的车票便开车了。

很快便开出镇外,在绿色的丘陵间穿行,爬过一个又一个山坡,时不时拐入某个人迹罕至的小车站,接上一两个乘客,继续在一望无垠的丘陵间穿行,接近村庄的地方,能看见山坡上被卷起来的草垛,甩着尾巴吃草的马匹,偶尔也会有一小队绵羊经过,零星地分布着一些庄园和葡萄种植园。

两个多小时后,我们终于到达去往北部的大中转站,差点被颠吐的我看见火车简直泫然欲泣。

回到居住的小镇时,骤雨初歇,阳光很快又露出头来,这里的气候十分稳定,到了夏季,一天中最热的时候一过便是一场暴雨,气温立刻便降下来,阳光露个头,水分就蒸发殆尽,洗好的衣服一天就能干,真是让人满意。

沿街的庭院内一年四季盛开着鲜花,雨停了,猫便出来在院子里到处走。

Alice此时在朋友圈内大声尖叫,放我出来!

主城内拥入了五万名游客,加之市民们也在观看赛马,约有十万名观赛群众将整个主城挤得水泄不通,进去了便出不来,因为狭小的街道无法顺利供十万人通行,下雨时Alice便结结实实在广场上淋了半小时。

在此期间,既没有去主城看赛马也没有出去游乐的学生,要么聚在Giovanni家的庭院里烧烤、偷无花果,要么就如田元一般在二手店买了辆自行车,沿着小道去往周围的小镇观光。

田元家住在小镇的最边缘,是那里的最后一栋建筑,再往后便是绵延的青绿色的丘陵,没有人烟了,由于他家离车站太远,一段时间后他便不怎么去上课了,成日地在镇内瞎逛,我们偶尔会在镇里唯一一家中餐馆里遇到对方。

我从海滨回来的第二天在餐馆里吃午饭时遇到了他,田元邀请我去他家里坐坐,我们一路走,他一路炫耀着自己的车,这辆车保养得可好了云云，原价可要700欧元呢云云，我便告诉他我以前上下学也是骑自行车的，是个炫酷的追风少年。

哼，什么追风少年，田元对此不屑地嗤之以鼻。

少瞧不起人了，我车技可是很好的，我争辩道。

我们正走在一段陡峭的上坡路上，因为实在太陡了，甚至无法看见下坡路两边的房子，等走到坡顶，我们的争论已趋于白热化。

你骑啊，你骑下去，我就承认你车技好，田元冲着我声嘶力竭道。

我不骑，我看了看那个陡峭的下坡，立刻义正词严地拒绝了。

田元伸出大拇指刮了刮鼻子，冲我仰了仰脑袋，看哥们儿给你走一个。

他"唰"地骑下坡，几秒后又"唰"地飞了出去。

因为轮胎给摔变形了的缘故，我吃力地抬着他的车，田元在一旁捂着屁股龇牙咧嘴，你奶奶的熊，他恼羞成怒地骂道。

很快他家的庭院就出现在视线里，矮小的木栅栏绕着草坪围成一圈，被漆成醒目的红色，草坪上摆着白色的休闲桌椅，一旁有个深棕色的木架，上面缠绕着一些藤花。葡萄藤啊？我问道，一瘸一拐的田元没搭理我，将自行车拿过去往草坪上一扔，然后捂着屁股慢慢爬上那旋转着的楼梯，直达他二楼的房间，而后站在房门口驱赶我，去去去，回家吧，今天不招待你了。

我便笑嘻嘻地走了。

这之后一周我才敢踏入锡耶纳的老城，彼时游客仍未散尽，城内显得比往常拥挤许多，获胜的街区张灯结彩，换了更为奢华的彩灯将街区装饰一新。

临近晚餐时分，游街的军乐队开始绕城一周演奏，石板小道上围满了观礼的游客与居民。

主干道上沿着两侧摆放上长桌，街区的主妇和小孩子们站在桌后供应着巧克力、纸杯蛋糕、甜甜圈、提拉米苏和一些小零食，但仅供获胜街区的居民随时取用。

小教堂前的广场上此刻也摆满了铺着白布的长桌，移动餐车在一旁忙碌地供应着海鲜意面和比萨，巨大的玻璃醒酒器里盛满了红酒，欢快的音乐响彻街道，获胜街区的居民们将在此地通宵达旦地欢庆三周。

老城内的每一家餐馆里都挤满了食客，牛排和红酒的气味弥漫在入夜时分那渐渐凉爽起来的空气里。

Alice在窗口喊我，进来，快进来。

我刚走上楼梯，就听见她在抱怨，救命啊，简直是要死人了啊。

怎么啦？我坏心眼地明知故问，憋都憋不住地笑起来。

真是庆祝个没完没了，唱歌跳舞到天亮，我还怎么睡觉！说着Alice抓狂地揉着自己的脑袋。

过几周就好啦，我边安慰她边将从Asciano一路提过来的食材递过去，你这几天去上学，还是待在家里休息？

上学啊，学校里还清静点，你知道吗？再过几周就要第二次赛马节了！

进入八月后各式各样的宗教节日便多了起来，加之度假月的到来，小镇上的居民似乎也都无所事事了起来。

很快居住在Asciano冰晶之心喷泉边的小周六也拥有了和Alice一样的烦恼，先是没完没了的宗教主题活动总是进行到深夜，往日里宁静的小镇也逐渐在夜色中热闹起来，连老祖母们也在凌晨时分跑出来聚集在喷泉旁吃冰淇淋。

第一周穿着白色斗篷举着蜡烛的教徒，边放宗教音乐便绕着小镇行走集会，直到天蒙蒙亮才结束活动，各自散去。

第二周穿着黑色斗篷的异教徒举着蜡烛，放着宗教音乐在小镇的钟楼下集会，激昂地发表着演讲。

第三周开始,镇内举办了数个活动,摄影风景展啦,丰收节啦,就连我居住的社区楼下都搭起了帐篷,进行着简陋的魔术表演,直至深夜人群也没有要散去的意思,接着居民们又搬来了音箱,开始轮番登台演唱。

因为实在是太吵了,我们便下楼往冰晶之心喷泉走去,路过Asciano的教堂,一群小孩子正在表演耶稣复活,唱诗班就在教堂门口的台阶上唱着圣歌,神父站在一旁和蔼地微笑着,四周围着小半个镇上的人,一会人群发生骚动,我踮起脚来张望,人们抬着耶稣过来了,小天使们便赶忙上场,又唱又跳,耶稣被绑上了十字架,人群便沸腾起来,小天使的家长们忙着拍照录像,身后的唱诗班声音陡然拔高,开始大合唱起来。

这时我们注意到一旁的冰淇淋店也还开着,便一路小跑过去买冰淇淋,接着我们往钟楼方向走去,位于二楼的露天餐馆似乎正在举办着什么聚会,人群大声地吵闹着,餐桌上摆满了意面与各种吃食,夜风还带来了气泡酒的味道。

凌晨的街道灯火通明,咖啡店和小酒吧仍在营业,年轻人三五成群地在街道上高声笑闹,绕过钟楼来到小周六家楼下,她家的人也都在喷泉边纳凉。

一旁停了几辆移动餐车。这儿为什么也有移动餐车?我问道。不知道啊,也许是为了看摄影展的人吧,小周六回答道。

过了几天后,喷泉旁的小广场上也摆上了长桌,铺着白布,迎来了一批又一批的法国游客,他们从暮色初现时开始吃饭喝酒,闹至深夜,移动餐车不停歇地供应着意面、比萨以及生蚝,香槟酒和气泡酒埋在冰块中摆在路边,取之不尽,直到午夜才会结束第一轮餐会,随即又开始播放圆舞曲,游人们跳舞取乐,餐桌略微收拾一番又开始第二轮餐会,供应牡蛎、牛排和红酒,到天蒙蒙亮才会散场。

如此这般,直到八月的尾声才结束。

这期间又历经了几次白夜(一种全城不睡,彻夜玩乐的活动),从世界杯期间开始的鼓噪氛围便没有停歇过。

我们深夜搭乘火车进入锡耶纳老城,田野广场上聚集着游人和学生,三三两两地扎堆喝酒,不一会儿有人开始贩卖孔明灯,很快,广场上星星点点不计其数的灯被放了起来,场面蔚为壮观,人群爆发出一阵又一阵的欢呼,一会儿有人拎着音箱在幸运喷泉旁放起了"Happy Siena"的音乐,于是人们很快从跳舞变成了群魔乱舞。

班里的同学排成一列开始表演起千手观音,个别表演欲强烈的男生已经开始上蹿下跳,现场气氛之热烈,让我感觉如果此地有个火圈,他们也会毫不犹豫地开始钻火圈。

室友突然狂奔而来,拉着我一路小跑,兴奋地喊道,游乐场还开着哪!

游乐场在小城的另一边,平日里那边的广场上每周三还有个二手集市,贩卖各式各样的廉价日用品还有一些小宠物。

路过体育馆时,锡耶纳的足球队正有一场比赛,观赛的人群爆发出阵阵叫骂声,我们沿着坡道往上,看见游乐场的门口站着好些熟人,Alice混杂在其内,头上戴着会发光的红色小恶魔角,她挥着荧光棒和我们打招呼,你们也在这里啊!

小孩子们和猴子一样活泼以及精力过剩,360度旋转的锤状器械上传来阵阵能穿透耳膜的尖叫,我们便立刻捂着耳朵跑掉了。

如果不是我眼花的话,似乎那天每个旋转木马上都扒着两个猴子,哦不是,小孩,那些还在排队的小猴子又不肯老老实实等着,在身旁疯狂地奔跑乱窜。

回城的路上,遇到了同学泥考拉,他已经喝醉了,在路边哈哈大笑,完全像个傻子,因为天空已经泛白,居住在周边城镇的人开始陆续下山去往车站,我们再次路过田野广场时被Andrea拉住,他们从附近的酒吧买来了许多果酒，一群人喝得醉醺醺，Giovanni把酒摆在我们面前，大喊道，喝喝喝啊，不喝完不要走啊。

不一会儿地平线上冒出了一点橙色，很快便天光大亮起来。我说，人家都是喝着喝着夜就深了，我们这喝着喝着天就亮了算怎么回事，是不是气氛不大对啊？

Andrea说，你这游戏也打得太差了，一会儿又晃晃悠悠地站起来说，看气氛是该睡了。

关我打游戏什么事儿？

他却已经晃晃悠悠地朝家走去，不再搭理我。

走吧走吧，室友扯了扯我，我们便起身去找Alice和Giovanni，想和他们打声招呼，Alice已经不见了人影，Giovanni躺在广场上，迷迷糊糊地朝我们挥了挥手，再见啦，再见啦，以后再见吧！

这之后随着八月末尾的临近，我们很快都各自启程去往不同的城市，匆忙离开了这个生活过半年的小城。

如今回忆起那些旧时光，仍像一场未曾醒来的梦。

## 4. Pista

我还在锡耶纳学语言的时候，每日都要坐小火车去上学，学校就在车站对面，走过去不消一分钟的时间，而我则住在邻近的 Asciano 小镇上。

Asciano 很小，如果你愿意的话可以步行走遍整个小镇，从我租住的地方出发饭后散步，只消半个小时多一点便会走到小镇一侧的尽头。

但不管怎么说，坐火车上下学着实是一件令人感觉很疲倦的事情，每天早上七点便要生不如死地起来，洗漱完匆忙抓几个面包便去赶火车，要是赶不上也就不用去上课了。

车厢内挤满了意大利学生，多数是本地的大学生，举着书在读，要么就是趴在小餐桌上赶作业，轰隆轰隆的，因为隧道的缘故，车厢内时明时暗。

也会有一些中学生，赶着早班车去主城内的高中上学，一路上叽叽喳喳，闹个不停，穿着活泼鲜艳的衣服，意大利语说得又急又快，吵闹不休地呼喊着同伴的名字，但漂亮女生说起来话来也像念着诗，语调悠扬。

上课的时候我就坐在讲台边，换在国内就是差生专用座位。带桌板的塑料座椅沿着不大的教室排了一圈，中间还排了三排，但一早就被先开学的同学给占去了，而我也就是在开学第一天去火车站的 Bar 里买了一个牛角面包，到了教室就只剩下这个紧挨着讲台的差生专用座位给我了，似乎是很符合我学渣的身份。思及此，我便安心地坐了下来。

坐火车很容易就使人昏昏沉沉。虽然常被住在主城里每天需要步行上下学的同学羡慕说，只需要舒服地坐在火车上就好了。可实际上交通工具就是有使人感觉疲劳的魔力，更别说一天至少要搭乘两次火车了。尤其是中午放学的时候，明明已经要饿得半死了，还得拖着困顿不堪的身躯去搭火车，再一次生不如死。

我每天早上到教室将书包放下，第一件事情便是要赶在严肃的教授进教室前再跑出去买一杯咖啡。如果不喝咖啡我就会死掉的，就像我的青岛同学说，他们青岛人一天不吃海鲜就一定会死掉的那样。

但学校的咖啡机和意大利人一样随性得很，要么吞了你好几欧元单单给你一个杯子，要么选了 Cappuccino 给你一杯奶泡（没有咖啡），到了后期不管你选什么，一律给你一杯美式咖啡。

每天早上填充咖啡机的人总是和我们这批最早上课的学生撞时间，永远不愿意早那么十分钟来填充咖啡和牛奶，你要是和他认真辩驳，他大概是要说，我们意大利人和德国人不一样，德国人生活是为了工作，我们意大利人工作是为了生活。咖啡工总是在那里慢悠悠地填充着咖啡，旁边站着别的人在陪着他聊天，一聊就是好久，脸上洋溢着幸福的表情，似乎他们是什么多年不见的挚友，这时候我们往往就不好意思去催促他们，感觉要是催促了他们自己就显得特别不人道似的。

队伍排得长长的，前面站着巴基斯坦人。是的，倘若是巴基斯坦人，看见亚洲面孔就一定会回头问你，中国人吗？身后也许会站着日本人，日本人说起意大利语来仍然和日语的音调是一样的，稍一走神，感觉他们说的仍然是日语。

这时候严肃的教授差不多便到了教室，放下包站在教室门口朝着我们这群排队买咖啡的学生露出一副无奈的表情来，指指自己的手表又指指教室。

上课的时候我就将咖啡放在教授的讲台上，连带着笔袋之类乱七八糟的东西全部被我堆在讲台上。第一次这样做的时候，教授还一脸惊讶地问我，咖啡是买给我喝的吗？我说，不，给我自己喝的。

你们得体谅我一下，毕竟我不喝咖啡会死的。

喝了半杯咖啡后，我通常会在教授的眼皮子底下找个机会给陈桑发微信。我说，卧槽，我要困死了。陈桑就说，卧槽，我也是。

我说，你也是什么，你马上就可以睡觉了。陈桑说，我还没有下班呢！

进入夏令时之前，我和陈桑有十个小时的时差，我刚刚起来，他就已经下班回家准备玩耍了，我睡之前他刚刚好起来，准备开始新的一天。我进入夏令时的时候，他在悉尼进入冬令时，我们一加一减，时差就变成了八小时。

这样就变成我起来的时候，他已经结束工作开始摸鱼了，我要睡觉的时候，他还在生不如死地挣扎着起不来。

起不来是一种机智的标志，陈桑不但起不来，还坚持每天迟到，风里来雨里去，每天坚持迟到半小时（以上），不愧是我的好朋友。我不能想象有一天我会和一个说起床就起床的人做朋友，这种人还有什么事情做不出来？简直可怕！

而我们每天起不来的人就不一样了，我们是有底线的，也坏不到哪里去，毕竟我们起不来嘛。

坐在差生专用位上最不好的一点不是要斜着眼睛看黑板，而是无论做什么事情，不管是提问还是写作业，永远都从我开始。

没有前人的经验可以参考，凭着自己的理解随意地乱回答一气也是需要勇气和智慧的。但好在我是个机智的少年，每每都可以化险为夷，就算不能，我也会小声地呼唤坐在我对面的泥考拉，泥考拉、泥考拉，这个词到底要怎么说？

泥考拉潇洒地甩一甩紧贴头皮的短发（所以他到底有什么好甩的），务必先做出一副潇洒帅气的姿态来，然后掏出手机开始帮我查单词，等他花这些时间搞出这番姿态来，教授已早在讲台上大喊大叫让我们不要查字典了。

有一单元的主题是，讲讲你最喜欢的意大利电影，自然又是从我开始谈，当时我就愣住了，不是一时半会难以判断到底哪一部电影才是我最喜欢的意大利电影，而是，我根本就没有看过任何一部意大利电影……

这时候我的机智又一次发挥了作用，虽然我没有看过，可是好歹听说过名作《偷自行车的人》以及号称意大利版美国派的《考试前夜》，而意大利的电影又何其相似，总是发生在永恒的罗马，总是年轻漂亮的姑娘、话痨的男主角、莫名其妙的一见钟情，Vespa小摩托在街巷间自如穿梭，比萨、意面、葡萄酒、罗马的城市风光和夕阳。他们的吵闹、离别也并非真的讨厌和诀别，总是藏着某些拙劣的误会，发生在罗马的一切总被镀上一层温暖的浪漫，这种浪漫和巴黎气质优雅的浪漫不同，和海牙清新的浪漫也不同，是一种永恒之城特有的，夕阳下充满融融暖意的浪漫，发生在街角的咖啡店，发生在凹凸不平的石板路，发生在威尼斯广场，天际线上勾勒出罗马打字机以及古遗迹的轮廓，不远处的斗兽场静静伫立在时光里。

一下课我便得和所有住在Asciano的同学一起飞奔而下去赶火车，每天距离我们放学和火车发车都只有几分钟的时间差，又累又饿却又得奔跑着、追赶着，往往给人一种疲于奔命的错觉。

锡耶纳很小，Asciaono更小，两城之间的路途大多都是丘陵和山坡，被我们戏称为Asciano风光之旅。从车窗望出去，景色悠扬如画，羊群在山头上吃草，马匹在山脚下吃草，草堆被一个个卷起来，不知道是做什么用途的。

每每我和陈桑说，我快要饿死在火车上的时候，陈桑总会迅速地发来一张羊排的照片，附言说道，特别好，特价，买了，煎了，好吃得不得了，感觉吃完自己又机智了不少，你体会一下云云；有时候也会是一张巨大汉堡的照片,并且得意扬扬地附言道,今天和同事去吃了全悉尼最好吃的汉堡呢,感觉自己特别机智;还有的时候会发来一张 Espresso Matini 的照片,不知羞耻地附言道,今天老板请客吃饭,好开心啊,么么哒。

平时间或一条信息要隔几个小时才回我,只有当我说自己饿了的时候,他一定会秒回一张食物的照片,并极尽所能、津津乐道地描绘到自己是多能吃,自己今天又吃了多少多少,足有几人份云云,整天吃吃喝喝,除了迟到就是吃,人生毫无追求,并且还因为这样骄傲了起来。

但凡我反问他,你到底骄傲个什么劲?他又要不知羞耻地回答道,反正我的人生也没有别的事情可以骄傲啊!

等我拖着疲倦的身体回到家,用尽最后的力气吃一碗泡面或者一个三明治之类的简餐后,陈桑又要不遗余力地将刚才的照片再发来给我看一遍,美其名曰让我们一起回顾回顾。回顾他个大头鬼。

等一切收拾妥当,回到书桌前,打开电脑刷刷网页,聊作消食用,又能看见这厮在豆瓣上上蹿下跳抖机灵,一边蹿来跳去,一边大喊大叫,窝是个玻璃心,你们不要黑窝,不然窝会难过的。

等我刷够了网页将课本拿出来,还没来得及翻到作业那一页,必定就开始困得不行,必须睡午觉了,陈桑又要说,卧槽,不行了,我也困得不行了,我必须睡了,我明天保证不迟到,不然又是生不如死的一天。

我躺在床上,拍拍另一处的床,呼喊室友道,来来来,一起睡午觉,美好的一天从午觉开始。室友说,等我们睡完午觉,一天也就结束了吧?我说,那你不睡,一天也是要结束的,不是吗?室友觉得我说得显然很有道理,立刻就躺下一起开心地睡了起来。

等午觉醒来,一天的暑气已经开始消散,出现了一丝凉意,天暗沉沉的,一会儿天边就出现了绚烂的晚霞。

而后便是互相推诿着做晚饭这件事情,大家热热闹闹地坐在一起叙述一天的见闻,自己的老师是多么可爱,谁谁谁今天又翘课去了佛罗伦萨,专业课又讲了什么……

林林总总,等收拾妥当,洗个澡,一天便正式过去了,必须等到12点过后我才会想起来作业还没做这件事情,总是没有作业的室友则会一脸悠闲地躺在床上看我抓狂写作业,因为到写作业的时间我已经非常困了。

差不多这个时候陈桑的微信又会出现了,啊……起不来,困得要死,生不如死的一天又开始了云云。颠来倒去总是那几句话,和再过几个小时我早起喝咖啡时说的话一模一样。

等我躺在床上,拉上被子,眼皮直往下坠的时候,再翻开手机看一看,又能看见他在说,啊,今天又迟到了,目测是半个小时。

我说,喂,这又不是什么新鲜事,值得你每天说一次吗?哪天你不迟到了,再告诉我吧。于是至今没等到这一天。

天蒙蒙亮,有鸟扑棱翅膀的声音,闹钟便响了,我痛苦地摁掉闹钟,开始我生不如死的一天,此刻陈桑则得意扬扬地结束了一天的工作,已经开心地摸起鱼了。

日子便一天一天这样滚动着前行。

## 5. 六月日长

进入六月后,白天开始变得越来越漫长,于是相应地我的午睡时间也变得越来越长。

某个下午正睡得昏昏沉沉的时候,好像听见有人在喊我,没在意翻了个身继续睡。一会室友 Leo 开始敲门了,他在门口喊道,起来,Tiz 在楼下喊你。

Tiz 是我同屋的室友。

望了一眼窗外仍然天光大亮,和我睡下去的时候一模一样。顺着声音跑到阳台,看见 Tiz 被一群小孩子围住,尴尬地将双手捧成喇叭状放在嘴边大喊我的名字,赵曾良,赵曾良……不知喊了多久。

我下楼后,Tiz 指了指身边的那群小孩,耸了耸肩,说道,救我呀。

为首的胖女孩戴着可爱的小遮阳帽,金棕色的鬈发从帽檐处调皮地跑出来,随着她热情的招呼而微微晃动,她将盒子里的"首饰"一溜地摆出来,喊道,有什么是你们想要的吗?

我的视线落在了正中间那个黄澄澄的塑料手串上,一旁棕色脸庞的小男孩马上开始推销道,黄宝石手串!新品!

真……真的吗?我问道。

真的,真的。所有小孩都一脸真诚地点着头,我觉得如果我再怀疑他们,就显得我人品有问题似的。

那么……多少钱?我问那个小胖妞。

小胖妞从一个草编篮子里掏出一沓手写的价目表,抽了一张写着1.7€的给我。

太贵了，我说道，1€吧，说着从口袋里摸出一个硬币递给她。

小胖妞大方地说道，好吧。

回去后Tiz就开始po朋友圈，写道，黄宝石手串，大家帮我鉴定一下，一欧元买的，我感觉价值不能低于200万欧元，是不是？

Tiz的朋友艾米利亚照旧评价道，年轻人，我看你很有眼光，最起码可以升值到2欧元，不错，继续努力。

这是五月以来的第三次了，Tiz的桌子上已经摆了很多小孩子玩意儿。

回去后没多久，天色阴沉下来，很快下了一场暴雨，大颗的雨点砸在社区的林荫道上，发出清脆的声响来。楼底下天天在卖东西的小孩子们作鸟兽散，小花园又恢复了往日的宁静。

我们坐在餐厅切西瓜，切着切着，Tiz一抬头说，哇哦，彩虹！

室友Dan说，雨停了，去阳台看看啊。

于是我们都跑出去，Tiz问道，为什么每一次看见彩虹，都在右手边呢？

Dan说，因为太阳在你的左手边落下啊！

八点钟的时候，彩虹慢慢消失了，我们回屋继续吃西瓜，到了大约九点钟的光景，室内染成了一片暗金色。

Tiz又第一个冲出去，在阳台上跳着喊道，黄金之路！

在夕阳落下的方向，有一条笔直的林荫道，两侧种满了高大的乔木，夕阳西下的时候，金色的阳光铺满整条道路，感觉像是一条黄金之路。

室友Elio说，像是英雄故事的开端。

Dan说，明明是英雄故事的结尾好吗，开端都是迎着朝阳奔跑的好吗。

我说，对，海边，海浪拍打上礁石，秃头的中年大叔目光坚毅地看着远方，朝阳升起，画面上出现两个大字：热血。

过了两天是隔壁主要城市的白夜。

Leo说,去呀,去看我打篮球,白夜的时候我要参加对抗赛。Leo是个偶像包袱很重的人,一天不打篮球就觉得自己可能已经不够帅了。

Tiz问,白夜是什么啊?

我说,就是大家都不睡,整夜整夜在街上闲晃。

Tiz说,那听起来不错啊!

我问Elio,我们这个小镇上有白夜吗?

Elio还没有回答我,Dan就说道,你想什么哪,要是在我们这儿有白夜,那就真的只能是大家都不睡,整夜整夜在街上闲晃了。

晚上的时候我们还是坐火车去了隔壁城市,那里热闹非凡,博物馆、美术馆都通宵开放。

市中心搭了简易舞台,在表演各种传统故事。

绕着市中心走了不多久,下了一个大坡,一群人在打篮球,突然看见了我们的教授,他搂着班里的弗朗切斯科一边挥着手臂在跳,一边大喊道,我帅吗?

Elio说,那不是你们的老师吗?

我说,我知道啊。

正在这时候,室友Leo抱着一个篮球风一般冲到我们身后,大喊道,今晚我们是最棒的!

我们吓得差点滚到坡下去,再回头的时候他已经抱着篮球跑远了,但还是能听到他哇啦哇啦大喊大叫的声音。

绕回市中心广场的时候,很多人在广场上打牌闲聊。

看见了我们班的泥考拉,泥考拉喝多了酒一直在傻笑,恨不能在广场上滚来滚去。想到不久前去泥考拉家做客,他家在山坡顶上,风景非常非常好,出门左拐走五分钟有个两百多年前就造好的喷泉,再往前走五分钟有个游乐场。

那次吃完他家米其林级别大厨室友的午饭出门后,泥考拉问我们要不要玩碰碰车，当时想的是，一群人玩着碰碰车丢着篮球多傻啊，想去坐海盗船，可这儿的海盗船360°疯狂旋转，上面的人在船里尖叫，我们下面看的人在下面跟着一起尖叫。

我问泥考拉，这儿的游乐场白夜开门吗？

泥考拉说，开啊，你可以去坐碰碰车。

于是凌晨的时候我们去了游乐场，去的路上碰见了Elio的一群女同学，每个人都戴着发亮的荧光头饰，有的是恶魔有的是兔子，所有人都喝多了，在路边哈哈乱笑。

Elio说，这真是一个淫荡的夜晚啊，应该多搞点这种活动才行。

游乐场里人山人海，许许多多小孩子在坐旋转木马玩过山车。

Tiz说，这个过山车有点刺激啊，我们玩点不那么刺激的。

最后我们选了六人一组，锤子形状先上下垂直运动，再360°旋转的一个机器，回头想想简直匪夷所思，这难道不是比过山车要刺激得多吗？

我们从游乐场出来的时候，天已经开始微微泛白，时间大概是五点多。

Tiz说，天啊，这里11点才天黑，5点多就天亮了。

Dan说，因为纬度高啊。

其实也不是真的11点才天黑，大约9点的时候太阳就开始落山了，其后天色开始泛蓝，慢慢转成深蓝，像童话故事里的夜晚一样，大约要到11点，才会真的擦黑，夜幕落下，这时候便可以睡觉了。

我们搭最早的一班火车回小镇上，路过广场的时候，看见人已经少了很多，Leo正站在那里和一个法国人说着什么，手脚并用地比画着。

看见我们，他便挥别了法国人赶来和我们一起回家。

清晨回去的时候，小镇街道上空无一人，平日里不怎么能听到的瀑布声，此刻也清晰可闻，所有的狗都趴在花园里睡觉，大朵大朵的玫瑰花上还凝结着露珠。

穿过铁轨、拱门、街道回到家中，大家都赶紧回去睡觉了。

睡了4个多小时，我被闹钟叫醒，想起来今天还要去乔娃泥家吃饭，于是轻手轻脚起床去冲凉。出门的时候天气已经很炎热了，和清晨回来时的凉爽不可同日而语。

在车站和另一些从临城赶过来的同学集合后，我们一起走去乔娃泥家，乔娃泥家在小镇的另一头，绕过一个社区，在沿着铁轨分布的一片田野的中间，孤零零地矗立着他家的别墅。

穿着蓝色球服的意大利小姑娘在树荫下骑自行车，她的兄弟、父亲还有祖父在长椅上休息闲聊，她向我们打招呼，长长的睫毛忽闪忽闪。

走着走着突然远远地听见了乔娃泥的声音，扒着路边的栏杆跳上去看见乔娃泥站在二楼喊我们，你们要走到哪里去啊？走过头了，回来！

于是我们再绕回去。

乔娃泥家门口的小道上有两棵树，一棵是樱桃树，另一棵还是樱桃树。

树荫底下摆着桌椅，乔娃泥站在二楼又冲我们喊道，你们先在那边玩耍一下。

MoMo说，玩什么啊？

一会儿过来了一只猫，我立刻掏出随身携带的猫粮开始喂食。

MoMo又说，卧槽，你这人多变态，随身带猫粮。

树荫底下微风阵阵，很是凉爽，一会乔娃泥又出现在二楼，冲我们喊道，好了别笑了，上来吃饭吧，我准备了很多菜，你们可以尽情地挥霍。

午后三点，喝完了两瓶红酒一瓶气泡酒后，我们酒足饭饱地重新踏上乡间小路回家。

乔娃泥站在路口和我们挥别，说道，等夏夜再叫你们来玩。

回家后室友们都在餐厅打游戏，Tiz 和 Elio 互相大喊大叫，你这个坑货！

等我冲完凉出来，Tiz 的小伙伴来了。

住在和我们相隔了整整两个城市的小伙伴过来借扑克牌。

我不太明白，难道他们那个地方真的没有卖扑克牌的吗？

小伙伴坐在沙发上滔滔不绝地开始说起新上映的电影，然后问我们，你们要去看吗？

下周吧，我们这样回应道。

借完扑克牌 Tiz 的小伙伴很快就走了，一下楼又被楼下卖首饰的小朋友们给围住了。

我们只好在阳台上喊道，放过他吧，孩子们。

棕色面庞的小男孩大方地挥一挥手说，好吧，伙计们。

小伙伴小跑着走开了，边跑边回头朝我们挥手。

四点左右小孩们都散了，只余下一个深棕色鬈发的小男孩，独自坐在小花园的长椅上，用一个衣架敲打着铁艺长椅，发出叮叮咚咚的声音来。

日光漫长，永不完结。

## 6. 丝绒夜空

  大概是没什么星夜出行散步的传统，也不曾在深夜将脑袋探出窗外只为了看一看夜空。我倒是时常会倚在窗口看楼下沙地上的猫，或是隔壁花园里两个吵闹的小男孩，他们分别叫 Leo 和 Andrea。

  所居住的小镇虽然名为橄榄园，可我一棵橄榄树也未曾见到，家家户户的小花园里种着玫瑰与夹竹桃，红的、粉的花朵在翠绿枝叶的掩映下从铁艺栅栏里探出来，迎着风微微摆动。

  尽管托斯卡纳始终艳阳高照，Asciano 却一直很凉爽，气温升起来不久，暴雨就会如约而至，绕着社区小花园骑自行车或是打闹玩耍的小朋友们便立刻作鸟兽散。雨点噼里啪啦地砸在屋檐上、窗台上、长椅上以及路过的蜥蜴身上，玫瑰花吃力地折弯了腰，不消两个小时暴雨骤停，阳光又暖融融地回来，水汽蒸发殆尽，只余下层层叠叠花瓣间的晶莹露珠，小孩子们又跑出来玩耍，楼下的老祖母照旧躺在阳台的藤椅上。

  夜间的小镇很宁静，一过八点街道上便空无一人，只余下夜间的虫鸣声，偶有过路的城际车子从小镇的主干道上划过，发出突兀的引擎声。

  我租住的房子在山上，整个小镇从这里往山坡下蔓延，道路慢慢地往下倾斜，路过一段平坦的道路，又慢慢攀爬上另一个小山坡。

  八月的夏夜我从同学家吃饭回来，从小镇另一边的向日葵花田里走回家，月亮藏在薄云后，倒也不觉得道路黑暗，走过一棵又一棵的无花果树，想着刚刚我们在树荫下用石头砸无花果的样子。

我看着道路慢慢往下倾斜又往上起伏，除了主干道外，Asciano 的街道上很少有路灯，一路走来都靠住宅的门灯。

还在乡野间的回家路上，接到室友的电话，说是冰晶之心喷泉那边很是热闹，热情地邀请我也去凑个热闹。我便转道从邮局那边去往罗马街，一路往下走到小镇的镇中心，一改别处的宁静空旷，镇中心倒是热闹得很。明明已经快接近午夜十二点，却连平日里终日躺在藤椅上的老祖母们也跑出来三三两两聚在喷泉边吃冰淇淋，而冰淇淋店连着 Bar 也一家一家开门营业着。

冰晶之心喷泉是一种开玩笑的说法，原因是 Asciano 终年凉爽，而距离半小时火车车程的主城锡耶纳时不时仍会暑气蒸腾，坊间传言便说是因为 Asciano 拥有一颗冰晶之心。

冰晶之心是主街钟楼后的一个古老喷泉，算得上是很大了，若是不怕被宪兵抓起来大可以跳进去游个泳。

室友的同学家就在喷泉拐角，走上逼仄陡峭的楼梯，那边已经闹将起来，显出一派热闹非凡的场景来，火锅在电磁炉上咕噜咕噜地煮着，红油冒着泡，丸子混着辣油的香气起起伏伏，冰镇好的柠檬啤酒一字排开，随拿随取。

熟悉的或是不熟悉的面孔都泛着绯红，无不是哈哈乱笑成一团。室友前脚将啤酒塞我手里后脚又说，热得厉害，下去吹吹风，于是我们走到冰晶之心喷泉边，那边已经坐了几个人，一看又是熟识的人，他们把我和室友迎进了楼下的家。

挑高的一楼装饰着仿原木的横梁，难得一见地显示出一副美式的审美意趣来，被唤作小周六的女生给我们一人拿了一盒子酸奶，我这还没开始喝呢，她就让我醒酒。

我们开始谈论起关于冰晶之心的种种传说，说到这里经常会有黑魔法集会，照例也只是一种戏称，关于某种天主教的仪式，可由于我们都不是天主教徒,对这些也无从了解,大批穿着白色斗篷的人举着蜡烛放着宗教音乐从喷泉边缓缓走过。

赛马节前后这里会摆上长桌长椅,浩浩荡荡举行三天的露天晚宴,参加宴会的全部都是法国人,白色的餐台上摆着白色的蜡烛,配上鳕鱼、生蚝、意面、红酒诸如此类的美食。

欢声笑语地又唱又跳直到深夜,让租住在这里的学生满面愁容地在家里发呆而无法入睡,要是此时跑去阳台,不等你抗议,下面喝得醉醺醺的法国人又要用法语示意你下去一起喝酒跳舞,中国学生便忙不迭地摆手,抗议的话就烂在肚子里再也不好意思说出口,只余下打牌、聊天熬夜至天亮打发时光的故事。

小周六的室友这时候从屋外回来了,带着一身的寒气,实在是让人难以相信这是八月的意大利,她搓了搓手开始煮意面。用的是少见的猫耳朵形意面,意面一边泡在水里煮,另一边便开始洗番茄、切番茄,大概是没有肉末儿的缘故又切了许多洋葱、胡萝卜来代替。

向日葵油稍稍起锅,洋葱便下去爆香,先加入切好的新鲜番茄,再倒入一罐子番茄酱,此刻再将胡萝卜丁之类的统统倒进去,加些调料熬成浓稠的酱汁,等那边的猫耳朵煮软后捞出来,淋上酱汁,意面便做好了。

在小周六室友吃意面的当口,大家又就意面的做法讨论了起来,各式各样私人定制的版本层出不穷,但也无外乎是那些佐料和食材,再复杂一些的也至多是青酱罗勒意面。

说着说着又说到了不久前结束的锡耶纳赛马节,据说是全世界十个人最多的景点之一,实在是很难想象这样一个5万人口的小城会有这样热闹的盛事。

获胜的街区扬着旗子,亮着灯终日在小广场上庆贺,一连庆祝了好几个礼拜,每日一到晚饭时分便摆上长桌,街区的居民走出家门在广场上吃吃喝喝,来往的游客便好奇地看着他们,或议论或拍照。一会儿庆祝胜利的乐队又开始游街,街边都是放着软糖与巧克力的小桌子,连绵在主街上,小孩子们流连在一个个小桌子前,乐队裹挟着大量游客在主街上缓慢蠕动,那边又在小广场上唱着歌吃着饭,玻璃醒酒器里装着一升又一升的红酒,热闹非凡、锣鼓喧天,那段时间日日如此。

等到这一番谈话结束,小周六的室友也吃完了第三碗猫耳朵,我的室友又要跑去喷泉边坐着,他刚一出去,小周六的室友就拿着三个橘子追出来,又要让我们吃了解酒,结果喝了酒的人快乐地微醺着,浑然不理小周六的室友,也只有没有喝酒的我默默把这些橘子都吃了才不至于辜负她的一番心意。

等我好不容易吃完了这些橘子,小周六又问我要不要喝酸奶,我连忙痛苦地摆摆手,心说这无穷无尽的解酒到底是怎么回事。

室友和他熟识的朋友们坐在喷泉边,弯下腰去够里面的水,一边说凉死了一边又在里面洗手,还试图洗脸,结果水太深了,无论怎么弯腰都够不到。

我又问小周六和她的室友,冰晶之心喷泉旁还发生过什么事情,她们便说到一些 Asciano 的文化活动,摄影比赛或是音乐节,社区里的乐队兼职做魔术表演,连帽子里变出来个兔子都不行,只有徒手套铁环这样级别的魔术,想来也是意大利人好糊弄。

乐队唱不动的时候,摇滚乐便放得震天响,临时搭建的厨房出售薯条、比萨和意面,桶装的啤酒放在一旁的木桌上,每每都是要闹到天蒙蒙亮才曲终人散。

待到了很晚,楼上还在吵闹不休,从窗口探出人来,喊我们上去,玩得太久有些累了,好像连笑的力气都没有了。我抬头说,不了吧。突然发现夜空星星点点很是好看,再仰头看,只见整条银河横跨天际,像碎钻镶在漆黑的丝绒上。

我呼喊大家一起抬头,我们背靠着喷泉,极尽可能地仰头看着星空。云都消散了,整个夜空晴明澄澈,星光密布,横贯整个夜空的银河有一种缥缈而奇幻的壮美。

  那一刻,静静的没有人说话,连楼上的吵闹声似乎都和我们隔了很远,好像第一次觉得身处的蓝星只是这浩渺群星中的一颗,广大的未知世界无限近又无限远。

  我揉了揉发酸的脖子,推了推室友,我们可以回家了吧?

  告别了小周六和她的室友,我们乘着星夜而返,路过街角的樱桃路,路过花园里沉睡的玫瑰和猫,听见夜风吹动小树林沙沙作响的声音。

## 7. 诸神的黄昏

　　日光长长地不肯消散,校园里长椅上的蔓藤接连开出一朵朵白色的小花来,日头西斜,下午快要结束时,起了一些晚风,常绿乔木的新叶顶替了旧叶,夜风吹拂着落叶在校园里跌跌撞撞地跑;入夜前清凉的空气里还有不久前才凋落的天目玉兰的清香。

　　眼看着春天就要结束,夏日即将到来,我也已经在米兰度过了完整的四季,去年也是在一个这样好的天气里,我从艳阳高照的托斯卡纳跨越小半个意大利来到米兰。

　　搭乘着中巴从托斯卡纳一望无垠的翠绿丘陵间出发,离开了我生活过半年的中部小镇,最后一次看着那些熟悉的地中海别墅,漂亮的铁艺楼梯从二楼直接蜿蜒而下,一家连一家的小小玫瑰园,还有在其间散步的猫,努力地回过头去看,小镇还隐隐约约地矗立在山顶,我想此时镇上的钟楼又该准时敲响了吧,拐过一个弯,便再也看不见我昔日生活过的小镇了。

　　中部多丘陵,到了亚平宁半岛的北部则是另一片平原风光,依凭宽阔的波河而建立起繁华的城镇,有的重镇河流两岸耸立着高大的城堡和防御塔,有的小城沿河鳞次栉比地开着咖啡屋与冰淇淋店,在夏日里满目的悠闲,还有一个小镇,目之所及家家户户窗檐上、屋顶上都雕刻着精美的雕塑,开着一家又一家的画廊和羽毛笔店,这些景色浮光掠影般闪现又消失,我们取道Copparo沿河行进到Mantova,又顺着波河来到Piacenza,最终北上到达Milano,也就是米兰。

　　一个连一个的街心花园,古典样式和现代样式并存的居民楼，许久未曾见到的高楼大厦，繁华的酒吧一条街，这就是我对米兰的第一印象，所以，这就是米兰了吗？经过一整天的旅途后我不太确定地问着司机。

刚刚路过了米兰凯旋门，司机回答道，哎？我立刻将脑袋探出窗外向后看去，视线中出现了高大的古典拱形建筑，顶端有青铜古兵车和六匹骏马，到达米兰的时候已是黄昏，落日余晖洒在青铜雕塑上，骏马前蹄腾空，透过巨大的拱门还能看见不远处一座以红砖石为原材料建造的修道院，无端地让人想起帝国往日的辉煌。

小心你的脑袋，司机又提醒道，于是我赶忙端正地坐回去，两旁黄白相间的有轨电车摇着铃驶过，向前看去，渐次深蓝的天空被纵横交错的轨道线分割成破碎的小片，一直蔓延到地平线的尽头，再一拐弯，视线被高大的古典建筑所遮挡，满眼熙攘的游人和店铺里精致的橱窗。

刚到米兰时我租住的屋子是来学校注册时在旁边的咖啡馆里租下的，那是我真正的第一次来米兰，因为要在一天之内往返小半个国家，不得不选择乘坐昂贵的欧洲之星，到达米兰中央车站后立刻到地下搭乘地铁去往Cadorna站换乘小火车去往学校注册，轻轨、地铁、小火车，庞大的地下交通体系让第一次来到米兰的我晕头转向，连续不断地搭错车，要不是我机智地买了一日通票，那天可能光是买票就买穷了。

注册完后我在学校旁边的咖啡店里喝咖啡、吃冰淇淋，新做好的马卡龙一盘一盘垒成小塔的形状摆在橱窗里，我对咖啡店老板说，啊，这个我知道，这是少女的酥胸。老板问，谁的胸？我说，少女的！老板便夸张地摇着头嚷道Mamamia！店里余下的客人和老板的妻子便哄然笑了起来，一会儿有人问我是不是新入学的学生，我说是啊，又问我住哪儿，我说现在还住在托斯卡纳，有人便问老板，Alberto，你家是不是要出租？就这样我在回去前将咖啡店老板家空余公寓里的一间屋子租了下来。

那时我的室友们是两个同样刚刚来到米兰不久的大学新生，他们带着年轻人特有的傲慢和自负，不大好相处，有着一套套并不自洽的理论，和一个个宏伟庞大的梦想。

和年轻人宏伟梦想所匹配的是，那时我们位于八楼的公寓有个庞大的露台，从露台远眺可以看见米兰层叠的天际线和地平线尽头的阿尔卑斯山，接近秋季天清气朗的某一天，我曾经清晰地见到了山峰上的雪线，可也仅那一天罢了，日落时分层次分明的云彩变化最是美妙动人，和托斯卡纳犹如黄金航道一般的落日不同，米兰的黄昏像是一幅水彩画，橙的、蓝的、靛的、紫的……日日变幻出不同的色彩来，这个过程既缓慢又惊心动魄，足足要持续一个多小时夜幕才会来临。

然而年轻人缺乏我这样的老年人心态，他们只对烧烤感兴趣，认为这样大的露台如果不能经常用来烧烤便是暴殄天物，明明大家都是初到米兰也不知道他们哪里能这样迅速地结识一帮朋友，呼朋引伴地一个月举办了五次烧烤Party，搞得我不胜其扰。

平日里下课晚了我便会去附近比萨店买比萨吃，从最普通的玛格丽特比萨吃到蘑菇金枪鱼比萨又吃到热那亚海鲜比萨最后挑战了希腊黑橄榄比萨，吃了个遍后再从头开始吃。这家比萨店名为Heidi，招牌也是少女快乐地奔跑在阿尔卑斯山上，啊，我觉得这个名字很微妙，是因为这里可以看见阿尔卑斯山吗？还是因为来自巴基斯坦的老板觉得自己像十九世纪的下层劳动人民一样苦难？不过胖老板Nimo是个明白人，他不但回回送我小听可乐，也不会像我的教授那样问我，你为什么老吃比萨不回家自己做些意大利面呢？Nimo说，当然要吃比萨啦，做意大利面很麻烦的！

我小时候看《弗兰德斯的狗》，被这悲伤的电影所震惊，生活在安特卫普附近的少年有着惊人的艺术天分,他敏锐、善良又有着高贵的品格,陪伴在他身旁的是他慈祥的爷爷和一只忠诚的狗,可是因为贫穷,他们都死了……

这个世界上怎么会有这样的故事,这让幼年时的我久久不能释怀,可大概那时候太小了又看过《海蒂》这部动画片,无法区分出比利时和瑞士的风光究竟有何不同,又或者只是单纯地因为那时候电视上天天放着阿尔卑斯奶糖的广告,以至于我最后只记住了阿尔卑斯山并且对那里产生了莫名的向往。

我讲这么多,只是想说,有时候根植于心底念念不忘的一些东西最终会以某种形式回归原点。冬天快结束时我去了一趟瑞士,登上了阿尔卑斯山的最前沿 Rigi 峰,其实在这之前我没有想过我有一天会生活在阿尔卑斯山脚下,也没有想过有一天我会真的登上阿尔卑斯山。然而事实就是某一天我和同学在 Heidi 吃比萨,我们翻着资料在谈论合适的旅游目的地,当季热门的几条线路因为种种原因我们都无法成行,这时我注意到这家店的名字,于是我问他们,去瑞士登阿尔卑斯山吗?当我们坐着世界上最陡的红色小火车来到山峰上,迎着风雪走进驿站时,第一眼看见的是《海蒂》这本书,而且有意思的是那还是一本中文书,所以映入我眼帘的就是"海蒂"两个字。

与之相对应的是,我总是念念不忘托斯卡纳的玫瑰园,在来到米兰三个月后的某个周日下午,我又一次坐反了小火车,当我意识到这个问题时,我已经下到了一个陌生的站台上。

出了车站便是一个空旷而安静的街区,小公园四周用集装箱的铝合金板围着,上面喷满了各式各样的涂鸦,小公园里什么人也没有,孤零零地伫立着一个透明的口香糖贩卖机,像个小路灯又像个小外星人。

道路开始慢慢向上攀升,奇怪,自从离开了熟悉的丘陵地后我从未在米兰见过这样的道路,于是我忘了找回家的路顺着坡道向上走，路边仍是奇怪的涂鸦，到了道路的尽头，出现了一个整洁的居民区，一个个小院落整整齐齐地围着，我看了看身后又看了看眼前，啊，这真是个神奇又矛盾的地方，我绕进街区看见几个小孩子在跑，走过一个偌大的庭院，看见侍应生在摆桌子准备迎接晚上的客人，再往前是一栋涂成绿色的小楼，透过模仿自然花卉的铁艺大门往里看，简直就是隐藏在居民区里的爱丽丝梦游仙境，小小的庭院里种着玫瑰、夹竹桃与各种叫不出名字来的植物，门厅前有两个半人高的橡塑兔子，再一看这是一家叫复活节的小餐馆，餐馆二楼是个民居。

啊，这里有玫瑰园还有餐馆，我要是能住这儿就好了，我这样想着恋恋不舍又慢吞吞地走了，等走到房子的侧面，看见那儿挂着一个牌子写着 Affittarsi，啊，竟然有个单间在出租，我踯躅着，这里虽好，可是离学校很远吧，这样的街区不知道要多少钱一个单间呢，很快就要 EXPO 了，房价一定涨得很厉害吧，我一个人站在牌子前胡思乱想着，突然身后有人和我打招呼，我回头一看是个矮胖的意大利老太太。

老太太问我是不是要租房子，我立刻不好意思起来，嗫嚅着，我……我就想想。她说，那跟我上来看看房子吧。于是我就这样跟着房东太太稀里糊涂地从后院上去了，二层很小，折成一个拐角，一共有三个房间，拐角的那边是个一户的单间，已经租给一个意大利男生了，另外还有一个两室一厅的小套间，住着一个中国男生，房东太太说，这里还有个靠窗的小屋子，你要租吗？

屋子是狭长形的，紧贴着窗台的是一个小桌子，靠墙有一张小床，另一端有个小衣柜，总之一切都是小小的，最让人惊喜的是，租金也算不上贵，是个非常合理的价格。

我……那我考虑考虑……我有一些动摇了。那我先给你留着房子，房东太太和气地说道，不不不，不用……如果有人要租就不用留给我了，我慌忙摆着手，房东太太将我送出门和我告别时问我,你记住我的号码了吗?我举了举手机说记住了。她又说,记得联系我。我点点头,然后和她告别,神游天外般走回了那个满是涂鸦的街道。

唉,我这到底是在干吗,那我现在又要干什么呢?哦哦,要找回家的路,我叹了口气打开谷歌地图,结果在道路笔直的另一端发现了自己学校的名字……

于是在走回学校的路上,我见到了另外几个修道院(我家附近便有一个修道院),一些奇奇怪怪的工业建筑,一个正在散场的集市,出现在天际线上不知是何用途的铁塔,沿街种着蔓藤的红色民居……

我从不知道在学校的另一侧,有这样一个下陷的小广场,广场中央是个老旧的喷泉,周身爬了些青苔,许多年轻人在这里玩滑板。小广场边上有一栋薄荷色的小别墅,自带一个庭院,一侧有个葡萄藤架,下面放着两把椅子,看起来真是个度假的好地方,谁要是住在这里,可真是又幸福又方便呀,想着想着我不禁羡慕了起来,一抬头看见我的同学吴明希正趴在二楼的窗口看着我,我们两两相望,被这突如其来的相遇搞得有些不知道说什么好了。

哎,赵曾良你怎么在这儿?吴明希问道。

啊……我刚刚在那儿看见一个有玫瑰园的房子,正好有个单间要出租,我满脑子都是这件事情,早就忘了真正出现在这儿的原因是因为坐反了车。

贵吗?吴明希问道。

倒是不贵……只是我这会还租着Alberto的房子呢……

哎,那有什么,你问问他可不可以将房间转租给别人就是了,向来爽利果断的吴明希一边建议一边跑下楼来给我开门。

可以这样吗?我倒是有些不确定。

走呀,现在就去问问Alberto,我陪你去,给你壮胆呀,要是不早点去，玫瑰园可要被人租掉了。

于是我和吴明希一起朝学校走去，咖啡店是少数周日还会营业的商店，这会儿也闲闲的，没什么人，我们到店里的时候Alberto正在看电视，问我们要不要喝咖啡，于是我们一边喝着咖啡一边问他能不能够将房间转租给别的学生，Alberto问我，怎么了，你和室友相处得不好吗？还是你有了恋人，吴明希便抢着说，不是，是找到了漂亮的玫瑰园。

Alberto便说，好吧好吧，没关系的，只要你找到转租的人就好，我想着一会儿还要将吴明希送回家就赶紧和Alberto告辞了，结账时他又问我还要不要吃少女的胸，啊，这样一说，这个名字真的好奇怪呀，因为觉着不好意思，那天便买了一整盒马卡龙。

自从搬过去后，我上学的时间便从三分钟变成了三十分钟，虽然也可以搭乘有轨电车，不过等车子这件事情实在是既无聊又很傻气，我还是更喜欢走路，所以从此以后我迟到的次数便大大地增加了。

是什么时候开始觉得米兰像是我的第二个故乡的呢？大概就是这个时候吧，我所有的同学几乎都住在学校附近，吃过晚饭我们随时可以聚集到某人家里去谈天打牌，然后乘着夜色拎着酒回家，我们这些人中，只有我以前从托斯卡纳来，只有我明白汽泡酒是聚会中不可或缺的灵魂角色，在我的鼓动下，大家纷纷爱上了这种酒，我们开始寻米兰各式各样的甜汽泡酒，喝得微醺了，每个人都开始嘻嘻哈哈地傻笑，便可以吹一吹夜风回家了。

自从吴明希有一天晚上对Siri说，我饿了，Siri将我家楼下的餐馆发给她后，她便对这家餐馆产生了莫大的兴趣。她给我发消息说，曾良，Siri给它打了五星哎！后来我们又发现Trip Advisor也推荐了，吴明希便说，那还等什么，去吃啊，比萨早就吃腻了。

于是我们便喊上我的另一个室友一起去吃了，那是一家做传统意大利菜的餐馆，特色菜是面包、面包以及面包。

和比萨之类的还是很不一样的,就比如说吧,最传统的玛格丽特比萨是比萨饼皮加上奶酪加上番茄酱再加上一些罗勒,但是经典面包那款就大不一样了,它是一块面包上放了番茄酱、奶酪和新鲜罗勒,总之很不一样的,毕竟没有将它们烤在一起。

那里还卖各种生啤,有一款叫三倍的拿破仑,还有一款叫米兰和平门,吴明希就说他们为什么和拿破仑过不去啊(拿破仑未看到和平门建成,和平门也叫凯旋门),就在这时,我又看见了一杯酒叫作琥珀色的拿破仑……

我的新室友叫Cima,意思就是顶峰,因为他名字里带有一个峰字,可是Cima这个词不属于常用词,于是不可避免地大家第一次都会听成Cinema,也就是电影院……

住折角另一边一居室的意大利男生名叫Andrea,我便告诉他我以前住的地方楼下有两个小男孩,一个叫Leo,一个也叫Andrea,这真是太巧了。Andrea一脸疑惑,似乎不明白我有什么好惊讶的,后来我发现这确实没什么好惊讶的,因为Andrea这个名字实在是太常见了,就好比说吧,第一学期我有六门课,其中有三个教授叫Andrea……

和Andrea熟起来是因为晚上常常不能入睡,过了冬米兰的春天便来得很早,当夜晚不再那么寒冷的时候,喝酒喝到后半夜的人便多了起来,尤其是一年两度的毕业季,学生们常常要大喊大叫、又哭又笑地闹到天蒙蒙亮。

好像就是春天的毕业季,楼下吵闹得很大声,Cima在心无旁骛地打游戏,我出来透气,想到了以前在托斯卡纳时有个唤作小周六的女生和我说过,在度假月她家门口的小广场会用来招待法国游客,餐桌上铺着白色桌布,一道道菜不停地往上端,桌旁的醒酒器里红酒取之不尽,圆舞曲夜夜放至天亮,那些日子里他们也是搬个凳子坐在阳台上聊着天有一搭没一搭地等待游客们散场。

我趴在阳台上陷入胡思乱想之际时,Andrea也出来了,他说,他们很吵，而让人惊奇的是，他说的就是"他们很吵"这四个字，我目瞪口呆地看着他，他便说，我在燕京大学学过半年中文，我眨了眨眼睛思索燕京大学究竟是哪儿，哦，北京大学吧？我问道。

听不懂听不懂，Andrea摆摆手，我现在已经不太会说中文了。

一会他又说，米兰人真吵，我可不是米兰人，我是罗马人，我们罗马人比这吵多了。我和他谈起米兰的落日和黄昏是如何美妙，他便说，你去过罗马吗？罗马的天空是全意大利最好看的。

我说，对，威尼斯广场那儿的天际线让我印象深刻，Andrea便说何止是威尼斯广场，哪儿的天空都很好看。

可要解释天际线和天空这两个概念实在是挑战我的语言能力，我便只好闭嘴了。沉默了一会儿，Andrea说，有点想念罗马了，我其实并不喜欢米兰，你呢？你喜欢米兰吗？

我立刻想到了室友Cima，他也说自己其实并不喜欢意大利，可是这已经是他在意大利的第八年了，只要再多待几年他人生中的大部分时间就都是在意大利度过的了，好比Andrea虽然这样说，可他在米兰念完了本科又继续选择在这里念研究生，他们都属于嘴上说着不喜欢，身体却很诚实的那一类。

大概是因为出现了太多次Cima这个单词，Andrea问我有没有在黄昏的时候去米兰大教堂登顶过，他说，在那里你可以看见黄昏、整个城市和一座圣母玛利亚雕像。

说着天便亮了起来，我看着清晨的庭院，花朵上颤颤巍巍的露珠，心想这真不错呀。

回屋后我和Cima讲起这件事情，他兴趣缺缺地说，这有什么好看的，米兰大教堂不过是游客们爱去的地方罢了，看看教堂再去旁边马努埃二世长廊买些奢侈品，我便问他，那你说，米兰最棒的地方在哪里？他说，我们学校的图书馆和一扇蓝色的窗。

Cima说他们学校的图书馆是十七世纪文艺复兴风格，有宽阔大气的穹顶和蓝色的水晶吊灯，有一次他在图书馆逗留得晚了些，室内的光线渐渐暗了下来，突然水晶吊灯依次点亮，就好像进入了魔法世界一般。

至于那个窗，他也说不出个所以然来，只说有户人家的墙上开满了花，只余下一扇蓝色的窗，他看见了便觉得住在童话世界里也不过如此吧。我不太相信地说道，你大概是看了什么电影搞混了吧，哪有人家的墙上是开满了花的，他也不和我争辩又打游戏去了。

没过多久我买了一块软地毯，吴明希要来我家躺一躺，她听完我讲了这些后说，你问过Andrea了没有，也许他知道那个蓝色的窗，然后她便一骨碌爬起来，把Andrea找来问那个蓝色的窗的事情，Andrea说不知道啊，试着用blue windows Milan之类的关键词在Facebook上查，并没有查出什么结果来，吴明希不死心地说，你试试blue door Milan，结果这次我们真的找到了好些被花朵包围着的蓝色的门，也许当初Cima看见的便是其中的某一扇吧。

吴明希到底是个爽快人，她又说，那我们去登顶看日落呀，接着她跑去踢了踢Cima的房门说，我们找到你的蓝色花朵窗了，去不去米兰大教堂看日落？

我们一行四人出门的时候我还觉得有些不可思议，哎，真是说去就去了呀，路上Andrea问我们，有没有觉得意大利男人最帅了？我当时心里"啊？"了一下，不过这会儿来了许多国际生，他们终日里在校园进进出出的，我倒是开始觉得，意大利人长得真好看呀。不过我毕竟高贵，我是不会低下我高贵的头颅和Andrea承认这点的，看来以后只能避而不谈这个话题了。

出了Duomo地铁口，我们立刻熟练地以各种敏捷的姿势躲闪着广场上黑人搭过来的彩色手串，巨大而奢华的白色教堂满满当当地映入眼帘。据说足足花费了六个世纪才建成，是意大利境内最大的主座教堂，上半部分是极具哥特风格的尖塔，下半部分是巴洛克式的繁复精美，它就这样伫立在广场上，从十四世纪直到现在。

　　我第一次见到米兰大教堂时,正从名品街穿到广场上准备去另一条街,我无知无觉地沿着它的侧面行走,突然注意到那一丛丛尖利的阴影,像是教堂上的小尖塔,可是,哪来那么多的小尖塔呢,我疑惑地抬起头来,看见了白色大理石雕刻而成的装饰用飞扶壁密密麻麻地排列在整个教堂的侧边,每个飞扶壁上都有数个侧拱,每个侧拱上都有数个哥特式小尖塔,每个尖塔上都有一个雕塑……往下是巨大的玫瑰窗和布满精美雕刻的尖券。

　　等待黄昏降临的间隙我们便去逛教堂旁边的玻璃穹顶长廊,巨大的穹顶下有个据说是金牛座图案的地砖拼图,在上面转一圈能带来好运,于是每次路过此地,都能看见游客一个接一个地在地砖上转着圈,真是旋转、跳跃、不停歇呀,像是八音盒里的小人,叮叮咚咚转个不停。

　　这时 Cima 突然健谈起来,说起米兰时装周时他在奢侈品店里偶遇到的各路明星从一线到十八线。吴明希说,你很有钱嘛,总在奢侈品店里偶遇明星。Cima 说,不用很有钱的,反正我在店外,他们在店内。

　　临近黄昏我们搭乘电梯上去,我终于见到了传说中的镀金圣母像,我也终于知道为什么一定要选择黄昏时分登顶,走进了才发现数不清的小尖塔上伫立着数不清的神像,难怪有人说,米兰是一个被众神护卫着的城市,从古老的圣母像身后注视着这个繁华的国际大都市,光与影的交错让这一切的边界模糊成暧昧不清的一片。

　　很难形容这种感受,首先想到的倒是本雅明对保罗·克利《新天使》的解读:

　　他凝视着前方,他的嘴微张,他的翅膀张开了。

　　人们就是这样描绘历史天使的。他的脸朝着过去。

　　在我们认为是一连串事件的地方,他看到的是一场单一的灾难。

这场灾难堆积着尸骸，它们被抛弃在他的面前。

天使想停下来唤醒死者，把破碎的世界修补完整。

可是从天堂吹来了一阵风暴，它猛烈地吹击着天使的翅膀，以致他再也无法把它们收拢。这风暴无可抗拒地把天使刮向他背对着的未来，而他面前的残垣断壁却越堆越高，直逼天际。

这场风暴就是我们所称的进步。

正当久久回不过神来的时候，不知何时 Andrea 在旁边说着什么，我听到了自由、时间、爱人之类的单词，可他说得太快了，我也未曾听懂他要说些什么，只听到最后一句是 Affetto senza fine。

啊，Affetto senza fine。我要怎样去翻译这句话才好呢？也许是真爱无垠，也许是唯爱永生。

落日在云彩后燃烧了起来，看哪，这诸神的黄昏。

## 8. 深渊

  这是严重缺乏睡眠的第三周,不幸的是,这还是个周一。

  自从研究生院开学后,我便一直处在一种高压的状态下,无穷无尽的图纸和模型背后是小组内部反反复复的讨论和……讨论。

  毫无效率却又让人精疲力尽,让我无数次在脑海中构建出西西弗斯推石头的样子,有时候又会在脑海中幻化成《城堡》里可怜的土地测量员,直到我那可怜的情妇和我那可怜的助手私奔了,我也不会进入城堡的。

  与此同时,当我焦虑疲惫到什么也做不了时,躺在床上却又会陷入绝望的失眠,大概也是我失眠的第三周,不,说失眠不太准确,严格来说这是我度过的睡眠质量极差的第三周。

  这件事情的导火索是我的小组 partner Dilara,一个傲慢的波斯女人,体形丰满,拥有一头漂亮的鬈发,总是化着浓妆,喜欢穿暗红色的毛衣,下课时习惯站在教学楼门口抽烟。

  葡萄牙人告诉我这是个学霸的时候,我还不置可否没什么感想,可仅仅只过了一天,事态便风云变幻起来,原来的队友搭上了白俄罗斯妹子后,毅然决然地决定弃我于不顾,也可能根本就不存在毅然决然这个心理过程。

  当我站在三楼平台上,问 Dilara 能否加入她的小组时,连我自己都感到一丝尴尬的荒谬。Dilara 仍然穿着暗红色的露肩毛衣,抽着烟,蓝色的眼睛在烟雾后,标本般典型的波斯美人,她看向身旁的 Gulia,一个意大利人,Gulia 说,那好吧。

但Dilara自始至终没说话，甚至我怀疑她并没有记住我的样子，因为那之后她称呼我为那个棕色风衣的人。

Dilara说英语的样子显然和意大利人不太一样，不带什么口音，语法流畅，发音清晰，Gulia则夹带着大量的意语单词在英语中，这样一来也就破坏了所有的语法结构。

我们第一次在教学楼的二层平台上进行小组讨论时，我不下三次皱着眉头问Gulia，你在说什么？我不太明白。

于是Gulia便露出很为难的样子来，她让Dilara来给我解释她们设计中的想法，Dilara将这段话写了下来，但专有名词她全部使用了简写，而我，看不懂这些该死的简写，而且由于是简写，即便我查字典也不能查出什么含义来。

我们为什么不能直接说意大利语呢？我看向Gulia提出了这个建议，Dilara不也是在意大利念的大学吗？我们为什么非要这样夹杂着说话呢？

为了照顾你，Gulia坚持这样说。

好吧，我不知道此时此刻我应该产生的情绪是愧疚还是尴尬，于是只好盯着图纸问道，可是为什么功能分区和轮廓已经出来了呢？

Dilara说，因为我和Gulia已经讨论过了。

那我呢？我问道。

这不重要，Dilara一边敲击着键盘一边这样说道。

我简直怀疑我是不是已经英语差到让别人没有办法听懂我的问题了，还是我已经英语差到听不懂别人的回答了。

于是我只好怀疑自己的耳朵，如果不怀疑耳朵的话，我可能就要怀疑自己的人生了。

接着这个studio的课程便成了我的噩梦，我几乎每次都是以一种胃绞痛的心情和表情坐在Dilara和Gulia身旁进行小组讨论和作业。毫无疑问，我有些想念以前坐在我身旁的那个忠厚的葡萄牙人和热情的西班牙人，并且心中暗暗想到，哪怕和我室友一样，遇到一个只会说冰岛语和俄语的冰岛人也比眼下这样的状况要好啊。

我总是那个负责手绘描图的人，又或者埋头收集一些资料，做一些摘抄，我问Dilara为何我不能像你们一样用电脑画图。非得让我手绘，并且画完你们也完全用不着我的图。Dilara说，因为我的电脑打不开你的图，我反问她，你真的知道我用哪些软件画图吗？

这不重要，她这样回答我，头也不抬。

小组陈述时这种情况便更甚，我几乎是透明的，不，没有几乎，我就是透明的，我甚至会隐隐担心，一旦教授还想起有我这样一个壁花少年般的玩意儿存在时，Dilara会不会如同她那个傲慢的邻国女建筑师在领奖时说的那样，要什么认同，难道周围都是屎一样的玩意儿，我也得变成屎吗？——要什么组员，当你的组员水平很烂的时候，难道我也要和他一起商量方案吗？

但好在没有，没有人发现我的存在。

深夜很疲倦时，感到一股浓重的疲乏感从脊背蔓延起，我躺倒在床上，闭上眼睛，进入一种奇异的半梦半醒状态，开始无法控制自己的思绪。

我发现自己站在一条河流中，河水静静地从我的脚踝漫过，非常奇怪，为什么会站在河流中，于是我抬头向上看，思绪开始往上升腾，不断地升腾，终于来到一个上帝视角，我发现自己在深海中，四周漆黑一片，再往上才会显出海洋特有的幽幽的蓝色，我在深海的河流中。

一种恐惧感便紧紧地扼住了我，我拼命地想让思绪冲破海平面，于是不断不断地向上，离开海面后仍然是一片漆黑，连刚才的幽蓝都不见了，我猛然发现原来自己在火山口，四壁凝结着冷硬的熔岩。

这时,我离开了深海中的河流,站在了火山口,努力仰起脖子向上看,看见火山口上是无穷无尽的黑暗,我意识到自己在地心,当我发现这一点时,须臾间再次回到了位于深海的河流中,冰凉的水缓缓流动着漫过我的脚踝。

我在恐惧中惊醒,睁开眼睛看见漆黑的屋子,因为拉上了木窗帘的缘故,连一丝月光都没有。同时能感觉到清醒和困倦,直至天亮,一夜无眠,起床后,便又是新的疲乏而焦虑的一天。

这个梦境出现第三次的时候,我有了退组的念头,对此同专业的中国男生柯路表示匪夷所思,一定是你的英文讲得太差了,他这样断言道。

我捂着因为过于疲劳而肿痛起来的牙,反驳道,你别忘了这里至少有五分之一的人根本不会讲英文,语言完全不通,他们不也合作得好好的?

那就是你专业能力太差啊,柯路又这样断言道。

而这是柯路第二次和我说话,第一次对话如果没记错的话,应该是,同学,你好。

我简直要对柯路刮目相看啊,从表象就能看出那么深层次的东西。柯路说没什么,我和别人就合作得好好的,所以我才觉得这是你自己的问题。

我讽刺得太真诚了,他没有听出来,但当他说完这些话时,我又觉得自己可能并没有在讽刺他,而是潜意识里把事情的真相给说了出来,可能我脸上就写着"差劲"两个字。

啊,不过我还是想退组,我这样咕哝道。

就是有你这种人,柯路突然生气起来,总是用逃避的方法来解决问题,你这样有用吗?你干吗不去好好练英语?

不是,我有点莫名其妙,我好像从来没有和你讲过英语。

但是你敢说自己英语好吗?柯路质问我。

不敢,我不喜欢柯路说话时隐藏着的可怕逻辑,我很想反问他，你敢说你自己中文就很好吗？但是我没有，只觉得这次对话整个氛围都很奇怪。

那天夜里近一点时，我困得怎么也睁不开眼睛了，于是躺在床上，一合眼自己又站在那条河流中，于是自发地醒了过来，困倦地躺在床上等着天亮。

尽管我从未见人这样说过，但我永远对新环境存在着一种恐惧感，不管是怎样的新环境，最初接触到的时候我都感觉压抑，随之而来的是恐惧和焦虑。当我来到这里后，内心的恐惧在慢慢升级，这在以前也是很少见的事情。

这是我自己对梦境的解读，虽然我没办法立刻将对新环境的恐惧消除，但是我决定，我最起码要先将导火索解决，于是那天虽然没有 studio 的课，我还是找到了 Dilara，我问她，你不喜欢和我合作吗？Dilara 温和地笑着，啊，所以你想换组吗？好啊。

尽管我对 Dilara 的反应感到一丝莫名其妙，但反正我的目的也是换组，于是我一身轻松地走掉了。下午的课又遇到柯路，当时我正和原来的 partner 在谈论这件事情，他的白俄罗斯妹子找到了另一个白俄罗斯交换生，于是将他委婉地请出了那个小组，这样一来，我们再次成为了一个小组。柯路听了后将我的行为评价为：懦夫。

啊，我尴尬地挠了挠头，虽然你这么说，不过 be nice 没有那么难的啊。

对啊，柯路说，所以你展现出一点友善有那么难吗？

我没有不友善啊，我的意思是她们对我友善一点没有那么难的，我又解释了一遍。

你凭什么让别人对你友善，你有什么本事？柯路质问我。

虽然柯路在质问我，但无疑他回答了我一个问题，但也让我更深层次地开始思考另一个问题，难道我真的把"差劲"两个字写在脸上了吗？

上完一整天的课后，被数学碾压在地上，变成平平的一片纸，飘回家后连吃晚饭的力气也没有，一头栽倒在床上，迅速进入梦境，我梦见自己再次站在那条河流中，还是恐惧吗？还是对一切感到恐惧吗？一种循环往复没有出口的疲倦。那最起码不想再醒来了，于是河流坍塌了，我一下子跌入深渊，第二天我连闹钟都没有听见，一路睡过了物理课，直到下午才勉强醒来，窗外日光昏黄，已近傍晚。

## 9. 这下大事不好了

一月的末尾,我一边背起双肩包打算出门,一边往嘴里塞着牛角面包,前脚刚刚踏出房门口,便收到了前任室友的短信,喂,曾良,我来找你啊!

没空!我铿锵有力地回复道。

别那么绝情嘛,夺命连环短信一条接一条地追来,我马上到了啊,马上,马上,你在家吗?你一会儿就能看见我啦!

我要去学校了……我满头黑线地站在街边发短信,还没打完,一个气喘吁吁的身影出现在我面前,将我堵了个结结实实,"喏,给你!我要回去过年了!"一个笼子突然出现在了我手里,"哦哦,还有这个,猫粮!"一小袋快要见底的猫粮也出现在了我手里。

"你赶紧去上学吧!"我的前任室友满脸轻松地擦了擦手,一边往回走一边愉快地冲我挥着手,"再见——再见——我亲爱的朋友——再见啦——一个月后我来接它!"

什……什么……

我脑海中一片空白,茫然地在街头站了约有三十秒钟,直至目送室友的背影渐渐消失在街道的拐角,我才想到将手里的笼子举起来,正面对着自己,里面一张好像刚刚挖过煤的毛茸茸的脸也凑过来看着我。

咦,一只暹罗……

于是我又只好不辞辛苦地将它和它的笼子与猫粮提回去,回到屋子里一开猫箱,这只暹罗立刻就像撒泼的猴子,哦,不对,是脱缰的野马一般气势如虹、势如破竹地飞蹿到我的床上,随后又马不停蹄地拱到枕头底下,微微露出那张挖过煤的脸,圆溜溜的眼睛鸡贼地看着我。

你干什么,你出来,你洗过澡了吗?我忧心忡忡地问道,它继续看着我,并没有回答,我将快要见底的猫粮递过去,露出虚假的微笑,和颜悦色道,旁友,要吃猫粮啊?

但是,这位挖煤的朋友并没有上当,我也只好悻悻然地扔下它去上课了。

傍晚,我抱着一大袋子猫粮,拎着一大袋子猫砂,带着两位好奇心不输猫的女同学一起回家了,咪咪、咪咪,她们探头探脑地呼喊道。

嗯,它有一点怕生,所以……我解释的话还未说完,这位挖煤的朋友迅雷不及掩耳地从枕头底下蹿了出来,一个劈叉躺倒在地,四脚朝天翻开肚皮,短小的四肢拍打着空气,嚷道,摸摸摸摸摸摸摸摸……

于是两个女同学便啧啧称奇地摸了起来,真是不怕生啊,真是亲人啊……她们这样赞叹着。

啊……明明刚刚对我不是这样的……啊,旁友,这个世界上怎么有你这么不要脸的猫啊!哪个猫第一次见人就翻开肚皮让人家摸啊!猫,我是见得多了,跟猫相处我是身经百战了,你老实说,你到底是不是一只猫?

但此刻没有人关心我的内心独白,大家都围着猫,刚挖过煤的朋友,毛茸茸的四肢在空气中胡乱扑腾,嘴里还在念叨着,摸摸摸摸摸摸摸……

于是大家就摸得更起劲了,一连摸了半小时,女同学们才恋恋不舍地走掉,还不忘回头对这位旁友说道,有空再来看你啊!

都没有人有空来看我的!真是气死人了!

女同学走了后,场面有点尴尬,猫也不再躺着了,一个骨碌翻了起来,看着我,我们对视了半晌,它又躺了下去,说道,那你也摸摸……

不摸!我冷酷地拒绝了它,说完扭头就走,猫小跑几步,横在我面前,摸摸摸摸……一迭声喊道。

好吧,既然你那么坚持,我就勉为其难地蹲下摸了起来,毛茸茸的肚皮翻滚扭动着,配合地发出"咕噜咕噜"声,怎么那么容易开心……我简直要满头黑线了,我家的小葡萄,一个月不一定能"咕噜"一次,因为是虎斑猫的缘故,额头上的深棕色花纹看起来像皱起来的川字眉,仿佛永远在严肃地生气。

这位挖煤的朋友原来在家,坐拥两个豪华猫树,从这个睡到那个,好不惬意,可是到了我这儿,除了地面,它不能找到任何平坦的地方来睡觉。

在它疯狂乱窜到凌晨三点后,我终于忍不住了,指着被子上说道,你睡被子上,我家扣肉可喜欢睡被子上了。我不是你家扣肉!它不满道。于是我拉开被窝一角,那你睡我边上,我家小葡萄可喜欢睡我边上了。我也不是你家小葡萄!它嚷嚷道。

哦,这样啊,那你继续去挖煤吧,说着我就躺下了,再也不想理它。

一会儿猫砂里传来哗啦哗啦的声音,啊,猫砂盆放在房间里,真是一种酷刑,可是凌晨,我不想马上起来理猫砂,猫翔的气味渐渐笼罩在整个房间,一会儿,一个猫蹿到我肩膀上,用力拍打着我,喊道,起来起来,铲屎去!

我不去,你不要拍我,你怎么那么暴力,我家扣肉以前最多只是打我几巴掌而已。我刚说完,这只猫迅雷不及掩耳地扇了我三个巴掌!

有毛病啊!我的意思不是叫你打我!我腾的一下从床上竖起来,对着猫怒目而视,猫跳到地上,也对我怒目而视,慢慢地它的脑袋蹭到地上,开始左右晃动起来,啊,我有一种不好的预感……啊啊啊啊,你放开我!

猫一个飞扑蹿上来抱着我的脑袋开始拼命殴打,铲屎铲屎铲屎……同时高声叫嚷道。

于是凌晨三点半,我,一个屈辱的人类,在微弱的灯光下铲屎,眼角含泪,从未想过,自己会有这样的一天。

几天后,它在房东留下的电子琴的箱子上发现了新的乐趣,慢慢地将这个箱子咬出一个缺口来,而后将这些小纸片一片片叼到水碗里,每天早上我起来,等着我的都是一大碗纸箱碎片糨糊汤,这位朋友横在地上,滚来滚去,喊道,口渴,要喝水水……

你妹!我瞪它一眼,将糨糊倒了去换新水,回来后,我点着它的脑袋,警告道,下次,你再敢把纸片叼到水碗里。我就会给你点颜色看看的。

这位朋友不以为意地白了我一眼,喝水去了。

第二天,水碗里出现了我的钢笔,我刚花了8欧元配的笔头已经被它咬得翘了起来,而这位朋友呢,趴在一边,露出一副请君欣赏的表情来。

你过来,我冲它招了招手,它不过来。你过来。我又喊道,我们友好地谈一谈。猫这才抖了抖爪子走了过来。它刚走过来,我便摁住它,奸笑道,如果你真的这样想,那你就错了!然后以拍皮球的频率将它揍了一顿。

猫哇啦哇啦乱叫,虐猫啊,救命啊,动物保护组织在哪里啊……

我一松手,它就蹿到房间的另一头去,回过头来看着我,脸慢慢皱起来,从鼻子里发出一个"哼!"来,哎哟,哎哟哟,了不起了,一只猫,会哼我!

来劲了,生气了,没地方可以去,一个人,啊不,一个猫发狠劲跑到猫砂盆里去待着了,趴在那里,搞得很有安全感一样。

过了半小时,还不肯出来,我蹲在猫砂盆前,拉了拉它的前爪,好嘞,旁友,别生气了,出来吧。

哼,它把爪子拿开不理我。

我又拿了一根猫肉条过去,吃肉条吗?

不吃!

于是我把肉条拿走了,一会儿猫就跑了出来,肉条呢? 我要闻闻,我不吃。

我把肉条举过去,猫嗅了嗅,那张仿佛刚刚挖过煤的脸,露出了一种幸福的表情,舔了起来,很快咬住不肯松口了,两秒钟! 半根吃完了!

哎哎,你不是不吃吗? 我提醒道。

我不吃啊,我就是磨牙! 你把我当成什么猫了? 要是这玩意儿掉在地上你看我吃不吃。说话间肉条掉在了地上,猫赶紧低下头去叼肉条,哎哟,叼得那个吃力啊,足足舔了七八秒才将肉条舔到嘴里去,一抬头愣住了,肉条还在嘴里,百口莫辩。

马上就恼羞成怒了啊,这位朋友,半人立起来,将肉条三两下吞下去,毛茸茸的短手在空气里气愤地挥舞着,嚷道,我告诉你,你不要整天就想着搞点事情出来,好将我大肆批评一番! 肉条,我是吃得多了,我哪种肉条没有吃过?

说完一个猫发狠劲了,又回猫砂盆里去了,趴在自己的翔上,很"安翔"的样子。

又过了半小时,我劝道,你好出来嘞,你这是在干吗? 再吃根肉条好吗?

你再提肉条! 猫腾地站起来,要吃罐头!

好好,开罐头,于是我转身去拿了一个罐头。猫跟了过来,仰着头喊道,要贵的那个,要土豪金颜色的那个! 那个那个!

我满脸黑线地冲它嚷道,你是不是以为我没有脾气啊?

猫继续喊,罐头罐头。

好,被你发现了,我是个没有脾气的人,我拿了那个贵的罐头给它。

吃完,它往地上一躺,摸摸摸摸……

我没理它,一会儿工夫,它带着满身的猫砂碎屑和一身翔味,开始在我的床上打滚……

因为有很贵的罐头可以吃,这位朋友便消停了几天,直到那天,我放学回到家里,看见一屋子卷筒纸的尸体,啊,场面非常惨烈,卷筒纸被撕成一片片的,横七竖八躺在地上,飘在空气里,猫得意扬扬地在碎片上打滚,时不时跳跃起来用爪子钩那些碎片。

我仿佛都可以脑补出它们之间的对话:

卷筒纸:你要干吗?旁友,手拿开点!不要抓我!

猫:抓你怎么了,我就是要抓!

卷筒纸:你不要撕我!你会后悔的!你做这种事情,要遭天谴的!

猫:什么天谴,我才不信!

卷筒纸:不信抬头看,苍天饶过谁!

猫:(冷哼一声)(此处翻一个白眼)抬头看!(冷哼一声)你妈炸了!

说完疯狂地扑过去,将卷筒纸撕碎了……

我在书桌底下找到了卷筒纸的残骸,伤痕累累的尸体口吐白沫凄凉地躺在地上,裹尸布绵延到了门口,场面让人动容,太惨了,真的太惨了,简直不忍心看。

你过来!我冲猫喊道。猫趴在椅子上,看着我,毫无畏惧,舔了舔爪子,说道,是我做的,我行不改名,坐不改……

懒得听它废话,我一把抓过来,用拍皮球的手法拍它的脑袋,它还在那里嘴硬,我——坐——不——改——嗷嗷嗷嗷嗷——

真是不打不行了!

打扫战场的时候,猫就趴在我的晾衣架上,神情愉悦,我看着空气中飘荡的猫毛,又看着我刚刚洗完的衣服,陷入了沉思,你起来,我说道。

猫不为所动,我将猫提了起来放在地上,一转头,它又在晾衣架上了,为此,我不得不将毯子叠起来,放在晾衣架上,再将猫提起来放在毯子上。

哦哦,猫拍着毯子表示找到了睡猫树的感觉,它摊手摊脚地躺着,摸摸摸摸摸……又嚷了起来,我走过来,挠了挠它的下巴,它立刻满意地"呼噜呼噜"起来,开心开心开心……它一边翻滚着一边嚷道,开……嗷嗷嗷嗷嗷……

直接翻到晾衣架下面去了……

我低头注视着它,饱含同情地说了一句,傻波依,然后就继续扫地去了。

摸鱼到凌晨两点的时候,我才想起要去洗澡,走的时候门留了条缝,没一会儿刚洗澡呢就听见门外响起了那位挖煤朋友的叫声,汪汪汪……哦,不是,嗷嗷嗷嗷嗷……

此刻我的室友们大概已经睡了,虽然他们平时也爱浪,但那天似乎睡得格外早,于是我尴尬地冲着门外小声喊道,别叫了!

嗷嗷嗷嗷嗷!猫听见我的声音叫得更起劲了,我只好匆匆抹了把肥皂,随便冲了冲擦干了跳出来,一开门猫坐得端端正正,尾巴卷着自己的腿,黑黑的猫脸上带着愉悦的表情,往旁边一晃,迈起步子要带我回家了。

完了,这下大事不好了,我好像有点喜欢这只猫了。

猫回到房间,看我也没有被淹死,很放心地跳回晾衣架上去睡觉了,晾衣架就在我书桌的正对面,我看着沉沉弯下去的衣架,心里产生了一种担忧,也不知道哪天就被睡塌了,虽说只是一个在宜家买的价值4欧元的晾衣架,不过,4欧元啊,那是什么概念,接近一万欧元啊!宜家距离这里十四公里啊,十四公里是什么概念?接近地球半径啊!

我犹豫了几下,没去动它,一会儿它便睡熟了,想必是白天挖煤很辛苦,我做了会儿作业再抬头,它已经睡得开始翻白眼了,嘴巴半张着,能闻见吞拿鱼罐头的腥味。

这对我,简直是一种精神摧残。

四点不到的时候,我终于浪够上床睡觉了,也不知道怎么回事,六点的时候,突然就醒了一下,头昏脑涨地开始摸手机看时间,这一动不要紧,猫醒了,它激动地看着我,在晾衣架上站起来,喊道,你醒啦?来玩啊!

小跑扑到我身上,没有没有,你误会了,我赶紧躺下去拉住被子盖着头,我没醒我没醒,我撕心裂肺地喊道。

你醒了,猫爪子伸到被子里来拍我的脸,起来玩,起来玩,摸摸摸摸摸……吃饭饭吃饭饭……

那天我去学校做数学题的时候,同学问我,你的脸色怎么那么差,黑眼圈怎么那么深?我一边喝着咖啡一边说,因为我不睡觉啊。那你为什么不睡觉呢?同学又问,因为我在陪猫玩啊,我这样回答道。

你是不是有毛病?我同学问道,我觉得他说得很有道理,我竟无言以对。

那天刷题进行得很快,我赶在8点以前回了家,因此得以去一趟超市,看见那位朋友喜欢的土豪金罐头补了货,赶紧拿了20罐,又拎了两袋猫粮和两板猫肉条,啊,猫肉条,真是个好东西,扣肉喜欢吃,挖煤的朋友也喜欢吃,最重要的是小葡萄不喜欢吃,这下没有猫和它们抢了,我满意地点了点头,伸手准备拿第三包,我想着扣肉比它大一圈,扣肉一次要吃两根那么我需要……我愣了一下,突然想起来,扣肉并不在我身边,于是将第三包猫肉条放了回去。

想到半年前还住在托斯卡纳时,有一次去找同学,在他家附近的超市里看见了一种猫牛奶,那是我第一次看见专门给猫喝的牛奶,于是连忙拿了两罐,还拿了一盒猫粮,兴冲冲地往回赶,心里在默默地分配,扣肉一罐,小葡萄一罐,不过小葡萄天吃星下凡,肯定会一脚把扣肉踹开,一个人,啊不,一个猫喝掉两罐,那么我回家要先把小葡萄关起来……

嗷,不对,等等……它们现在不在我身边……

我捏着猫牛奶陷入了茫然,感觉自己快要老年痴呆了,最终这些东西都给了楼下花园里的猫。

回家后,挖煤的朋友又在晾衣架上睡觉,地上都是纸箱和卷筒纸的尸体,我一边扫,猫就跟在我身后一边将扫好的扑乱……于是我坚持不懈地扫,它坚持不懈地扑,两个小时后我同学发来短信,问我有没有整理公式概念,我说,我没有,我在扫地。他说,那你之前在干吗?我说,我一直在扫地。

我同学一定觉得我……有点毛病的……

那天凌晨五点我在睡觉的时候,猫又过来了,跳到我床上,伸出爪子来摸我,一下一下,我被它摸醒了,看着它,它也看着我,继续摸。我说,你有毛病啊,你一个猫干吗撸人类啊?人类不用撸的你知道吗?

要的要的,猫说着继续撸。我把自己的脸埋进被子里,猫换了个角度,将爪子努力塞进来伸到我脸上继续摸。

到了九点,我忍无可忍跳起来,刷牙洗脸扫地、给它换水、开罐头,突然我前室友的短信又来了,曾良曾良,我来接猫了,到了到了就在你家楼下了啊!

随后我的前室友风风火火地跑了进来,我一愣,心说,昨天我没关门吗?

室友看着那些罐头开心地打包起来,掂量着挖煤的朋友说,我儿子真是重了不少啊。我接过猫,将它塞在猫箱里,它在里面转了个圈躺下。

前室友背起猫,拎起罐头,又风风火火地走了。

下午我出门上课时,发现门没关紧,下意识地觉得有一只黑黑的猫头马上要探出来了,一边跳过去赶紧关门,一边冲着空气喊了一句,别出来!

  突然想到,这位朋友走了啊……但我还是好好地将门关紧了,然后才放心地去上学。

## 10. 一瞬

我大概是没有想过我会以这样的方式来到柏林。

一直以来我都没有什么伟大的梦想，从来没有梦想过做个科学家、医生或是老师，也从未有过什么远大的志向，唯独有一件事情，自从萌生这个念头以来我始终未曾放弃，那就是我想去柏林。

所以如果你问我，你的梦想是什么？我会回答说，去柏林。

以某个地方为梦想着实是一件很奇怪的事情，我最初有这个想法的时候，去柏林是一件遥不可及的事情，可随着时间推移又变得触手可及。

如果你去网上查询苏州直飞柏林的机票，上面会显示飞行距离为8349公里。相比于其他人形形色色的梦想来说，想去柏林实在不是什么难事，所需要的无非签证和机票，而且以实现梦想的尺度来衡量，这并不是一件十分昂贵的事情。

可在这之后的许多年里我始终找不到跨越这8349公里的办法，我并不认为这是一张机票能解决的问题，我始终觉得我应该用另一种方式走到柏林。

于是柏林变成了一个方向。

好像从决定要走到那里的一瞬间，人生也跟着被改变了方向，只是做出决定的当年并未意识到这是怎样的一个瞬间，仍以为是风平浪静的平凡一天。

因为这个决定，大学、专业乃至许多人生规划都跟着一起走到了新的道路上，有过许许多多的挫折也被拒绝过许多次，直到今天，我的家人也从未理解过我这个梦想。

我在过去的许多年时间里一直都非常想去柏林留学,我觉得这是我走到那里去的路,可这条路并不被家人看好和同意。

这期间最重要的因素并不是钱,而是家人对我能力的不认可,"你这种人有什么必要去留学,在国内混吃等死不就好了"。是的,换作任何一个人都会这样想的,我并不认为他们的想法是错误的,当时我的状态极其糟糕,我只是想去但没有什么动力去改变。

有人曾经写过豆邮告诉我,如果考上同济大学建筑系的研究生是可以有机会交换去柏林念书的,我当时回答道,我是没有办法考上同济大学建筑系,如果我能考上,我就不是现在这样了。

我没有再收到回复,显然对方对于我这种人也已经无话可说了,换位思考,如果是我,面对这样的自己,自然也只有呵呵两个字而已。

两年前我将这个梦想写了出来,写出来的原因是当时于我而言这个梦想已经走到了尽头,我已经看不见任何实现它的可能性了。

因为我不但整天在混吃等死而且还深陷于严重的社交障碍中,我时常想,我这种人有什么资格奢谈什么梦想不梦想的,分明就是在玷污梦想这两个字,我这种人应该去死才对。

文章写出来后,收到了许许多多人的鼓励,看着这些鼓励我也会想,可你们并不知道我深陷于怎样的泥沼中,那种想要改变却无力改变的泥沼。有鼓励自然也有不屑与批评,不屑便是不屑我这个梦想的滑稽与可笑,批评便是批评我不思进取只想花爸妈的钱去留学以此来实现梦想实在是可笑,我这种人不配有梦想。

我觉得大家并没有说错什么,那个时候我确实觉得自己是个非常可笑的人,陷入一种荒诞的境地。

由于能力的欠缺却又固执己见要走上这条路,直到现在我也找不到认同,自然而然遇到了许许多多巨大的麻烦,生活一再地陷入低谷,却看不见好起来的希望。

我不太想描述低谷时期遭遇到的种种,毕竟这都是我自找的,根源都是我自己的懦弱无能和愚蠢,虽然勉为其难地挺了过来,却并未像热血少年漫画的主角那样逐渐强大到可以独当一面成为什么英雄人物。

受到了批评后我的玻璃心便碎成了一地,于是我将玻璃渣渣扫起来,让它们和我的节操一起随风飘逝(哪里不对……)。

我常被人质问,你为什么要执念于一个你没有见过的城市,你想去那里生活,可你甚至没有去过哪怕一次,你有没有想过,你去了,可是你不喜欢呢?

是的,听起来我马上又要被置于一种可笑的境地了,关于这个问题我想了很久,我会不会真的对柏林失望呢?

不,不会的,柏林不是目的地,柏林是一个方向,我的梦想是一个方向,我要朝着那里走,要么彻彻底底走错,要么越走越好,却唯独没有失望这个选项。

但由于我的固执与愚蠢,我从未想过回头,我常想,不行就去死好了,干吗要回头,毕竟属于你们的光鲜亮丽的人生又不属于我。

想通了这个问题后,我便稍稍放下了一些对于柏林这个城市本身的执念,但我还是要朝着这条路走。

今年年初的时候,我去佛罗伦萨时和同行的人说,你们等一下,我要先去看一看圣母百花大教堂,当我穿过小巷来到广场上看见教堂上巨大的红色穹顶时,有些微被震惊,我画过这个教堂,在课本上无数次翻到过它的图片,在试卷上回答过许多次圣母百花大教堂与文艺复兴的关系,可当我真的看见它时,仍然觉得一切都超乎想象,心底仍然有一个声音响起,原来是这样啊……

是的,原来是这样啊,我只需要知道原来是这样啊就够了。

五月时去了威尼斯,六月时去了罗马,在旅游杂志上见了无数次的威尼斯、罗马,在心中无数次划过"有机会一定要去看看的"的城市就这样一路走了过去。

威尼斯像电影中那样风景如画,贡多拉小船在河流中忙碌地穿梭,游人如织热闹非凡,走到欧洲最美的广场圣马可广场后,我和身边的人说,哎,看图片的话,怎么也没办法理解为什么是最美的广场。身旁的人指着两侧的百年老店说,你可以在这里喝可乐。下午威尼斯下了暴雨,雨后的 Burano 小岛像童话世界一般。

罗马街景很像旧电影,昏黄而泛着暖意,鳞次栉比的小咖啡店在街边连成一片,骑着摩托车的人在你身边呼啸而过,历史遗迹的密集程度几乎要让人错觉时空转换,老城的天际线在夕阳下美得让人难以忘怀。

这一切我曾经设想过的或是没有设想过的,都十分迅速地展现在我眼前,我从未想过有一天我会亲眼看见的这些现在都历历在目地清晰着。

直到那个时候我才觉得,我可以试着走到柏林了。

八月我从米兰出发,途经法国、西班牙再去德国,一路上经过许许多多城市,验证了许多曾经听到过的说法。

西班牙语和意大利语确实很接近,无论发音还是字母。

有些法国人确实会在听懂英语的情况下仍然用法语回答你的问题。

有许多人会在戛纳电影节不开幕的时候自行穿着华服去走红毯。

在德国到处可以看见年轻人躺在河滩上喝啤酒。

……

随后我一路向北终于来到柏林。

下到地铁站去往勃兰登堡门附近车站的时候,我想起了一件事情,那时候我已然觉得去往柏林无望了,那晚我做了一个梦,梦境中自己站在柏林的地铁中,地铁驶向勃兰登堡门方向。

可现在，连这个梦境都一模一样成真了。

彼时站在车厢中的自己有种难以言喻的心情，终于来到梦想之乡的感觉。

出了车站，来到六月十七日大街并没有走几步，我突然就看见了绿荫掩映中的勃兰登堡门，它就这样猝不及防地出现在我眼前，青铜胜利女神的翅膀在余晖下闪着光。

突然就觉得脚一软，我和自己说，你为什么要脚软，走过去啊。

走过去，来过巴黎广场，抬头从正面看见了勃兰登堡门。

这一路我走过了许多城市，见过了文艺复兴的佛罗伦萨，见过了如画的威尼斯，见过了伟大的罗马，见过了浪漫的尼斯，见过了精彩的巴塞罗那，可只有走到了这儿，让我觉得一切都尘埃落定了，陌生而又熟悉。

随后我穿过巴黎广场、穿过菩提树下大街，走过那些以前一次次在地图上指过的地方，心里接连响起一个个声音，是的，是的，就是这儿了。

我知道的，我仍然过着贫乏无聊的人生，我仍然既固执又愚蠢，我也知道，来到柏林这件事情本身并不能改变什么，不会把我变得更好，也不会把我变得更糟。

可是，那个黄昏当我站在勃兰登堡门前时，有那么一秒，不，也许只是一瞬，我仍然觉得，自己赢了。

好像一切都结束了，又好像一切才刚刚开始。

第二天一早我便收拾东西打算离开柏林了，脑海中有个声音，催促着我离开，好像有人在和我轻声低语，好了，年轻人赶快回家吧，休息休息，下一站要走到更远的地方去。

在柏林 TEGEL 机场等飞机时，我随手开始算从佛罗伦萨起到柏林为止的花销，和《时差党》这本书赚来的稿费几乎等同。

因为将自己的梦想写了出来而认识了许多留学生，听到了许多故事，我将这些故事写了下来，而写这些故事赚来的钱让我自己一路走到了柏林。

记得我去年将书送给我的母亲，我问她，看了吗？

她回答说，看了些。

我说，你觉得怎么样？

她说，不怎么样，你写得挺差的，也挺可笑的。随后她又问我，你怎么认识这些人的？

我回答说，豆瓣。

她问我，你为什么要上豆瓣？

我说，为了认识在柏林的人。

好像一切都绕成了一个圈，首尾相接。

好像一切都结束了，又好像一切才刚刚开始。

直到现在，我仍然非常感激，我的梦想是去柏林，也是因为这个梦想我才成了现在的我，现在的我并没有什么好的，是个一无是处的三次元 loser，固执愚蠢无能，可是最起码，现在心里是有一点点喜欢这样的自己的，还想要继续在这条路上走下去。

相信这个梦想会让这样子的我也能变成更好一点的人，我喜欢这条路，还想走到更远的地方。

## 四、奥兹国梦旅人

我似乎拥有一种奇怪的能力,总能因为各种或寻常或匪夷所思的小事而认识和自己原本生活并不相干的人。

想到这里我突然有些后悔,当初不该在自我鉴定表特长那栏写"闯红灯"的,我的特长明明就是"认识各种奇怪的人"啊!

# 1. 老外 Nick

不管怎么说,我们当然管 Nick 叫老外,管他是哪里人呢,就算他是个美国人,也不见有人喊他老美的。

我之所以在万千老外中能和 Nick 认识,最关键的原因是他能说一口流利的普通话,带纯正京味的那种,我都不行,废话,因为我不是北京人,总之 Nick 是老外中战斗力极高的稀少品种。

十年前 Nick 还是一个明尼苏达州的普通热血青年,但他的老家太安逸,不适合一个英雄人物的成长,于是他决定来到风起云涌而又遥远神秘的东方——中国,尽管那时候他一个中文词都不会说,也就来了,和所有热血漫画的男主角一样,没头没脑,浑身上下充满了奇怪的活力,看见未知世界就一猛子扎进去。

据 Nick 自己说,学了两个月的中文就已经能日常交流了,反正买东西是足够了,还可以砍个价呢! 那岂不是就学会了中文精髓的三分之一吗?(剩下的三分之二分别是和丈母娘打太极及和上司扯皮。)简直就是老外中的战斗机。

这个故事告诉我们,不安分守己又喜爱到处浪的人就是比较有语言天赋(雾),所以待在家里背红宝书做题是没有前途的(大雾)。

后来他因为一个偶然的机会跑去做了电视剧、电影翻译。"真的,我混得风生水起的,我超厉害的!"他这样说,看起来中文确实学得不错,我就没见过哪个老外可以这样活泼可爱地表达自己的想法。

Nick 时常颇有感触地说道,啊,学中文好啊,妈妈再也不担心别人骂我听不懂了;啊,学中文好啊,可以满大街骑自行车瞎溜了;啊,学中文好啊,终于可以好好地看(盗版)日本漫画了!

我问他,喜欢学了中文到处浪也不一定非要做电视剧、电影翻译啊?Nick说,哎呀,你不知道,看见那些乱翻的字幕我快要被气死了,外国人看中文电影的时候经常看不懂字幕,对中国文化有种保守的偏见。

那你觉得中国文化不保守吗?我反问他,问完发现这个问题问得太大了,无论他回答什么,我也无从判断,因为我自己都不知道中国文化保守与否,时至今日,感觉中国一切都是保守的,一切又都是不保守的,这是最坏的年代又是最好的年代。

结果他这样回答道,我希望推翻中国太保守的文化,把中国最自由、最不受重视、最牛×的东西都拽出来给世界看,让中国以其得名,再由其名气让中国重视这些!

简直要跪了,一个美国人,不远万里来到中国,要弘扬中国的文化,这是一种怎样的精神,我从来都认为这些是离我很遥远的东西,他倒是较起劲来了。

我恨不得给他送一块匾,上书"当代白求恩"。

Nick喜欢叽叽喳喳地说他曾经的作品,比如《铜雀台》,比如《不二神探》,还有之前的《孔子》。他说,怎么样,你有没有觉得这些电影的字幕和一般的字幕不太一样?

我说,没有啊。

他说,怎么会没有呢,你好好感受一下。(这是我的口头禅,他听了两遍已经活学活用了,果真是老外中的战斗机。)

我说,就算再怎么想,也没有什么不一样啊,大概和我没看过这些电影也有一些关系吧。

Nick说,呵呵。

我说,Interesting。

作为一个老外,他和别的老外一样非常喜欢到处旅行,我告诉他，这叫到处"浪"，来跟我念，了一昂浪。

　　Nick 说，真的，国外中国人超多的，我这种会说英文的中国通，可以全世界跑没有语言障碍，超赞的，nice。

　　我点点头，不悲不喜。

　　最近他在给一本在青少年间热播的电视剧翻译中文字幕。你看过吗？他照旧要这样问我。没有，我挠了挠头。

　　你不行，你对中国文化了解太少了，不接地气，跟不上潮流。

　　我这样被一个美国人批评道。

　　我会努力多了解一些中国文化的，我谦虚地说道。

　　我会帮助你的，他又说，毕竟我是个中国通。

　　我陷入了一片漫长的沉默，哎，你们热血青年都这样吗？

　　怎么了？

　　没什么，我就是有些想当反派了。

## 2. 先锋诗人

在这个诗人差不多已经绝迹的年代，我想大部分人都不曾认识过诗人，更别说先锋诗人这种特别稀有的品种了，但是我十分有幸拥有一位先锋诗人高中同学。

我在高中时期经历过一个能人辈出、风起云涌的年代，但在如此多各显神通的同学中仍然有一位同学让我印象格外深刻，多年之后想起来依然让人愁肠百结、欲说还休，沉吟良久我也只能表情沉痛地形容他为"这是一位先锋诗人"。

起先这位诗人保持低调默默无闻地度过了他愉快而和平的高一、高二生活，直到高三后大家才开始逐渐注意到他日渐蓬乱的头发。一般来说男生的头发乱一点也不是什么新鲜事，最起码不是什么值得讨论的事情，但是这位诗人的头发乱得非常之鬼斧神工，简直可以将之称赞为巧夺天工。

每当看见他从走廊另一端气喘吁吁狂奔而来的时候我就不禁陷入深深的思索，这位同学每天到底是起多早又是用了多少发蜡才能将头发抓成这样，蓬乱成蘑菇云状在头顶上乱七八糟地袅袅升起。

正所谓是横看成云侧成巢，有时我从正面看，感觉这发型应该是参照高中历史课本上的核弹蘑菇云配图无误了，但有时我不经意间从侧面看见那头乱发又觉得很像雀巢公司的商标，就是那个鸟窝。

但这些都不是重点，重点在于，这头发一点都看不出来是发蜡抓的，要不是直到放学这个诡谲的发型还没有丝毫要变形的意思,我简直就要以为是自然睡出来的了——不过后来发现原来真的是睡出来的。

再后来这位诗人不知道为什么不太满意自己的先锋造型,每天来学校第一件事情就是背着书包风风火火地从自己教室门口跑过冲进厕所撸头发。当我们所有人都以为等他再次出现的时候,头发必然将是湿漉而熨帖地挂在脑门上时,他的头发仍然是蘑菇云状地袅袅升起,和从我们面前跑过时毫无差别。

这件事情一度让我百思不得其解,搞得我非常痛苦,直到后来知道了平行世界理论我才豁然开朗了,那时候我看见的应该就是平行世界中的诗人吧。

由于头发撸来撸去没有丝毫变化,这位同学便油然而生了一种挫败感,表现在实践上就是每天早上撸头发的时间越来越长……越来越长最后就迟到了。

我们那个鸡糟的班主任向来是把迟到的严重性和加入黑暗组织试图毁灭世界的严重性画等号的,所以毫无疑问他被谈话了。

你为什么迟到?

我没有迟到啊,我只是一直在厕所里。

那你是在教室上课呢还是在厕所上课呢?

但是迟到与否的标准是以踏入学校的时间为准的。

荒谬!当然是以踏入教室的时间为准的。

如果这段对话发生在我和鸡糟的班主任之间,那么对我来说重点就是,撸头发是可以的,但是书包得放在教室里人过去撸,证明我已经到过教室了。

但是这位同学可是先锋诗人啊,是艺术家啊,艺术家和普通人的想法已经不一样了,何况人家不但是诗人还是先锋的。所以在这位同学看来重点就是:操翻你!迟到不迟到的关我什么事,撸头发才是最重要的!

于是在往后的日子里,这位同学便每天都兢兢业业地迟到,兢兢业业地在厕所里撸头发,头发也兢兢业业地没有丝毫改变过。

显而易见,艺术家和艺术家的头发都是有脾气的,大概这就是人们常说的,真正的艺术家连头发都是艺术的。

而我对他艺术家先锋派性格的初步了解主要源于他的一篇作文,那时候我们还要写周记,一般我写的都是今天天气真好啊哈哈哈,或是今天又撸了×××游戏真开心啊哈哈哈之类的,但是这位同学写的是《我的爸爸》,并且被语文老师选作范文全班朗读。

作文的一开始说道"我的爸爸是名作家,我的妈妈是位设计师"的时候我就吓尿了,这职业太尼玛的高端了!接着说母爱怎样温柔如水,父爱怎样深沉如山,当我听到"每天晚上那洁白而滚烫的鲫鱼汤顺着我的喉咙滚下,滋养着我那越发粗大的喉结"时我被他那突如其来爆发而出的文学性给震惊了,而当作文的最后提到他想要成为一个诗人时,大家都笑了,好吧,我也笑了。

但我仍然觉得他很有可能成为一位诗人,因为越过那蓬乱的头发首先注意到的便是他那硕大而突兀的鼻子。要知道,徐志摩也有个大鼻子,拥有一个大鼻子是成为一位现代诗诗人的良好开端和有利条件。

当后人描述他们的作品时便可以这样写道:"他的先锋派作品在历史上的地位就犹如他那硕大而突兀的鼻子一样和所有的一切都格格不入,仿佛要跳脱一切而存在。"

又一次对他先锋派理念有深入了解是在其后一个假期里,当时我正和同学们一起在图书馆里辛勤地抄作业,由于位子少而人太多,恍惚间仿佛大半个班的人都闻风而来开始愉快地交换作业并且狂抄,有的人蹲在地上,有的人趴在墙上,唯独有一个人卓尔不群地扑倒在地上抄,那坦然的姿态仿佛天地间只剩下了他和作业本,好不惬意!

而那蓬乱的发型于万千人群中一眼就能让人认出,这不就是我们的艺术家诗人同学吗!电光石火间,我的脑海中草拟出一首现代诗的名字"我和大地一起抄作业"。

而后我步伐轻快地跑过去和他打招呼,他拍了拍裤子站了起来,开始和我谈人生、谈理想,他说人的一生应该有远大志向,尤其是他这样的追求文学的少年,就应该去文学的殿堂!

我很疑惑地问他,文学的殿堂在哪里?他说,北大。

哦,这是个很好的理想,但是你的功课不是和我一样差嘛。我努力咽了口口水才把这句话给咽下去,更委婉地问他,那还有几个月时间了,你准备了什么吗?

那当然了,其实我联系了好几个恢复高考后首批上北大的老人家。

哦哦!所以他们会给你写推荐信是吗?可以加分的那种?

不是。

那他们说什么了。

他们说支持我考北大。

这果然是先锋派诗人的想法和行为啊!核心就是虽然让人无法理解但是听起来很屌的样子!

那么,祝你好运。

嗯,其实我列了很多学习计划。

真不错。

里面还包括你。

还有……我?

对,我给很多学习不行的人出了些我认为比较典型的题目,你们拿去做,做完了给我批一下。

谢……谢……

这果然是先锋派诗人的想法和行为啊!核心就是虽然让人

无法理解但是听起来很屌的样子！

其后我果然开始和周围一票同学一起收到英语和数学小卷子，手工出题，原汁原味，吮指回味，仔细闻一下，仿佛还能闻到乳白色的鲫鱼汤味道。

每周两张雷打不动，我曾经抽空做了一张英语，但是这位同学说我错得太多了，练习对我来说毫无用处，于是我就洗洗睡了没再做过。

到了高三最后一阶段，这位先锋派诗人开始出现许多叛逆的想法，比如说他喜欢对阅读理解的标准答案说不，他认为标准答案是错的，于是语文老师反问他，那你觉得应该是怎样的呢？他清了清喉咙说，我认为应该从两个方向来说，纵向来说和横向来说……

因为怕他要纵横五千年说了刹不住，于是我们集体制止了他。

再比如在所有人都忙得一腿，紧张得一×的时候他开始追求爱情，试着写情书和情诗，躺在床上看星星看月亮，思索人生的意义。

其后他的英文情书被姑娘给退了回来，并且用红笔修改了若干语法错误，诗人就很痛苦地说，诗人注定是孤独的，伟大与孤独是永恒的伴侣。

唯一一件成果显而易见非常成功的事情是他终于搞定了自己那头袅袅升起的乱发，他改变思路开始在厕所里洗头，这样大家每天都能看见他在书包侧面放饮料的地方放了一瓶洗头膏，风里来雨里去显得十分炫酷。虽然早上过来洗头会让从厕所里出来洗手的男同学顿时菊花一紧感觉有些穿越，虽然每天都要洗到开始上课才能顶着湿漉漉还在滴水的头发跑进教室让老师勃然大怒，但是没有关系，作为一个先锋派诗人就是要操翻这些世俗偏见，把发型弄妥才是最重要的。

我一度认为被他这样搞下去,考上北大简直是必然的。

但是他没有,最终考了一个和我差不多的分数……这大概可以证明让别人做题目和自己成绩会提高之间果然没有什么必然的联系。

我上大学后还时不时能收到他的短信,短则两三个月长则半年一年他还会问我,要出些英语题目给你做吗?

那时候我百感交集,思绪万千,很多感受无法形容,只能说,这真是一个好同学啊,祝他幸福。

几年过去了,很多感觉都有了高度概括,放到现在,这种感觉形容起来就简单多了。

好累,感觉不会再爱了。

## 3. Better me

梅子涵在《我的故事讲给你听》一书中模仿女儿梅思繁的口气说道，她想要成为表姐那样喜怒不形于色的人，于是便努力模仿，可每每不到半天就会露馅，原形毕露成为自己。

我们似乎总是期望于成为各式各样的人，却唯独没有憧憬过成为一个真实的自己。

为什么不想要成为自己呢？我们期望于成为这样那样优秀的人，大概潜意识里是觉得现在这样的自己不够优秀吧。

我们试图通过成为"优秀的别人"这个目标来抹杀"不够优秀的自己"这个现状，却又很少思考看起来光鲜亮丽的别人家小孩的人生是不是真的适合自己，是不是真的是自己想要的。

我想，选择自己所想要的人生是非常需要勇气的一件事情吧，多少会被冠上离经叛道的名义加以指责。并不是每一个人都想走上主流价值观的道路，而那些看起来偏离了正道的事情又往往会被长辈亲戚们描绘成刀山火海，外加一句忧心忡忡的"到时候你可怎么办才好啊"。

说到充满勇气去做自己这件事情，我想到了一位旧友Q，Q从来不会觉得"这样的自己不够好"从而心生羡慕地想要去成为某个别人，也从来不会盲目地去追随别人，又或者说，她从来都超级有想法，不care任何人对她的评价，做自己想做的，说自己想说的。

如果说努力本身就是一种天赋的话，我想喜欢去做自己本身也是一种天赋吧。

在分班考试前，我还没有正式成为Q的同学时，我就因为一件班级间的冲突而单方面认识了她。一个寻常的高一早自习，大家都在死气沉沉地抄着作业或看着书，广播也在毫无新意地播报着一些关于青春与奋斗的心灵鸡汤。突然广播员换了一个人，一个故作深沉的女声说道："7班的数学课代表，你给我听着，你真是一个超级下作的人！"

好像石子投进池塘……啊，不，好像是一头鲸鱼被投进池塘，立刻在班级里引起了轩然大波，因为我们就是7班，同学们齐刷刷地看着数学课代表，数学课代表的脸越涨越红，终于在五分钟之后成功地"哇"的一声哭了出来，夺门而出。

这件事情理所当然被沸沸扬扬地议论了一整天，就如同任何有争议的校园事件那样，各种版本众说纷纭，但无外乎是我们班的数学课代表隔天忘了去3班布置数学作业（我们两个班是同一个数学老师），而在被3班课代表叫去询问的时候，竟然又大言不惭地说道，这又有什么关系，忘了就忘了，反正你们班的人念书又不好。

第二天，Q作为班级代表来我们班给数学课代表道歉，一张肉乎乎的娃娃脸，带着满不在乎的神情，风风火火地从底楼冲上来，展开一张纸，中规中矩地念着道歉的话。她说，我不该用这种方式羞辱你，虽然这是我们3班统一做出的决定，但毕竟是我的个人行为，希望7班不会从此和3班结怨。

道歉完毕，她鞠了一躬，随即将纸折起来，抬起头傲慢地看了数学课代表一眼，说道，不过我不会为了自己说你下作而道歉的，毕竟你真的是个很下作的人，我只为我不恰当的批评方式道歉，如果下次我还对你有什么不满，我会当面和你个人说的。

言毕，又风风火火地跑了下去，我们再次将目光齐刷刷地转向数学课代表，课代表嘴唇颤抖两下，又"哇"的一下哭了出来。

那真是个相当敢作敢当而且毫不顾忌事情后果的人哪，当时的我这样想到。

　　几个月后，Q成了我的同学，就坐在我的斜前方，也是没想到会和这样强势的行动派成为朋友。

　　Q在高中念书的时候，成绩并不如何，九门课中只有一门英语学得很好，能说能写能听，为此班主任没少找她谈心，只有英语好能干什么呢？你高考只需要考英语吗？你在生活中只用得着英语吗？你的英语能给你拉多少分呢？两道数学大题最多了是不是？可是你的数学只比别人差两道题吗？

　　但是Q这样我行我素的人则完全不管班主任的苦口婆心，她说，没关系的，我只要把英语学好就可以了。

　　班主任说，你不要以为你现在很酷，你还年轻，你以后会后悔的，你有没有想过高考对人生来说是多么重要？

　　然而Q说，我知道，但是我不是那种可以努力学习的人，也不是什么了不起的学习的料子，我就算努力学了可能也就这样了，所以高考考不好，我就去走一条考不好的路。

　　当时我们的班主任并没有再说什么，但大概他实在是觉得这番话很幼稚好笑，就在办公室把Q当作一个叛逆差生的典型给说了一通，其中浓墨重彩地渲染了这次谈话。

　　不多久，Q去办公室重默课文，语文老师让她随便找个位置坐，她便坐在了某个空位上，默到一半，那位老师回来了，一看坐在她位置上的是Q，便呵斥道，起来，谁让你坐的？

　　显然Q被吓了一跳，马上站了起来道歉，那位女老师坐下去冷冷地斜了Q一眼，挥挥手让她走开，她一转身，却又用一种谁都能听见的声音议论道，哎呀，这不就是那个差生Q嘛，本事没有，嘴巴倒是能说，她以后能干什么？这种学生我见得多了，没出息的，只能去走一条考不好的路，还来读书干什么，搞笑了。

　　Q回过头去看了一眼那个老师，恭敬地问道，老师，你叫什么名字？

女教师看了她一眼，并没有回答，于是Q看了看桌面上的备课本，说道，哦，是汪老师是吧？女教师仍然没有要回答她的意思，满办公室的人都在看着她们，似乎存心要看一个笑话。

但是Q没有感觉尴尬，没得到回答的她自顾自又找了个地方默写去了，默完，她回教室写了一封信，然后跑去校长办公室。

当时校长正在打电话，看见突如其来闯进来的Q吓了一跳，马上挂了电话说，同学，你怎么了？有话好好说。Q说，我好好说的啊，我想说的都写在这封信里了。

校长擦了把汗又说，你先回去好不好？我会看的。

Q说，你现在有事吗？没事我等你看完再回去。

于是校长便打开信看了起来，看完说，同学，事情我已经知道了，汪老师确实做得不恰当，我会批评她的。

但是Q对这样的处理不满意，她说，批评她对我来说没有意义，她既然能当着全办公室老师的面给我难堪，说我没出息，那她就得当着全办公室老师的面给我道歉。

那天下午，班主任忧心忡忡地走到Q身旁，说道，Q啊，事情我已经知道了，我们能不能出来谈一谈？

Q说，我们为什么要出去谈，我做了什么见不得人的事情吗？既然讽刺我的时候是当着所有人的面，那么谈论这件事情的时候为什么不能当着所有人的面呢？

于是我们的耳朵齐刷刷都竖了起来，开始装模作样写作业。班主任尴尬地环顾四周，又尴尬地咳嗽了一下，语重心长道，那个，Q啊，汪老师是表述得不太恰当，但是让她给你道歉是不现实的，她也是出于一个老师的职业习惯，觉得学生功课好才是最重要的。

只见Q仰起脑袋看着班主任，眉头微皱，说道，她的想法和我有什么关系，我的人生用得着她来指手画脚吗？如果我觉得她是个婊子，她就真的是个婊子吗？我想汪老师应该不是一个婊子吧？那我以后有没有出息，我觉得和她怎么也是没有关系的，对吧？而且她自己过得非常好吗？为什么不多关心一下自己呢？

这番话显然惊得班主任要倒退三步，但是他不能，此刻他吃力地夹在两排座椅之间，所以只能用结巴来表示自己的震惊，"你、你、你……你怎么可以这样说老师呢？"

最后Q说，不管怎样，我做什么我为自己的决定和行为负责，那么汪老师也要为自己的行为负责，如果她不和我道歉，我就会再去校长办公室的，直到我满意为止。

高中毕业后，Q因为高考考得果然很不如何而打算去美国。她说，反正我也只有英语好，我就去美国咯。我问她托福考试会有问题吗，因为她只剩下8天时间用来复习。她说，不会有问题的，我从未想过我会不过。

在我正式入大学前，Q便顺利拿到签证飞往美国了，在美国她越发自由起来，可以尽情做自己爱做的，活得神采飞扬。

她常常会做一些在我们这些旧友看起来有些出格的事情，譬如20岁的时候她便在美国结婚了，丈夫是美国白人，那时候她的SNS几乎被挤爆，每天达到1000的访问上限，我们都是以一种惊叹的心态看着她的人生，旧友中许多人并不看好她的这一次婚姻。

她还太年轻，许多人都这样评价道，什么都不懂，大概只是觉得这样很酷吧。

仅仅一年半后，她的婚姻便破裂了，她什么也没有说，仅仅只在SNS上更新了一条十分简短的状态：当你不再爱我的时候，我觉得整个世界都离我很遥远。这之后我们才辗转得知，那时候她正在办理离婚手续。

后来，她顺利毕业又在美国找到了工作，和她仍然有联系的同学说，现如今Q的英语说得非常非常好，词句优美，比一般在国外生活的人说得要好出一大截。

从她并不频繁更新的 SNS 状态中可以看出她一直在努力生活，努力工作，努力考证，努力健身，以及参加各式各样的社交，她虽然曾经年少轻狂不知天高地厚，现在却过着安稳又踏实的生活。

就如同她曾经说过的那样，她做她想要做的事情，走自己想要走的路，如果她的选择错了，那么她就自己去承担这些后果，但总之她要做自己想做的事情，哪怕最后一败涂地也认了，她愿意去承担。

现在她过上了自己想要的生活，这无疑是成功的，这是一种非典型性的成功，在通往成功的道路上，她为自己的选择埋过许多次单，失败过、哭泣过、被人笑话年少轻狂过，但她仍然在选择自己要走的路，这好像算不上励志，也没什么值得推崇的，毕竟她只是在过自己想要的人生。

可是，每当看见她平和而坚实的生活状态，看见现如今的她发生的种种转变，我总会想，也许正是因为她坚持去做自己才变成了更好的自己吧，如果当初她妥协了，做了更符合人们所期待的选择，也许现在也过得很好，但到底不再能得到自己真正想要的东西了吧，也不再能经历这些年的种种，成为现在这样踏实努力、认真生活着的 Q 了。

我其实并不知道做自己想要做的选择到底会收获怎样的人生，没有人说这样选择后人生就一定会成功，可也许只有一次次充满勇气地走上自己所选择的道路，才会在内心回馈出坚实的力量，用以成为更好的自己。

## 4. 司马

我似乎拥有一种奇怪的能力,总能因为各种或寻常或匪夷所思的小事而认识和自己原本生活并不相干的人。

想到这里我突然有些后悔,当初不该在自我鉴定表特长那栏写"闯红灯"的,我的特长明明就是"认识各种奇怪的人"啊!

我和司马的相识完完全全是生活中意外际遇的叠加。

第一次看见她是在一个叫作"美国LA漫展现场"的社交网络热门相册里,她cos了拳王游戏里的春丽,被相册的主人描述为"史上最萌春丽"。我看了后便留言说,啊,这也太萌了吧,楼主你应该加上"没有之一"四个字。几天后我的留言被人回复了,一个ID叫司马叶昭的女生对我说,谢谢你,我就是coser。当时我并未在意,也不觉得在那么多留言中她独独回复我有什么特别的,只是心想社交网络果然让这个世界变得越来越小了。

又过了几天我在网上浏览一个漫画相册时,看见有个ID叫司马叶昭的人在底下求问漫画家的博客地址,我正巧知道于是就分享给了她,过后她来和我道谢,我估摸着应该和之前的司马叶昭是同一个人,便说,不客气,为了你的春丽。

一来二去我们便互相加了关注,变成了仅存在于网路上的朋友。

我刚认识司马的时候她还在美国念高中,是个神采飞扬、活力无边的美丽少女。似乎学业并不是很紧张的样子,动不动就和三两好友自驾车从这个州横跨到那个州,有时候是为了赶某场演唱会,有时候是为了去国家公园露营,是个生活得完完全全美国派的女孩。

这期间让我印象很深的一张照片是司马坐在越野车的后座，用手臂圈住身后的烈阳框出一个爱心的形状来，她笑得无比爽朗，车窗外的背景是充满浓郁北美风情的黄石国家公园。我刷到这张照片的时候正和朋友坐在比萨店里吃东西，便想也没想地将手机翻转过来伸到朋友鼻子底下，对他说，看，这个小姑娘笑得也太可爱了吧！

朋友将我的手机推开一些，看了一眼便断言，这个小姑娘在美国生活了很长一段时间啊。我说，你怎么知道？同在美国留学的朋友便教了我一个简单方便易于操作的办法，用来快速鉴别某个国人是否在美国生活了很长时间。

他说，你看笑得自然不自然就可以了，一般亚洲人在做很搞怪很特殊的动作时，都会笑得中规中矩，如果笑得特别爽朗自然，一般都是在美国生活了很久的人。

这件事情在司马第一次改名后便被证实了。

我和司马成为网络上的朋友后经常分享给对方一些稀奇古怪的漫画，基本都是一些不知名的作者在某个不知名的网站发布的一些主题不明、意义不明的短篇猎奇漫画，但我们都对这些乐此不疲。

虽然时常关于某本漫画而进行畅谈，可实际上我们却是真真正正流于表面的朋友，如果说朋友可以分为酒肉朋友、分享八卦的朋友、交心的朋友以及灵魂伴侣，那么我和司马之间的朋友关系更浅于以上四种，大概只能够被描述为在网络上分享信息的朋友。

我不清楚司马究竟是谁，到底过着怎样的生活，只知道她是一个在美国念书的可爱的高中生，家境颇为富裕，这种想象直到司马第一次改名后才被突然打破。

某天我照例躺在床上用手机刷社交网络，看见司马发了一条奇怪的状态,她说她已经改名了,也删除了绝大部分的好友,现在还能看见这条状态的人都是可以继续留在她生活中的,对她而言重要的人。

再刷新她的ID已经从司马叶昭变成了司马笛,我不明白究竟是怎样的变故导致她必须要更换姓名以及清洗大部分的好友,但奇怪的是,我竟然还被她保留着,但仔细想想也并不奇怪,因为我于她而言是个全然无害的陌生人,陌生人有时候反而更安全。

我发简讯给她,我说司马你是认真的吗?真的改名了吗?

司马的回复有点模棱两可,她说,以后就叫这个名字了。

我并不知道她是护照上的名字也改了,还是她自己决定自己以后就叫这个名字了,但我倾向于认为是第一种,原本对话应该就此打住的,但不知道为什么我那天还多嘴,问了她一句为什么,于是司马对我说,和我聊聊吗?我说,可以啊。

我问司马到底发生了什么事情,以至于她不得不在社交网络上清洗掉大部分的好友,司马说,因为我老爸的生意遇到了点麻烦。

接着司马给我讲述了一个既离奇又漫长的故事。

司马还很小的时候,她的家庭相当普通,甚至可以说有些拮据,90年代后期大部分城市家庭生活开始好转和富裕起来的时候,她的父母却双双下岗了。在随后的一年里,她的父母始终矛盾重重整日争吵,最终不得不以离婚收场,离婚后司马的母亲很快再嫁他乡,她则被留给父亲。在家庭日渐贫苦又谋不到新出路的情况下,司马的父亲听人说去非洲打工很赚钱,于是将司马寄养在奶奶家毅然去了非洲,并且在临走时和小司马许诺说,一定会赚大钱回来。

司马的父亲去了非洲后一直都没有什么音讯,到了第三年连司马的奶奶都在猜测自己的儿子是不是已经死在非洲了,她的父亲却又突然回来了,身上挂着大粗金链子,带着几个小弟风风光光地回来了。

不仅出手阔绰地给父母买了新房子,还大摆筵席和亲朋好友们吃饭。忙完这些后他开始着手给司马办理转学,司马问父亲要去哪里上学,她的父亲回答说,去美国。

在那个年代无缘无故就要去美国念小学还是件非常麻烦的事情,但总之不论花费了怎样的代价,司马仍然成功去了美国。

为此我感到十分疑惑,问司马,为什么非要让你去美国念小学啊?你年纪那么小,在美国那边又一个亲人都没有。司马说,有的,有一位非常远房的姑妈,18岁之前我都会一直生活在她家。

至此我已经非常好奇了,忍不住问她,你爸爸到底是在非洲干什么的?司马说,不太合法的生意,我说,到底是有多不合法?司马顿了一会儿说,淘黄金和钻石。

我心里咯噔一声,心说,那果然是相当不合法啊。

黄金、钻石和一夜暴富这些事情,是司马上了初中之后才逐渐了解到的,她原本只是模糊地意识到自己家里变有钱了,却不知道会是如此巨额的财富。司马的父亲并未和她详细说过发家的第一桶金是如何得来的,但是和她描述过他们雇用当地人在河流中淘金和钻石,然后又雇用值得信任的老乡看着他们干活,不然他们会造反和偷窃。在那里中国产的廉价日用品则是十分昂贵的东西,打火机、肥皂、盐、糖、止痛药和抗生素都是紧俏货色。

慢慢地,司马的父亲在当地变成了小有名气的开采者,当地的土著为了和他们换取日用品和黄金会背着象牙来换。那是一种十分珍贵的完整象牙,土著中的身手矫健者会背着竹篓攀爬下陡峭的峡谷,在峡谷的底部是象群的墓地,当大象感知到自己的生命即将走向尽头时,会自己走到峡谷的底部等死。于是在那里遍布着成千上万的象骨和象牙,当地土著便会冒着生命危险到达峡谷底部捡取一两根象牙。更为奇特的是,在当地的象牙黑市中,司马的父亲曾经用一袋子散钻交易得到一根相当完整的长毛象的门齿，约有1.3米长。

听着这些仿若天方夜谭般的故事，我险些要握不住自己的手机，我说，司马你说的长毛象就是猛犸象吗？司马说，对，真猛犸。

实在是感觉有些难以置信，即便这真的是一句废话，我还是问道，真的假的？司马便说，那就是假的好了。

大概是感觉到我并不相信她，进行到一半的谈话便戛然而止了。

这之后我们的联系逐渐减少，司马也不再像以前那样活泼，最起码不在社交网站上表现得十分活跃，当然这和她的好友大幅度减少也有很大关系，原先近500的好友现在只余下100多人。

不多久司马就上大学了，仍然留在LA念书，从分享的照片上来看她依旧社交活动颇多，只是不怎么离开LA了，陪伴在她身边的多是她的发小和她舞蹈教室的同学。她以前十分热爱购买大牌的单品然后将它们一件件搭配起来，现在她也很少再进行这种活动了。多数时间她会和朋友们深夜开车去兜风，而后买一杯奶昔，坐在路边随意闲聊，最起码我从社交网络上看见的确实就只是这样。

她看起来还是笑得很爽朗，似乎并未因为父亲的生意出了问题而陷入阴霾，我虽然并不知道她的家庭此时究竟陷入了怎样的困境，可确实感觉到司马是个淡然乐观的人。

记不清是过了十个月还是一年，司马再一次改名了，还是一条简单的说明状态，告诉仍然留在她社交网络中的人们，他们对于她来说非常重要。意料之外情理之中的是我还在她的好友列表中，距离我们上一次谈话有五六个月之久了。

司马的名字从司马笛变成了司马沁，她的好友也变成了一个单调的两位数。我还是发简讯给她，问她怎么又改名字了。司马说，因为她父亲的生意情况越来越糟了。

这一次我们意外地接着一年多以前未聊完的话题又聊了下

去，司马的父亲在非洲发大财后，将司马送往美国并且一直都不允许司马回家探亲，这件事情让年幼时的司马非常不理解，等到司马长大了一些后才明白她的父亲怕有黑道上的人来绑架她。

司马的父亲原本在非洲淘金和钻石，虽然危险却勉强还算得上稳定，可随着黑市上武器的流通，他们所在的国家开始发生武装动乱和政变，司马父亲的淘金权被没收了，他们的财务器械也全被缴了，开采人员自然也一并被扣留。随着武装动乱的持续，当地局势变得越发混乱，也因此，他们得以寻找到一个机会逃了出去。

就这样，司马的父亲一夜之间从富有的开采者变成了落魄的逃难者，而在非洲逃难的过程也并不顺利，发生了意料之外的事情导致最终无法顺利回国，手边的一些资产也被冻结在非洲。

我问司马，那你留学的花销怎么办？司马说，我还有一些存款，但我得省着些花，我得等我老爸逃到美国来和我会合。

我疑惑道，他没有回国，但是可以来美国吗？司马说，总有办法偷渡来的吧……我也不知道，当年我过来，我老爸总和我说，让我爱买什么买什么，就当是在帮他洗钱了，你说我是不是傻子，就真的都花了，等我老爸过来了，我们可能都没钱买房子。

我沉默了一会儿，提议道，租房子也不错。司马似乎打起了精神，她说，你说得没错，租房子也不错，我也不能总赖在姑妈家，上了大学也是时候搬出来了，先去把舞蹈课给停了吧，我总觉得我老爸随时就要过来了。

思考了一下后，我提议道，不和你姑妈说一下吗？也许你姑妈能帮助你们的。司马却说，你不了解我姑妈，我姑妈和姑父就是《哈利·波特》里的德思礼一家，他们性格保守，遵守规矩，最讨厌不正经工作的人，要是让他们知道我老爸这些年都干了什么，他们非得从街的这头叫到街的那头不可。

第二个月司马果然充满行动力地从姑妈家搬了出来，与此同时她开始做北美地区专职代购。自此以后她便显得很忙碌,她的社交网络也变成了半营销性质。

似乎她整天都在东奔西跑,下课后便去商店采购打票,回到家就开始拍照PO图,尽力推销各种名牌包、香水和鞋子,每周要去一次邮局汇东西,还负责帮别的北美代购介绍产品以此从中抽取提成。

不仅如此她还将以前那些视若珍宝的大牌单品都拿出来折价卖二手,我说,司马你不心疼吗？司马便说,哈哈,旧的不去新的不来嘛。

又一次闲聊中,我试着问她,你现在很缺钱吗？司马说,我自己倒是不缺钱,只是我得为我老爸做准备,他一来就会有各种各样的花销,要是我以前会理财就好了,不过现在开始赚钱也不晚,我想我还是得买套房子,小一点也成,有了新家才能开始新生活。

你把朋友都删了,是不想他们知道你的现状吗？我想了想还是将这个疑惑说出了口。

司马说,我倒是无所谓,可最好还是不要让别人知道我老爸是个在非洲淘钻石的,其实我每次删好友的时候心里都挺高兴的,这说明我很快就能和我老爸生活在一起了,越来越接近了。

我说,那你很有意思啊,一般别人要是有你这样的想法,肯定是自己注销而不是删好友继续使用。司马说,我不会注销的,社交网络可是我的墓志铭,等我死了,这里就有我的一生。

此后司马便每日都勤勉地做着她的北美代购,因为她如此忙碌,我们也许久不再畅谈漫画和猎奇博客。

七八个月后她突然给我发来简讯,说想和我说会话。我连忙拿起手机回复道,你父亲来美国了？司马说,没,他好像死在非洲了,听一起去的老乡说是得了疟疾还是黄疸,我也搞不清楚了,消息从那里传到这里谁还搞得清楚。

她一如既往显得很淡然,倒是我被这个消息冲击得有点缓不过劲来,不知道说什么好,只能干巴巴地说道,司马你别难过啊,也许消息搞错了呢。

司马显得意外的平静,她说,希望如此吧,我其实并不难过,我老爸在非洲那么多年,我总觉得他最后可能是要死在非洲的,他们都说那种生意不好做,太危险了,也不道德,所以我心里早就有准备。我就是觉得有点孤独,我以前都不会觉得孤独的,我到底是什么时候开始觉得孤独的呢?大概就是从一个人吃早餐开始吧,早餐不都是一家人一起吃的吗?你看电视剧里都是那么演的,哎呀,我真羡慕电视剧里的那些人。你看,人其实是不会感受到纯粹的孤独的,小学六年级来到美国时我不孤独,独自开车穿越佛罗里达州时我不孤独。只有当你开始背负责任,能同时感受到希望和绝望时你才能拥有深沉的孤独,不然只是轻佻的寂寞而已。

她说完这段独白,我不知道要怎么回应,捏着手机,一会儿她的头像便暗了下去。

这次之后又过去了许久,我和司马不再交谈过,我仍然静静地留在她的好友列表中看着她每日卖力地做着代购。我仍然期望着某一天醒来,打开社交网络发现已经没有了司马的踪影,我希望看见她再次改名,然后告诉我们,亲爱的朋友们,我们必须得再见啦,我的老爸已经成功来到美国,我们要开始崭新的生活了。

## 5. 二点五次元生物

　　二点五次元是喜欢二次元而努力把自己压扁但却没办法成功留下的蹩脚的物体，看起来很有实感但实际上是二次元，或者看起来很二次元但是实际上是三次元的生物。

　　以上词条摘录自百度百科，但实际上二点五次元生物是个非常宽泛的概念，可以指代那些没办法成为现实充实者，可又不是彻底的死宅的人，比如说我。

　　互联网刚兴起的时候似乎大家都不喜欢在网上做自己，披着马甲转身便成为天南海北中的另一个谁。我刚接触社区论坛的时候，爱好就是伪装成一个有啤酒肚的中年大叔，装着老成的口气讲一些似是而非的人生道理，倘若因此而得到一些同龄人的赞同，便让我非常有成就感，以此而扬扬得意于自己的成熟，反而是现在，我已经老大不小了，却时常觉得自己还很幼稚。

　　刚开始使用社交软件的时候我会选择随机去认识网友，后来发现这样遇到乡非杀马特、待业在家猥琐大叔以及空虚寂寞冷大妈的概率实在太高，于是这项活动我就再也没有进行过。

　　当然也可能是因为，我觉得自己就已经足够有趣了。

　　不好意思，我得意了起来。

　　中学时代曾经非常不理解那些在网上交朋友的人，觉得这种事情大概一辈子不会发生在我身上，也可能是见诸报端的负面消息太多，"网友"这个称呼总给人一种不大正经的感觉。而我又是一个何其务实的少年，不能给我作业抄的人我是不会浪费时间主动去结识的，更别提什么成为朋友了。

仅仅是四五年前的自己,大概未曾想过四五年后身边已经物是人非,几乎所有的熟人伙伴都是从网友发展而来。

这个契机是从我上了大学开始混书评论坛开始的,在论坛里我见识到了许多让人高山仰止的大神级人物,看见有些人仅用一篇书评而将某本小说评出了新高度,看见某些人因为对某本书的热爱,而一字一句地分析,从书中窥见了寻常人看不见的风景,就这样,等我醒悟过来的时候,我已经被这个世界所迷住了。在着迷的过程中遇到了许多志同道合的伙伴,有的是因为共同喜爱某本冷僻书籍而结识,有的是因为总在同一个时间混迹论坛而熟识,有的则是因为对某些文章给出了相似的评价而注意到彼此。

明明是未曾谋面的陌生人,明明成长经历各不相同,却因为看闲书这个共同爱好而彼此亲近起来,有了可以谈论的话题和相似的价值观,比起生活在一起的人反而更聊得来。

啊,对不起,被我形容得好像某个爱情故事的开端。

也就是这个时候起,我开始感觉到自己和身边的人有一些说不清道不明的隔阂,他们不是不好,我却没有办法和他们更亲近一些。

越来越多的话放在心中却无法真正说出口,我感兴趣的他们不感兴趣,他们感兴趣的我不感兴趣。慢慢地,和周围的人想法分化得越来越严重,直至断层,某一天开始就出现了一道无形的屏障,横亘在我们之间。

自从高中毕业后,我就再也没有交过什么关系长久的朋友,老朋友们散去了,走远了,我便越发显得孤独起来。假如说我想吃火锅,我就只能问家里人,你们要去吃火锅吗?如果他们说不去,我就只好放弃这个想法,继续待在家里吃泡面。

除非机缘巧合,或者是别人邀请我出门,否则我是不会打电话给同学或是平日里认识的泛泛之交,询问他们是否要出来吃火锅的,因为他们毕竟不是我的朋友,而我虽则普通平庸却是个性格十分别扭的人,讨厌麻烦别人。

家人对此感到很担心,认为这是某种社交障碍的表现,其实并不是有社交障碍,只是单纯地觉得社交需要消耗掉太多的精力,而我没有办法提供这样庞大的精力专供社交来挥霍。

类似于到了一定年纪就会被逼婚的年轻人,随着我古怪行为的发展而宅在家中时间的日渐增多,我也开始被逼着去结交朋友。

啊,可交朋友这种事情又不像看电影,只需要买一张电影票坐进去看就行了,就算电影不好看,有熊孩子在大声吵闹,也不过就是两个多小时的事情罢了。交朋友和谈恋爱其实差不多,讲究一个眼缘和谈得来,谈着谈着就无话可说了,就会和异地恋一个结局——分道扬镳。

古早时期网络上流传着一句话:你不知道屏幕那一头的到底是人还是狗。这句话通常被用在举例网络的虚幻和不现实中,单纯男青年被女网友骗钱啦,对方通常还根本就不是个女的,摄影师被网红利用啦,网红网上网下根本就是完全不同的两个人……诸如此类的事情,大家往往都会在底下跟风评论:你不知道屏幕那一头的到底是人还是狗。

我不止一次被人说,你这样真的不好,你不能把这两个地方完全搞混在一起,如果是我的话,我断然不会让网上的人知道我现实生活中的事情,我也绝对不会让现实生活的人知道我在网上做的事情。

我问他们为什么,得到的答案通常是为了安全考虑以及做事情的界限和分寸。

我被形容和定位为一个做事不知轻重的莽撞年轻人,被确信我早晚会因为自己的幼稚想法而埋单,到时候也许就会后悔莫及。

但上网上得越多,我就越发现每一个陌生的ID后面都是一个活生生的人。纵然也会被欺骗,也会遇到全然是编造出来的身份的人,也会遇到对现实生活中的身份讳莫如深的人,也透过这些虚假的幻象,真实的他们却在背后若隐若现着。

这让我觉得和现实生活其实并没有什么差别,又或者说也许正因为人人心中都会自己有个期许的幻象,在网络上这种幻象被有意无意地放大和重置了,每当识破这些幻象后,他们本真的形象反而更加清晰了,虚拟形象的背面其实是另一种真实。

网络上的恶并不是网络固有的,谎言和欺骗在现实生活中一样存在,网络只是将这些扩大了,反之网络的善在我看来其实才是网络固有的属性,这个世界第一次可以这样广阔地展现在我面前,我第一次有可能去看见和认识那么多的人,而原本我终其一生也是不可能遇到他们的。

在这里我终于有了一种选择的可能性,我终于可以去认识自己想要认识的人,终于可以去寻找志同道合的伙伴了。

在网络里才有的一种很珍贵的资源,就叫作选择的可能性。

而在现实生活中因为种种条件的限制,所遇到的人,几乎是没有什么多余的选择的,同学和家人其实本质上并不是自己去选择的,能做的只是去适应。

我知道很多人会说,如果你自身足够好的话,就会去往一个更好的平台,认识到更多优秀的人了,但是要求人人都优秀,本身就是非常不讲道理的一件事情啊,这个世界上多的是我这样普普通通的平凡人,所以我才会感谢网络给我这样的人开了一扇窗,让我得以见识到更多优秀的人和作品,纵然没办法参与其中,但是得以窥探也是好的。

人与人交往的时候,心中好像总是有一扇门,这扇无形的门随时在根据各种条件调节形状和大小。

邻座那个常年不爱洗头的男生你完全没有和他说话的欲望,高冷的学霸看起来那么难接近还是不要有什么接触为好,后座那个明明长得不怎么样还超级爱自拍的女生就算了吧，行为实在是很难理解，上次去聚餐认识的那个女生，穿着我认为超没有品位的衣服牌子，完全不想和她说话……

我们总会无知觉地被种种生活中的细节所限制，我们喜欢通过细节来判断一个人，习惯管中窥豹，喜欢把细节放大，用细节来过度反推一切，用偶然代替常态。

这些生活经验很管用，我完全没有要批判的意思，但在网络中存在一种很有意思的可能性，那就是你可以在去除这些表象后和某个人直接开始交谈，实现了一种偏见最小化。

第一次，心中的那扇门变得无限大，当你从长久的谈话中开始接纳一个在网络中所认识的人后，当你们决心分享现实中的生活，甚至于决心见面的时候，似乎无论他怎样都可以通过那扇门了。

这样的事情不一定真的会发生，但网络确实让这样的事情存在一种温暖的可能性，你真的可以只因为某个人的精神世界而喜欢上TA，这在现实生活中几乎是不可能的，我们总是先决性地被所看见的事情所局限，所以我们才常说，长得好看很重要，你不好看我才没兴趣去了解你的精神世界。

网络世界仍然是改变不了它虚幻的属性的，我大概也知道成为一个现实充（单凭现实生活就能过得充实的人）才是更好的目标和追求，似乎是因为我自己沉溺于网络世界而把它描述得太好了，也或者是它到底也没有许多人想的那么坏。

像一面镜子，折射出我们心中的欲望和追求。

没有那么好，也没有那么坏，我这样在现实世界中略显失败和无能的人便行走在两个世界的灰暗地带，妄图在这里看见另一个世界，精彩的、不凡的让人得以喘息和获得片刻安宁的新世界。

## 6. 奥兹国梦旅人

**狮子**

我有两位十分在意的小朋友,说她们是小朋友其实并不准确,如果说小雷同到底还是比我小了几岁的话,小王爷差不多就是我的同龄人,但也许是一开始她们就喊我老师,又因为她们自由散漫的特质,我便自然而然地将她们当作了小朋友。

那时候我还不知道自己有这样一个点,那就是我其实很容易被又蠢又善良的小姑娘所吸引,也许这样说显得有些刻薄,不过换成小王爷爱自我标榜的"我就是这样蠢萌蠢萌的"也许感觉就大不一样了。而没有遇到小王爷之前这个点隐藏得那么深,以至于我一直认为,自己理所当然是不那么喜欢老实憨厚的朋友的,因为他们显而易见地带有一种无趣的特质,但之后的事实明白无误地告诉我,纯粹依靠推断得出的结果与想象无异。

我第一次在豆瓣上看见小王爷时,还是好几年前,那时候她用着电视剧《秦始皇》中小嬴政的剧照做头像,每晚十一点都会准时过来给我留言道,老师,晚安啊。大概第三天我就注意到了她,我对她说,小王爷你又来了啊(因为感觉直接喊她小嬴政总是怪怪的,便随意找了一个称呼)?她便马上回复我道,老师,如果我每天都这个时候来,你会记住我吗?

我说,那当然会啊。这之后她不仅每晚十一点都来说晚安,还把名字改成了小王爷。

这下我便不得不记住她了,后来才知道,那时她的宿舍每晚十一点会熄灯断网,她便每天赶在断网前登录豆瓣和我说一声晚安。看来我不可以小觑规律性的重复行为对于强化记忆的作用。

我们熟识了后,经常会在群里一起玩,每当一群人谈论起谁谁谁来,末了,小王爷都会很突兀地来一句,不过,老师你最喜欢的人应该还是我吧?我就会说,对啦,对啦,最喜欢小王爷你啦。

这样的对话来来去去总有几十次之多,到了最后,都不用我回答,群里的人便会说,好了好了,都知道曾良最喜欢你了,你要秀多少次!小王爷便会心满意足地傻笑起来。

可实际上,说这些话时,我究竟有没有认真地考虑过什么,似乎也没有,只是说得太多了,说了太多太多次,而我又总是小觑规律性重复行为的影响力。

好像是觉得受着别人的喜欢,便有些亏欠她,总是想为她做些什么。我总是觉得小王爷这样安然享受自己蠢萌性格的人,在网络以外的地方,一定会被欺负得很惨,而事实上差不多也和我想的一样,这样那样的事情处理不好,宿舍里的人在细枝末节的地方欺负她,就算是人家把她的脸盆当脚盆用,她气得要发疯了,也不敢说什么,只会说一句,那我不要了,你拿走吧。

我和她说,如果你不喜欢什么事情,就要说出来,你不说出来,下一次别人还会继续这样不把你当回事的,因为别人会觉得这样对待你是可以的,你在默许这种行为。可是她总是害怕,害怕对着别人说不,害怕有意料之外无法控制的事情发生,我陪她聊了很久,觉得自己已经不能再说服她了,于是我转而说,好吧,那就不要说不了,那么我能做些什么让你开心呢?

小王爷说,我想吃好吃的。我说,嗯。便寄一盒零食过去。

等她收到零食后,我问她,你现在开心了吗?她说,开心。我说,那问题解决了吗?她说,没有。

有时候,我觉得自己问出这样无聊的问题也是有些扫兴的。

就这样过了一两年,但凡她遇到问题我便用零食来打发她,有时候会感觉自己在投喂一只海狮，喂完了，她自己就可以去开心地顶皮球，也就没我什么事了。

但等她到了大四实习时，因为一篇稿子怎么也写不好的事情，我却莫名地生起气来，将她结结实实一顿骂。印象中，我好像没有这样对别人生气过，我总是怎样都好啦、你开心就好啦这样打发敷衍着别人，总是一副假惺惺十分虚伪的样子。

那天下午我在餐厅玩着游戏打发时间，突然收到她的信息说自己稿子写不出来，她说自己已经哭了好多次，被主编骂惨了，可就是怎么也改不到主编满意的程度。她说，现在我这边已经很晚了，我已经好困了，老师你可不可以帮我改一下稿子？于是我便让她把稿子发到我邮箱里，看见稿子的时候我就已经有些生气了，挺难相信这是一个读文科大学的女大学生写出来的文章，这让我觉得，小王爷根本就没有用心在写，那篇文章就像一团纠缠在一起的海带，改无可改，哪里都不对劲，我只好试着一点一点开始说，哪里的逻辑不太对，通常开篇要控制在多少字以内，不要所有细节都描述，都描述和都没描述是一样的……她在那边机械地说着嗯、嗯、嗯……末了来一句，可我还是不会改啊，你帮我改一下吧。

我强压下一句，读中文系的人是你还是我？捺着性子帮她改了第一段，我说，下面的你自己去改吧，新闻类的稿子我自己也不是很清楚具体要求。

过了十几分钟，她又发来信息，说，我好像有点明白了，那第二段你再看看要怎么写？于是我又替她写了三句话，让她继续去改。又过了十几分钟，她将文章发过来说，你看这样可以吗？我打开一看，无非就是将我改好的第一段和第二段的前三句话放了进去，其余的还是一字未改。

简直气得想摔电脑，或者将她拉到我面前来，好好骂一顿才行。我问她，你究竟想怎么样？你有没有对你所做的事情负过一点点责任？你总是这样那样的事情都做不好，总是说别人欺负你，可是你自己改变过自己吗？你为自己努力过哪怕一点点吗？你拼命为自己找着这样那样的客观原因，有用吗？情况变好了吗？你有没有想过你自己身上到底出了什么问题？

在我一连串的质问后，小王爷说，我知道的，我很差劲，我很不好，我什么都做不了，但是我也改变不了，然后她就不理我了。

这之后我便一个人默默地生气到晚上，临睡前，陈桑又给我发来微信，无非又是，起不来啊，上班好痛苦啊，我没好气地回他，你TM去死吧。他说，你干吗一大早就叫我去死啊，我说，我这儿又不是一大早，晚上正是去死的好时间，反正我要被小王爷气死了。他说，哦，她怎么了，又做什么蠢事了？

我大概将事情讲了一遍，我以为陈桑会说，这确实挺让人生气的，可他说的是，这位旁友，你有什么好生气的？你以为你自己写得有多好啊？

我简直要跳起来，我说，这是重点吗？虽然我写得是不怎么样，可她写得也太差了吧！

陈桑说，哦，写得差又如何呢？她写得差到底和你有什么关系呢？所以你骂她一顿或者生生气，她就会写得好了哦？

要不是我还没死，我真的是要诈尸了。我说，这不是写东西的问题好吗！这是她不努力，也不负责任的问题好吗！

结果陈桑说，旁友，我看你是病得不轻，你把她当女朋友养啊？就算你真的是这样想的，也是一厢情愿，你不会觉得小王爷因此就会感激你吧？你也不过就是因为现实生活中没有朋友，人又很别扭，跟别人都相处不好，觉得太孤独了，就找一个容易相处的人，单方面对人家好，给人家买买东西，然后你就觉得这种关系很愉快很好，感觉自己也没那么别扭了。

听完这番话，我立刻就恼羞成怒了，气急败坏地说道，我好歹还养了两只猫，你这种只能在脑海中养只猫、在脑海中和猫玩的人,有什么资格说我别扭,说我没朋友,我看你最好的结局就是在70岁的时候遇到一个勉强愿意和你说话的小姑娘,然后你把财产都留给她,自己孤老在冰冷的壁炉前。

于是这下陈桑也立刻恼羞成怒起来,气急败坏地冲我大喊道,就要在脑海中养猫!就是没有朋友!说完我们便疯狂地互相辱骂起来。

这之后,我冷静下来,开始思考这个问题。我意识到,我是个比自己想象中还要伪善得多的人,虚伪、自私又自以为是。

其实,人从来不靠别人的指导来生活,这点我不是很清楚吗?在自己遇到问题的时候,不是很讨厌人生导师吗?可是,这会就因为小王爷是个好说话的人,是个不会说"不"的人,便要跑去做人家的人生导师了吗?

啊,真的是很讨厌这样,伪善又充斥着一股愚蠢的自以为是气息的自己啊。

也许正是因为不怎么能够和人相处,正因为自己明明很不如何,却还总是瞧不起别人,所以在小王爷这样总是时时让我能够感受到坚实善意的人身上,我便莫名地自我感觉良好起来了吧。

其实小王爷根本就不需要我啊,我们之间的关系从来都是反过来的,她从来不需要我的建议,从来不需要我帮她去分析事情,从来不需要我给她买什么东西,我也不曾真正了解过她的生活状态,不曾出现在她的生活中,我啊,不过是觉得这样做,我自己会觉得很愉快罢了,却又自我感觉良好地假借着为她好的名义做着这些伪善和自私的事情。

其实,一直都是我需要小王爷,而她有没有我都是一样的。

我之所以那么生气,无非发现原来自己所做的一切除了是廉价的自我感动外,真的什么也不是,我可能一开始就是在恼羞成怒。

小王爷像是我生活中的一面镜子,因为我们总是相处得很愉快,她总是让我觉得她会坚定地傻傻地站在我身边,让我觉得很安心,因此我便觉得一切似乎都愉快了起来,甚至错觉,自己也能够和别人正常地交流,乃至于觉得自己也挺不错的。

可是,不错个大头鬼啊,我的生活明明一团糟,我明明和以前一样的loser,而且搞不好是比以前还要更loser一点的,明明过着一事无成又不努力的生活,明明一如既往地荒废着时光,因为有人喜欢着自己,竟然自我感觉良好了起来。

因为在小王爷这面镜子中看见了自己的无能、缺乏责任心、不努力和推卸责任,便因此恼羞成怒反过来将她给骂了一顿,甚至还一本正经地告诉别人,她可怎么办啊,我是为她着急。

不不,她不需要我为她着急,她有自己的生活,其实我只是她网络上的朋友,我不曾了解过她的真实情况,总是提出一些自以为是的建议,仿佛以为自己是个多了不起的人似的。

摆在我面前的,明明是自己一无是处的人生,明明是自己一团糟的生活,明明是没有什么希望的未来,但是我选择对这些视而不见,并且告诉自己,不是挺愉快的嘛。

不,愉快的不是我,我从来都是蠢且贫乏的,愉快的是小王爷,她是一头缺乏勇气的狮子,可是有一颗善良的心。

**稻草人**

自从我狠骂过一顿小王爷后,她便有些怕我似的,不怎么理我了,只在某些节假日,跑来说一句,老师,祝你生活愉快啊,然后一溜烟地赶快跑走了。

其实我,还是有些想给她买零食的。

之后因为开新群的缘故,我便遇到了第二个小朋友小雷同,差不多又是一模一样的过程,她每日每日地在我耳边聒噪,老师你来啦?老师你走啦?老师你要去哪里啊?

真是不能小看了规律性的重复行为的影响力。

但是归根结底，其实还是我容易被这样的小姑娘所吸引。等等，我叙述得不太好，这样说显得我像个见一个爱一个的人渣似的，但不是这样的，不是的（大幅度摆动双手，看我真诚的双眼）。

比起每件事情都要磨叽很久，磨叽到这件事情已经过去了还没有磨叽够的小王爷来，小雷同就是还没有把这件事情在脑子里完整地过一遍，就已经去做了，至于做得如何，似乎反倒居于其次也不那么重要了。

小雷同和小王爷有着一种极为相似的气息，那就是蠢且善良，尽管她们两个坚持将之称为"萌且机智"。尽管她们"萌且机智"的方向不太一样，但总的来说，单细胞生物的特点真是不能再明显了，心思简单到连背后的动机都能一眼看见，她们俩还非要贼兮兮地暗自得意，嘿嘿，我们很机智吧？

有时候和她们说话，常常说到一半，我就已经能猜到全部了，就好像后来我为她们俩建了一个群（因为觉得她们要是不认识就太可惜了），我一直在等她们什么时候会将群名改成"我萌很机智"，结果没到十分钟，小雷同就将之改成了"机智的我萌"，真的是什么都猜得到。

我常常觉得小雷同这个人根本就没有脑子，逻辑思维极其混乱，好像没办法考虑到一件事情三天以后的样子，是一个咋咋呼呼、想到就做、毫不考虑后果的人，丢了西瓜捡芝麻，然后又为没有西瓜嗷嗷大哭，哭着哭着连芝麻也扔了，然后一片茫然目瞪口呆地看着自己，仿佛已经连自己为什么而哭都忘了。

正是因为她是这样的一位小朋友，我便觉得十分安心，虽然总做一些蠢事，却生命力蓬勃地旺盛着，虽然做的事情样样不合时宜（譬如她为了不让别人猜到我的真实信息，告诉别人我是个基佬），却充斥着踏实的善意。

因为先前经历过小王爷的事情，现在我已经下意识地不和小朋友们走得太近了，免得自己控制不住地做一些傻×的事情。

可尽管我已经再三警告过自己了，有时候还是忍不住要去多管闲事，把她一把拽过来，苦口婆心地劝道，小雷同拜托你做事情的时候，带上脑子好不好（看来克制住自己不要好为人师，真的很难啊）。

小雷同便会勉为其难地应付我道，好啦好啦，我知道啦。然后继续不带脑子去做事。

可能是因为小雷同不会把我说的话放在心上，因此面对她的时候我反而要轻松很多，大概是知道自己不会怎么影响到她。

其实，我非常非常讨厌自以为是又擅自想要去影响他人人生的自己，面对这样毫无攻击力、踏实的乖小朋友们时，我会错觉，自己的人生也是很踏实的，乃至我会产生一种虚妄无聊的自以为是的优越感，妄图去指导她们的人生。

我总觉得她们的生活麻烦太多了，可实际上，问题最大的人是我，从这两段关系中不断获得愉快感觉的人也是我，我不过是一个贪婪的汲取者，却总戴着伪善说教者的面具出现。

小雷同是麦田中的稻草人，总是匆匆忙忙的，找不到自己的脑子，可是她有一颗善良而急切的心。

## 铁皮人

我呢，我是她们的天生的伙伴，一个没有心的铁皮人，看起来没什么问题，毕竟铁皮人原本就不需要心。可其实，我有着最严重的问题啊，我啊，做机器人太久了，以至于大家都忘了，我原本是个人类，我的人生空空荡荡的，什么也没有，总是感知不到和他人的情感联结，孤零零地生活着。

我有时候会因为种种假象的蒙蔽，而忘了自己是个人生 loser 的事实，错觉自己也没什么问题，不不，等待着我的人生荆棘丛生，我知道面对这一切是很困难的。

我总是陷入蠢且无知的恶中，但是，我并不希望自己就此将之视而不见，我希望，无能的我，或是说无能的我们三个人，可以直面这些困难，然后说，可是我有什么办法呢。

是的，没有办法，没有办法解决掉人生中的困境，可是毕竟没有逃避，没有粉饰，希望我们仍然并肩站在一起，坦率地承认自己的无能，获得属于自己的勇气与真义，走出奥兹国，回到属于自己的故乡，开始新的生活。

我想，旅人的终点是出发时的愿望。

## 7. 猫咖啡与安娜

　　有一年夏天，我将整个暑假的时间都花在了去猫咖啡店打工上。

　　我之所以会去猫咖啡店打工，主要不是为了赚取零花钱而是因为喜欢猫，那时候我自己还没有养猫，只好挖空心思去抱别人的猫。

　　打工的猫咖啡店位于繁华商业街的尽头，在一家卖冰淇淋和奶制品的杂货铺楼上，客人要进入咖啡店，就要通过一道哗啦作响的玻璃珠帘，以及一座窄而陡峭的铁艺楼梯艰难地攀爬上去。

　　店面很小，左右不过60个平方米，里面大大小小奔跑穿梭着15只猫，笼子里还养着大约15只猫，我永远也记不清笼子里到底有多少只，因为猫生得快，老板卖得也快。

　　我们的店老板是个二十多岁的蕾丝边，她有一个小白领女友，每天下班后她的女友都会到猫咖啡来帮忙看店，说是帮忙看店，其实她们大部分时间都忙着在吧台后低声而琐碎地争执着什么。有时候两人也会激烈地争吵起来，为了不影响店里的客人，老板的女友便会立刻拎包起身下楼，高跟鞋踩在铁艺楼梯上发出"咚咚咚"的巨大声响来。

　　除去老板和她的女友，店里帮忙做事的便只有我和另一个高大的女店员安娜。安娜是个大骨架的高个姑娘，身高170cm往上，这使得她站在女生堆中显得有些巨大。安娜左侧的颧骨微微凸出，为了弥补这个小瑕疵，她每天都会早早地起床化妆，在右边的颧骨上打上高光，乍一看，也就察觉不出什么异样来了。

我们的老板很懒，她给所有的猫都起名叫胖胖，区分它们的只有花色和大小。譬如说店里年龄最大的那只灰色加菲，就叫灰胖胖，一只奶牛和两只警长它们就都得叫黑白胖胖，奶牛猫大一些，便叫大黑白胖胖，两只警长全是小黑白胖胖，从名字上完全没法区分。再譬如说一只小母猫叫三花胖胖，还有一只古典花纹的叫古典胖胖，踏雪猫便叫踏雪胖胖，诸如此类，搞得我们十分混乱。

灰胖胖是一只年龄超过10岁的老猫，整天动也不动地趴在吧台上，像一只忠于职守的招财猫，不管客人怎么逗它，它也毫无反应。灰胖胖大概是生病了，眼角和鼻孔会流出奇怪的黏液，将周围的毛发胡乱地粘在一起，时间一久便将自己粘得睁不开眼睛。我总是有事没事就蘸了水给它擦脸，每当这时坐在吧台后玩电脑的老板就会抬起头来说："别擦了，灰胖胖瞎了，反正也用不着眼睛。"

我问老板："不给灰胖胖去看眼睛吗？"老板看都没看我一眼，蹦出一句清脆的话来，"你出钱啊？"这句话撞在吧台上又弹到地板上，最后在满屋子乱撞中渐渐消失了。

店里通常不会很忙，这里十米开外便毗邻成片的老街区，许多居民都搞不清楚所谓的猫咖啡的定位，不知道这里到底是卖猫的还是卖咖啡的。说是卖猫吧，满地乱窜的猫只能给你抱一抱玩一会儿，要买只能买笼子里的小猫；说是卖咖啡吧，这里只卖速溶的咖啡，还最低收费40元一杯，小食只有布丁和冷饮，布丁也是布丁粉冲的，饮料得我们下楼去买，这样确实让大家感觉，这并不是一个休闲娱乐的好去处。

来这里的主要客人是附近大学里的大学生和一些台湾人，商业街附近有两家大型台资企业，于是这里的居民区里便多了许多台湾人。店老板和台湾客人说话时可以毫无障碍地切换为台湾腔，十分标准，她有时呵斥我和安娜做事情的时候也会突然变成台湾腔,让人顿感惊奇。

和安娜混熟后,一次我们在料理台边闲聊说到这件事情,她告诉我,那是因为老板的前女友是个台湾人,所以她有时说话会突然变成台湾腔。我问安娜她在这儿打工多久了,她说:"比你早来一个月吧。"我说:"那你怎么知道这么机密的事情?"她举起手机晃了晃说:"微博上看见的啊。"

老板给这家店开了个微博,我去看过一眼没什么兴趣加好友,统共刷了8000多条微博,也只有安娜这样的微博控才有心思一条一条地看,由此发现一些鲜为人知的事情。

我们一周工作6天,只有周二的时候会闭店休息,工作日从早上9点工作到晚上7点,周末从早上9点工作到晚上10点。一般上午都没什么人来,即使有多半也是和老板约好了要来买品种猫的。这里主要卖折耳、蓝短和加菲,当然也有土猫,小加菲一只3000元、小土猫一只300元,折耳和蓝短则视卖相而定。

因为客人不多,所以卖猫是猫咖啡里的主要收入来源,有时候女大学生们来喝杯咖啡,喝完猫性大发就买一只小土猫回宿舍养。

一次我问老板,她们真的会好好地养这些小猫吗?老板从电脑上迅速地抬眼扫了我一下,随后又迅速地转了回去,冷哼道:"就你多管闲事,人家买回去爱怎样就怎样。"于是我觉得,我可能确实是有些多管闲事。

店里有好几柜子的各种猫罐头,如果客人愿意可以买给猫吃,可惜的是,大家似乎都只想抱抱它们而不想投食,于是猫整天都在吃猫粮很少能吃到罐头。没客人的时候我总会忍不住开罐头给它们吃,大大小小十五只猫就会呼啦一下围过来,然后互相推搡对方,还会半站立起来,用爪子扇别的猫,场面每每都十分混乱。每当这个时候,老板就会瞥我一眼警告道,罐头钱从工资里扣。

空闲的时候我就和安娜坐在一起聊天,我通常会抱着古典胖胖,因为它软乎乎的很舒服,而且古典胖胖是个没什么节操的猫,可以随便抱。

从聊天中得知安娜比我大一届,所以她已经大学毕业了,我奇怪地问她为什么没有去找工作而是来猫咖啡打工,她说,啊……因为我没有拿到毕业证啊。

我握着怀里古典胖胖的爪子感觉有些尴尬,觉得自己似乎问了不该问的问题,但是因为沉默更加使人尴尬,所以我只好硬着头皮继续问,那你为什么拿不到毕业证啊?

安娜就陷入了放空的状态,眼光涣散地看着前方,思考了一会回答道,因为我不去上课啊。那你为什么不去上课呢?我又问道。安娜继续眼神放空,回答我说,因为我以为不用上课啊。

我心说,这都是什么奇怪的理由啊。过了一会儿,安娜又补充道,当然,也因为我英语四级没过,这次我没问她为什么,我很怕她回答我说,因为我以为可以不过啊,这样感觉我们之间就没法聊天了。

但安娜最烦心的事情并不是没有拿到毕业证,而是她拥有一个劈腿了的人渣男友。安娜的人渣男友是个160cm的矮个子,满脸横肉和痘痘,看起来凶神恶煞的很不好惹。这样的人物设定确实让我感觉十分不科学,我不明白为什么这样的男人可以找到身高170cm$^+$的女友,更不明白为什么都这样了他还能劈腿。

但是这个世界总是一如既往的神奇,男友劈腿了,小三来闹了,可安娜还是选择不分手,坚决不分手。

我心中自然充满了无数个为什么,可安娜解释说,这是为了拖死她男友,不让他出去找新的女朋友,也不让他和小三在一起。

我想说,分手这种事情和离婚可不一样,分手是可以单方面决定的,但话到了嘴边又没说出来,换了一个更委婉的方式。我说,安娜,你这样是拖死谁哦,明明是拖着你自己嘛,你看你现在也不开心。

安娜说，没有，我现在开心得很，再说我男友也不要和我分手啊，我们每天还会发短信聊天，聊聊一天都干了些什么。我刚想说，原来还可以有这样神奇的关系啊。安娜又说，我和那个小三也经常会在微博说话的。

我几乎是怀着敬仰的心情问她，你们之间聊什么呀？安娜就拿出手机打开微博给我看，她说，喏，你看我们互相骂对方呀，我还把她放在了黑名单里，这样就随时可以点过去看她的动态，想和她吵架了就把她放出来。

我只好感叹，安娜真是个天真活泼的小姑娘。

暑假期间，猫咖啡偶尔也会变成高中生们同学聚会的下午茶地点。一次来了17位高中生，小小的店面里便挤满了人，大家人手一只抱着猫，抱不到的就去看笼子里的。人一多，人来疯踏雪胖胖就会兴奋地满屋子疯跑，那四只雪白的UGG爪子在你面前走马灯般跳跃。猫咖啡四周的墙上都装了猫爬梯，踏雪胖胖便从地板跑到天花板，又从天花板跳回地板，玩得疯了，见人就扑。

那次我端着满满四杯咖啡要给客人送去，踏雪胖胖看准我的后背就从高处扑下来，然后四杯咖啡就哗啦洒了一地，气得老板当即用台湾腔大吼大叫。

我们在流理台上拼命做布丁的时候，安娜说她也想去参加下礼拜的高中同学聚会，我说，那你就去啊，可她又神色黯然地说，我男朋友不让我去，我说，为什么啊？她说，因为他不喜欢我和别的男生在一块儿玩。

我劝她说，你想去就去啊，你男朋友自己可以劈腿，却连个同学聚会都不让你去。

周末的时候安娜特意请了假去参加同学聚会，可在中午前她又回来上班了，我问她怎么没去同学聚会，她说，我去了，我男朋友挡在KTV门口死活不让我进去。

这真是让人匪夷所思的不讲道理，但紧接着安娜辩解说，他就是这样的，占有欲很强。我说，你不觉得这样不对吗？你好像从来也不反抗。

安娜又开始进入那种放空的状态，她以梦游般的口气说道，可是爱一个人就会想占有一个人啊，这其实是很合理的事情啊。虽然电视剧里都说爱一个人不应该想要占有一个人，可是爱的时候就会有独占欲啊，所以这样一想，也不算不能理解他的行为吧？

我对此完全不能同意，我说，爱一个人有独占欲可以理解，但是想要完全占有对方是不对的吧，谈恋爱不是买东西，应该明白对方也是拥有独立意志的人啊，要尽量去尊重对方啊，而不是觉得对方是自己的所有物，一定要按照自己的想法来吧。

说到后来竟有些激动起来，我告诫自己要冷静些。感觉自己说太多了，连忙向安娜道歉，啊，对不起，我太自以为是了，你们的感情状况我这种外人也没资格说什么吧，我如此这般说道。

安娜看着不远处，用手指揉着太阳穴，仍然是梦游般的口气说道，啊，也许你是对的，我现在开始有点想要分手了。

两周后的一个下午，太阳火辣辣地烤在柏油马路上，热浪滚滚连蝉鸣都停止了。除了进门处坐了一对情侣外，店里就没有别的客人了，我忙里偷闲又在给猫开罐头，我将罐头放在隐蔽的地方，开给古典胖胖吃，结果被踏雪胖胖在猫爬梯上看见了，安娜在用滚筒卷地上的猫毛，一切都黏腻得要静止的时候，楼下的门"哗啦"一声被人用力推开了。

玻璃珠帘噼里啪啦地一阵乱敲，发出巨大的噪声来，所有正在午睡的猫都被惊醒，探出脑袋朝门口看着，一会儿就有人"咚咚咚"地从铁艺楼梯上爬了上来。

在我还没有反应过来发生了什么事情的时候，安娜就和这个人扭打了起来，他们摔倒在地，制造出巨大的动静来，等他们站起来后，我发现来人赫然就是安娜那个160cm身高的人渣男友。

她的人渣男友冲她嚷道,你分什么手啊?你和我分什么手啊?

安娜说,你在外面乱搞女人还问我分什么手?

她的男友便以一种让人难以置信的理直气壮质问她道,我问你,现在哪个男人在外面没有女人?

安娜便握紧了拳头冲他喊道,分手!

此时老板在吧台后一脸不耐烦地站起来,说道,你们干什么?在这里演八点档啊?我不用做生意了吗?

老板的话还未说完,安娜的男友便一个箭步冲上来狠狠给了安娜一个耳光,安娜一个趔趄站住了,反手也给了她男友一个耳光。

老板马上冲上前,解下身上的围裙去抽打安娜的男友,一边驱赶他一边骂道,你要死了啊,你竟然打女人?你是不是男人啊?滚滚滚!

我和客人们都围上前去驱赶他,质问他到底是不是男人,安娜的男友便甩甩头说,好,分就分,你会后悔的!撂下一句狠话后便又踩着铁艺楼梯"咚咚咚"地走了,将门口的玻璃门帘撞得哗啦哗啦响。

这么一闹,客人们便失去了谈情说爱的雅性,匆忙结账走了,这将老板搞得很恼怒。老板生气起来便是一口的台湾腔,她质问安娜,你到底在搞什么啦?我这里是开门做生意的地方好不好?你觉得自己像话吗?好啦,你走啦,我这里不要你做工啦!

然后她又将矛头指向我,好啦,你也走啦,整天不干活就在那里喂猫吃罐头,我都不跟你好好算钱啦,算钱的话,搞不好你要倒贴我钱啊,好啦,你们一起走吧!

我和安娜都没有说什么,我们将围裙解下还给老板,我最后一次给灰胖胖擦了擦眼睛,随后和安娜一起走下了那个窄而陡的铁艺楼梯,发出"咚咚咚"的声响来。外面热浪滚滚,一出门便是一身汗,连呼吸都凝滞了起来。

不知什么时候蝉鸣像海浪一般在身后起伏,我懊恼地说道,都没拿到工钱啊,安娜你呢?你比我还多干了一个月呢。

安娜站在烈阳下,使劲深呼吸了一下,打了高光的颧骨闪着光,她说,新生活开始了啊。

## 8. 室友French

我有一个很奇怪的室友,是在原室友考学没成功回国后临时从网上吉屋招租找回来的。如果按照国际惯例,结论要写在开头,那么这个故事可能就是要告诉我们,不要在网上随便找室友。

French是这位室友的英文名,理由是法语比英语高贵,而他是个高贵的人,所以英文名要叫法语,其实不是很明白这之间的逻辑关系,但French说,你们就当是异国风情吧。所以见到他的第一天,我便隐约感觉自己找错了室友,心中非常懊悔。

而我的人生中有一项异能,那就是每当我感觉什么事情要糟糕了,那件事情就一定会糟糕。

没有正式将屋子租给French前,我们曾经短暂地聊过几句,我问他生活上会不会有什么问题,因为我课业太重,可能没有时间照顾初来乍到的新生。French当时的回答是,怎么可能有什么问题,等我过来谁照顾谁还不一定呢。我又问他,你会做饭吗?French爽朗地回答道,开什么玩笑,我中餐水平十级!等我过来你们想吃什么我做什么,松鼠鳜鱼、蟹黄虾饺哪样我不会做?

于是我的另一个室友Ste看到此处,眉开眼笑道,好好好,就是他了,小伙子很有前途嘛!

这件日后看来错得很离谱的事情,当时便在轻松的笑谈中被决定了下来。

他入境第一天便毫不客气地一个电话打来将还在睡眠中的我吵醒,我半睡半醒地问道,谁?电波那端一个理直气壮的声音回答道,是我,French,你高贵的朋友。

于是我下意识地回答道,我没有什么高贵的朋友,便将电话挂了。一分钟后电话又催命般响起,接起来,一个相似的声音低声下气说道,大哥,是我啊,小弟French啊,来接一下我吧,我在中央车站。

所以你腿断了吗？我不解地问道。

没有没有,只是我不认识路,那边又如此这般回答道。

那你有手机吗？开个地图导航会吧？我困得要命却仍然循循善诱。

可是,那边着急起来,我行李太多了,我一个人提不动的！看来高贵的朋友也有自己解决不了的事情,于是我只好爬起来去中央车站将他接回来。

第一次在车站正式见面,这位高贵的朋友便亲切地打招呼道,呵呵,大哥,你比想象中还要矮一点,然后便把电脑包和单反往我手里一塞,叮嘱道,很贵的,你给我拿好。

等好不容易吭哧吭哧回到家中,我困得上下眼皮直打架,只想一头栽倒在床上睡个回笼觉的时候,高贵的朋友French却赖在我的房间里不肯走,到处摸摸碰碰,不满道,哎,大哥,我觉得你的房间比我的好哎,这个凭什么啊,我要住你的房间。

哦,我面无表情道,你可以不租啊。

过了一会儿这位高贵的朋友左顾右盼眼神落到了我的牛角面包上,开口道,我饿死了,想吃个面包可以吗？

我本想说,可以啊,结果一抬眼发现自己的回答实在是太多余了,因为这厮已经吃了起来。

French大口大口地将面包塞入口中,含混不清地说道,哎,大哥你会做饭吗？

会啊,我一边回答一边就产生了一种不祥的预感。

哦哦,挺好的,那我以后就不做饭了,French将面包咽下去。

可是,我会做饭和你做不做饭有什么关系呢？我不解地问道。

是这样的,大哥,French舔了舔嘴角说道,我虽然会做饭可是我不喜欢做饭啊,那我就不做了啊,你做的时候喊我来吃就行了,我这个人不挑食,走了啊,回房间收拾行李去了。

穿着松垮T恤,说话习惯性含含糊糊的French没等我回答就一溜烟跑走了,留下我陷入一种无力的悲伤中。

第二天我睡至中午起来的时候,French已经开始和另一个室友Ste在厨房促膝长谈了,French坐在靠阳台那一面,穿着一件中年老男人风格的爆款格子条纹睡衣,头发乱蓬蓬地支棱着,金属细框眼镜略有些歪斜地架在不怎么挺拔的鼻梁上,嘴巴不满地向上嘟起,呈现出一种做作又怪异的委屈感来,一会儿他争辩道,为什么不给我做饭?我不喜欢做饭啊,这和我中餐十级的水准有什么关系?对,我说过给你们做松鼠鳜鱼,等有了鳜鱼再说吧,不不……Ste你等等不要站起来,普通的鱼没有用的,哎,别别,你别开冰箱,别的鱼我不做!

于是我那身材高大的室友Ste便将堪堪触碰到冰箱的手给放了下来,转而抱臂看着French。那么哥们儿,他严肃道,你打算以后怎么办呢?如果我们做饭给你吃的话,你负责买东西吗?

不不不,French忙不迭地否定道,我也不喜欢买东西,这样吧,我吃就好了,你们去买东西、做东西,我搭个伙就好。

那一刻我十分想将桌子上装橙子的塑料网袋拿过来,将橙子抖落在地,然后用网袋狠狠地勒住French的脖子,并且质问他,你到底知不知道什么叫搭伙?

我拒绝。不出所料身材高大近一米九的室友Ste站起来居高临下地看着抱着双腿嘟着嘴,以一种莫名少女化姿势坐在餐桌另一边的French,如此这般宣布道。

French摇晃着身体说道,不不,Ste请你换位思考一下,你也有不喜欢做的事情吧?不喜欢做的事情就是不想做对吧?

Ste想了想说道,我不喜欢洗碗刷锅。

Bingo！French麻利地摩擦了一下手掌，我来洗碗刷锅，你来做饭如何？

你很喜欢刷锅吗？Ste疑惑地问道。

没有，我不喜欢刷锅，我堂堂七尺男儿岂会爱刷锅，但是为了大哥，我可以忍的，French说话的时候显得诚恳，不知道这种诚恳是哪里来的。

我不是大哥，大哥在后边，Ste纠正他道。不，我不！French再一次倔强地否定道，我不能接受喊这么矮的人叫大哥，Ste你这样高大的才能是大哥，喊那种人叫大哥，我的自尊心接受不了！说着French一声冷哼将脑袋转向灶台那侧，好像在演某种做作廉价的舞台剧一般。

而在我的想象中，那装橙子的塑料网袋不禁在French的脖子上勒得更紧了，啊，这个背信弃义的小人，啊，这位自以为高贵的朋友，多么令人讨厌啊！

你租房子前可不是这样的，看来我有必要提醒一下这位朋友。

哦？那又如何？你告诉过我你那么矮了吗？你这个矮子。说完他上上下下地打量了我一番，极其没有礼貌，再说了，难道你没有自己的名字吗？以后就管你叫赵曾良吧。

啊，真是气死人了，在我有限的一生中还不曾这样被人矮子来矮子去地呼喝过，而且我真的有那么矮吗？我只是……不那么高而已。

就这样高大的室友Ste肩负起每日为French做饭的重任，一边做着饭一边露出幸福的微笑，嘴里喃喃道，哎呀，其实我还挺爱做饭的，你们看，我做得也是挺好的不是？

他这样子活像一个傻大个，尽管经过了大半年的相处，我已然知道他精明鸡贼的本性，可大概就是因为有这样憨厚的外表做掩护，他才能最大限度地发挥出自己鸡贼的本性，啊，有时候我甚至会想，字典上鸡贼两个字的配图应该是Ste的脸才对。

本来这样，事情也就圆满解决了，可不幸的事情再次发生了，那就是French洗碗极其马虎，很多时候经过他洗涤的碗，第二天你拿出来上面还粘着刺眼的褐色酱料或者蔫掉的葱花，像是在发出无声的嘲讽。

朋友，你这样可不行啊，我和French语重心长地抗议道。

哪有！French很不满我的不满，哪里有什么酱料，我可是用心洗碗的人。

那么，让我们一起来随机检查一下好了，说着我从碗柜上拿下一个盘子，又抽出一张纸巾在盘子上擦了擦，再展开给French看。

纸巾上一层浓厚的暗黄色的油，这下子French有些百口莫辩了，但是很快他又找到了一个借口，不是的，你不懂，盘子上的油就是很难刷的，这些天你们吃死了吗？没有，所以我刷得还是很干净的。

那你的意思是，我得死了之后再来和你算账吗？我问道。

你怎么能这样说话，我说，你有没有洗过碗，你知道我洗得有多用心吗？换你洗，你也洗不好的，French说的这番话简直铿锵有力。

那么既然这样，我们不妨洗一次看看好了，说着我将那个盘子拿去水池里重新洗了一下，又用纸巾擦了一遍，这次纸巾还是白的。

French终于不吭声了，我语重心长地劝诫道，年轻人，洗碗这种事情呢，要用手洗的，不要用心洗，没用的。

等我快要回屋时，French在我身后喊道，你觉得我洗的碗不干净是因为你没看见我的心！

我头也不回地回答道，我干吗要看见你的心，我只想看见干净的盘子。

等到第二次、第三次盘子上仍然粘有酱料后，室友Ste将所有的餐具拿出来重新洗了一遍，之后沉痛地宣布了一个消息，哥们儿，咱们还是分开吃吧。

不不不，French着急起来，大哥，你听我说，我真的用心洗了，你感受一下我的心意。

实用主义崇拜者Ste干脆利落地回答道，没感受到。

那是你不行，French得出一个结论。

我行不行你怎么知道？Ste反问道。

本来我只是在一旁哈哈哈哈哈哈，可能是笑得太开怀引起了French的注意，他立刻将战火引到了我身上，问道，赵曾良，你说，Ste到底行不行？

这我哪儿知道啊，我哈哈哈地戛然而止，这种事情你要问他的女朋友才行。

嗯，我们得问问你的小菊花才行，French摸了摸下巴，Ste的女朋友叫Daisy，我们一圈人都管那个女生叫"你的小菊花"，对不起，我们太邪恶了。

好好好，我不行，你行，你行你上啊，精明的Ste已经看出来再和French诡辩下去也没什么意思，于是爽快地承认了自己的不行。

French过了几天吃了上顿没下顿的日子后，时间很快进入了十一月，地中海气候也进入了雨季，时而小雨时而暴雨，却总也不见天晴。

不远处的雪山也陷入了长久不散的雨雾中，就是在这样一个阴冷的雨季，某个骤雨初停的午后，French想出了一个绝妙的主意！

等我和Ste放学回来后，我们便被眼前的这一幕给惊呆了，桌子上铺满了食物，冰箱里也满满当当地塞满了蔬菜、肉类、海鲜。

而French，这位高贵的朋友，跷着二郎腿，露出得意的微笑背对阳台坐着，一如他到来的第二天那样。

他伸出手，以一种欢迎光临般的肢体语言说道，怎么样？两位大哥，丰富的食材啊，你们已经没有位置再买新的食物了，就用我的食物来做饭顺便带上我吧，我只收你们30%的钱，如何？如何？

Ste的眼睛直勾勾地盯着一只火红的龙虾，灵魂被抽空般说道，好吧。

然后第二天，Ste在上学前手脚麻利地将这只龙虾剖开煮熟，抹上一层厚厚的蒜蓉，浇上热油，就着面包吃了……

而坐在他对面，吃着干巴巴的面包就着咖啡的我，咽了一次又一次口水，才艰难地开口说道，Ste……这是French的龙虾吧？

可以在鸡贼词义边配图的Ste鸡贼地说道，不把French的食物吃了我们怎么买自己的食物啊，对不对，是不是这个道理？说完抹了抹油光锃亮的嘴巴，他起身去上学了，留下呆若木鸡、被这个逻辑所震撼的我。

大概是因为久久无法回过神来，那一天我上学便迟到了，当我中午拖着疲惫的身躯回家时，French正一脸抓狂地在冰箱里翻找着什么，我问他，你干吗呢？

French说，我的龙虾呢？哎呀，我饿死了，我龙虾呢？

被你Ste大哥吃掉了，我回答他。

啊啊啊啊……French抱头惨叫，然后直冲到Ste的房门口，嚷道，大哥，你怎么吃了我的龙虾？

身高近一米九的Ste站起来若无其事地看着他，问道，怎么了？

啊……没什么没什么，大哥，好吃吗？French谄媚道。

嗯，不错，Ste满意地咂咂嘴，继续坐下忙碌地打起了游戏。

我放下双肩包去厨房煮了一大锅意面，又将French买来的一盒子海鲜与番茄酱一起翻炒进去，French表示很感动，并且说道，有意面也是好的。

他一边将意面吸溜吸溜地吸进嘴里,一边评价道,一个人做的意面就如同那个人的心灵。

所以呢?我问道。

大哥你的心灵一定很乌糟糟吧,你看看,你把意面都煮烂了!

我产生了一种被烂棉花堵住心口的感觉,并且果然感觉心里一阵乌糟糟的,想把意面扣到 French 的头上。

一冰箱的食物,比想象中消耗得要更快一些,一周后,French 从冰箱底层的冷冻室里掏出最后一条硬邦邦的鱼,他说,是时候了,到了我做松鼠鳜鱼的时候了!

于是就连 Ste 也十分给面子地放下手中的游戏跑来围观他做鱼,French 先将鱼放进微波炉里解冻,随后冲洗一番在鱼身上切出几个口子,裹上生粉,放入半锅滚油中,翘起兰花指拎着鱼尾巴在锅里游来游去。

哥们,你管这个叫松鼠鳜鱼?Ste 忍不住问道。

当然,你有没有吃过松鼠鳜鱼?French 反问他。

呃……虽然没有……可是我觉得……French 打断 Ste 的疑惑道,那你看着不就行了!一会儿他将一条烂糊糊半金黄半焦黑的鱼从锅里起出来,放在盘子上,淋上番茄酱,外加醋和酱油,摩拳擦掌道,大功告成!

我们站起来围观这条可怜的鱼,我小心翼翼地说道,我觉得……这应该不是松鼠鳜鱼,虽然我知道这也不是鳜鱼,可是这和松鼠鳜鱼差太远了啊。

来,我来告诉你什么是松鼠鳜鱼,French 卷了卷袖子,一副要开讲座的样子,松鼠鳜鱼是上海名菜,意思是像松鼠一样的鳜鱼。什么是像松鼠呢?就是尾巴要翘起来。什么是鳜鱼呢?就是鱼肚子里塞入桂花的鱼。

不不,我觉得不是这样的,我小声地反驳道,松鼠鳜鱼是苏州菜，也就是苏帮菜的头菜，鳜鱼是鳌花鱼，和桂花没有关系的。

你是上海人吗？French不满地反问道。

不是啊，我……French打断我道，既然不是你怎么知道这不是上海菜呢？

我愣住了，好像无法反驳这个逻辑。

French热情地将叉子塞入我们手中，尝尝、尝尝，一迭声地热情招呼道，像个小饭店里靠露乳沟招揽客人的中年老板娘，并且补充道，我觉得味道肯定还是可以的，你们喜欢以后我再做。

我们叉起一口尝了尝，Ste说，这是生化武器吧，怎么那么酸？

French说，因为鱼肚子里没有桂花。

我觉得……这肯定不是松鼠鳜鱼，松鼠鳜鱼不是这个味道，我艰难地将鱼块咽下去说道。

你吃过啊？French问道。

当然吃过啊。

那你吃的不正宗，他想也没想就这么驳斥我。

可我在得月楼和松鹤楼都吃过好多次了，我争辩道。

什么得月楼、松鹤楼我不知道，但松鼠鳜鱼就是这样做的，French梗着脖子坚持道。

那好吧，我耸了耸肩。

Ste放下叉子，表情凝重地问道，French你能告诉我你的中餐十级是怎么来的吗？有没有证书给我看一下？

没有！French理直气壮地回答道。

那你的中餐十级是怎么来的？我奇怪道。

我妈给我颁发的，说这话的时候French脸上显出一副机智的光芒来。

松鼠鳜鱼事件后，在吃饭这个问题上我们再一次拆伙了，于是French又过上了每日靠汉堡过活的生活。

他经常在吃饭的点穿着一件睡衣神情恍惚地晃过来，茫然地看着我们在忙活，抽出一把叉子，嘴里念叨着，如果你们还剩下那么一点同情心，就可怜可怜我，让我吃一口什么吧，我已经在床上躺了一天了，说着就叉起食物吃了起来。

我问他，难道你最近都没有去上学吗？

没有，每年的十一月我都是不会去上学的，你不懂，这是个人隐私，他说道。

难道不是因为最近下雨你不想出去吗？Ste 说道。

不，在老家我也是这样的，我有忧郁症的，不怕告诉你们。

据我所知，那个病叫抑郁症吧？Ste 纠正道。

哦，对，我病得有点重，我是抑郁症，所以我心里总是很忧伤，不能去上课，等雨停了我会去的，但是现在还不行，French 大口吃着食物这样说道。

过了几天天放晴了，French 仍然穿着他的中年爆款条纹格子睡衣整日在家里晃荡。Ste 问他，哥们，你这是第三周没有去上学了吧？天不是已经放晴了吗？

我知道，French 机械地将面包掏出来往嘴里塞，然后幽幽地说道，可是我心里的雨还没有停，十一月我是不会去上课的，哦，对了，做好了菜叫我一声。随后他又带着沧桑的表情回屋打游戏去了，打得激动了，便开始激烈地骂娘摔鼠标。

很快进入期中，我们的课业变得繁忙，便不怎么做饭了，总是用面包打发一下就好，一天正当我熬夜红着眼睛在赶作业时，刚刚激烈打完游戏骂完娘的 French 出现在我屋子门口。赵曾良，他喊道，给我做饭吧。

我不，我想也没想就断然拒绝。

大哥，我快饿死了，他说着走了进来，开始吃我的面包。

哎，我不是你大哥，把你手上的面包给我放下！然而晚了，面包已经被吃掉了。

接着 French 又伸手抱住一瓶饮料，恬不知耻地说道，我抱走了啊！

不行！给我放下！我喊道。

谢谢大哥，French拿着就走，带上门前还不忘说道，一会儿记得做饭啊。

隔了十分钟他又跑了过来，你怎么还不做饭啊？

我没空，我没好气地回答道。

我怎么没觉得你没空啊，你不要敷衍我。

就算我敷衍你又怎么了？

你这样不好，French说着便带上门走了，隔了十分钟他又回来了，那你现在有空做饭了吗？

那一刻，我非常讨厌我的房门不能上锁。

如此这般反复了几次，French便拉了把椅子坐在我身旁，说道，那么这样吧，我看着你做，给你精神力加持。

于是我屈服了，起身去做饭了，并且感受到了一种深深的无力感。

这之后一个礼拜我都是吃过晚饭再回去，等到French游荡在家不去上课的第五周，因为临近期中考，学校有插座的座位全被占了，于是我不得不和Lab课的小组成员频繁回家进行小组讨论。这期间French突然剧烈地发起神经病来，他总是一个箭步从房间里蹿出来，开始绘声绘色地哭诉自己的悲惨生活，我是如何如何套上被单痛揍他，又是如何如何逼迫他洗碗却又看不见他的心，他又是怎样的打不还手、骂不还口，现在只求吃一顿饱饭……

每当我问他到底有完没完，赶快滚回去的时候，他总是大声辩驳道，我没有玩，我很久没有玩游戏了，是的，我骂娘了，我只是单纯地骂娘，我没有玩游戏。

感觉实在是无法交流了。

到了那周五，他已经不知疲倦地哭泣了一拨又一拨人，关于我殴打他这种莫须有的事情也已经发展成熟，有了一套体系和说法,基本能解决所有明显的漏洞了,而我也已经不怎么理他了。

那天晚上,我冷静地听他和我的同学们分享,如何逼疯赵曾良的方法,他绘声绘色说道,你可以在周末的早上八点过来,到赵曾良房间里去,放心房门没有锁,然后将赵曾良拖起来,拖到厨房,逼迫大哥做饭给我吃,而你们在,大哥肯定不好意思发火,等我吃完,你们也离开了,我就会遭到一顿毒打,你们只需要在我们家安装一个隐蔽的摄像头就可以轻松观赏到赵曾良是如何发疯的了。

我抱臂看着他,表情不悲不喜。

等同学都走了后,我回到房间开始做作业,突然门又被拉开了,French跑过来说道,大哥,你是不是有点讨厌我?你不要生气啊,我开玩笑的,你肯定没有打我。

难道我不知道我没有打你吗?我满头黑线。

大哥,请你迁就我一些,这个十一月我真的很难熬,我现在心情很不好,就只能做一些搞笑的事情来缓和心情。

我不是你大哥,我这样回答道,只希望他赶紧走不要妨碍我。

啊,大哥,你不要这样绝情,French悲伤道,好吧,我告诉你吧,我最爱的女生这个十一月得癌症去世了。

哦,你最爱的女生真可怜啊,我这样面无表情地回答道。

她真的非常可怜,French顺着我的话说道,原本可是个美丽的女生。

嗯,每年十一月为了你不上课都得死一次,是挺可怜的,我说道。

哎,你怎么可以这样说话,你知道我多难过?

你上次还说每年的十一月你都很难熬,在老家也是一样,你忘了吗?我好心提醒道。

去年的十一月是我奶奶去世了,French又说道。

哦,那么前年呢?

我另一个最爱的女生去世了，French又补充道。

你最爱的女生到底有多少个？进行这样一番愚蠢的对话让我有一种十分荒唐的感觉。

我爱她们的时候，她们每个都是我的最爱！French说得铿锵有力。

好好好，每个都是最爱，那你回房间去好好难过吧，我冲他摆了摆手，一副好走不送的样子。

我知道你不懂，你没有经历过这些，我不知道你的过往是如何的，但是你不会懂我的，French显然没有一点要走的意思，开始自顾自抒情起来。

为什么我要懂你，我根本就不想懂你，只希望你不要妨碍我做作业。

你没有经历过痛苦的往事，French继续这样说道。

好好好，只有你有高贵痛苦的往事，别人都是麻木地、愚蠢地长大的，可以了吧？那一刻我简直希望出现一个宇宙黑洞将他狠狠地吸进去。

你……你怎么这样说话啊，我、我也不是说我高贵，只是你不懂我，French要跳脚了。

你这么高贵，我不想了解你，我仍然这样回答道。

可是你不了解我，就不明白我的可贵，等你了解我了，就不会讨厌我，也不会这样和我说话了！French十分坚持道。

是啊，等我了解你了，可能就真的想痛揍你了，我一边机械地描着线，一边祈祷着这种可怕的对话能早点结束。

究竟是为什么，你对我有这样深的偏见？French问道。

不，这不是偏见，只是因为我是个真实存在于这个世界上的个体罢了，而不能仅仅活在你的脑海中，不能投射你的自我幻象，我很抱歉这一点，一定让你受伤了，我讽刺道。

胡说，这都是胡说，French激动起来，你怎么这样想我。

哦,我还能怎么想你呢?和你这种高贵的少爷不一样,我们这样的平凡人,必须脚踏实地努力去搬砖才行,也不能每年让最爱的女生死一次什么的来给自己放假,我的生活没有办法像你一样,简简单单地、固执地活在幻想中就好了,当别人不存在,或者认为自己是全宇宙的King之类。我的话,没有你那么高贵的痛苦,我只有平凡地存在于每一天中的真实的痛苦,所以我没有办法去理解你,我这样告诉他。

French沉默了一会儿转身走了,那天他意外地很早熄灯睡觉了。

等到了凌晨三点,我赶作业到一段落了,拿起手机发现French给我发了一条信息,上面写道:你们为什么都不愿意多关心我一点呢?我虽然看起来很厉害,可其实也是需要关心的啊。

我很想回,我没有觉得你很厉害啊,又想回,可是别人没有义务来关心你啊,但是想了想还是不回了吧,为什么要和这样的少爷去较劲呢,反正在他投射的世界中我也只是一个NPC般的存在吧。

## 9. 夏日甜心

暑气蒸腾,炎热的午后连一丝风也没有,阳光打在红砖上,又变成暗沉沉的金色压在马路上。

房东边收房租边说,往年可从来没有这么热过,太热了,太热了,他强调道。当地的媒体纷纷报道这是欧洲几十年来最热的一个夏天,接着便是全球气候变暖、环境保护、冰川融化一类的话题,日渐甚嚣尘上。隔天国内的新闻便出现报道,欧洲遇到500年来最热夏天,到底是几十年还是五百年呢,我们也不知道,所有人都在期盼着八月的到来,八月一到我们专业就放假了,至于其他的人,该度假的度假,该避暑的避暑,只要能离开这个灼热的北部城市就好。

隔壁屋的室友已经结束课程提前回国了,租约到期前他将屋子顺利转租给一个不相识的中国女生,她男朋友要来看她嘛,隔壁屋的室友提着行李箱和我解释道,我给她留了你的微信。

不等我提出什么异议,他又不好意思地笑道,帮个忙,行李实在提不了了,送我去一趟车站吧。

于是我推着他的行李箱陪他去楼下五分钟远的车站,路上有一搭没一搭地聊着。

新来的是个大一新生,如果有什么需要你就帮忙照顾一下。

嗯,阳光打在身上,晒得人发痛,出了楼道不久,汗水便从额头上冒出,我伸手徒劳地挡了挡,没怎么在意他说的话,随意地敷衍着。

不过,也就一个月啦,到时候她会联系你,总之如果有什么的话就麻烦你了。

嗯,我抹了抹额头上的汗,想着一会儿还是去学校写作业吧。

车站在街道中央的电车轨道旁,暴露在阳光里没有一丝一毫的遮挡,这个点正值午休,周围安静极了,连蝉鸣也没有。

等我回来,大家就都租约到期散了吧?室友突然这样说道。

哦,是啊,我愣了一下回答道。

应该再也见不到你们了吧……他似乎想要感慨些什么,电车却来了,我们一人一个箱子将行李拖上去,我转身刚跳下车,电车便在背后启动了,没来得及听完室友想说的后半句话。

两天后一个陌生的 ID 来加我微信,她说,我一会儿能不能来呀?

我说,可以啊。

她立刻回复道,那你等我哦!

一个小时后,七八条微信突然忙不迭地追了过来,我来了,我马上就到了,哎,到底是几楼,哎呀我忘了具体在哪儿了……

我正拿着手机在回复,敲门声便砰砰砰地响了起来,另一个室友边穿衣服边风风火火跑去开门。一个穿着牛仔背带裙的小姑娘拎着两大袋子东西一头闯了进来,气喘吁吁道,是这儿吗?是这儿吧?

你是……你是新室友?另一个室友没睡醒的样子,我叫……

她扭头看到坐在厨房喝可乐的我,嚷道,啊……你是……你是小赵对不对?

嗯,我点了点头。

她将两大袋子东西往桌上"砰"地一放,那你一会儿还在吧?我现在得去机场了,他的飞机一会儿就到了,说着就要往外跑。

哎……我喊住她,我一会儿就不在了,给你钥匙自己开门吧。

哦哦,对哦,给我钥匙,她抹了抹汗,接过钥匙急匆匆地又跑开了。

什么呀,室友抱怨道,你先别给她钥匙啊,让我给她开门多好……

啧,我扯了扯嘴角,你想什么呢,她去接的就是她男朋友。

唉……室友长叹一声走了。

傍晚我从学校回来,刚进屋还没来得及开灯,突然听见有人在窗外的露台上说话。

什么破地方……欧洲难道就这样吗?我还以为这里是北方最发达的城市……见鬼了……何必来这样的地方……十八线小镇一样……

这里就是这样的……市中心会好一些……不过……

那为什么不帮我租市中心的房子呢?

因为会贵几百欧啊。

难道就差那几个钱,我从密歇根来看你,坐了几十个小时的飞机……这破地方……怎么住人……

我听出来是小姑娘和她刚到这儿的男朋友,就这样听着似乎不大好,我一开灯,他们注意到了背后的光亮,很快就回去了。

才刚打开电脑写了一会儿作业,我便听见室友在走道上喊,你们要不要WI-FI密码,开一下门我给你们密码。

那边隔着门又模模糊糊地回了几句什么,一会儿室友高声喊我,赵曾良!你把密码发她微信上!

我心说,这不有病吗,开个门就能解决的事情,干吗非要我发什么微信,爱要不要,便开门出去拿过我室友手里的密码条,从门缝里飞了进去。

临近午夜,那边又在嚷嚷,怎么热水器不好用,我走出去发现穿背带裙的小姑娘正站在走廊上,手里握着个拖把在和浴室里的男朋友说话。

就是很不好用的,我和她解释道。

哦……那怎么办呢?她苦恼道。

多开关几次吧,我建议道。

回屋不多久便听见"砰砰"摔门出来的声音,又听见收拾行李,万向轮在大理石上滚动的声音,最后又是"砰砰"两下,他们摔门出去了。

记不清是十天还是一周,一段时间后他们又回来了,天蒙蒙亮,大概六点刚过一会儿,我才写完作业躺下,门被撞开又被用力关上,随后是轮子滚动的声音。

接着是揉塑料袋、开关冰箱、切菜炒菜的声音,油烟顺着风吹进我的窗户时,我就起来去上课了。

怎么样,你见到那对小夫妻了吗?我的同学马裴问道,马裴的一个习惯就是将所有的小情侣都喊作小夫妻。

啊,那男的就从来没见过。

他没来和你们打招呼啊?马裴奇怪道。

没有,好像是有意避而不见。

哟,那么古怪啊,吴明希从电脑后抬头说了一句。

那天我们在校区写论文写到凌晨近三点才回家,回去后我先啃了个面包又洗了个澡,刚开始吹头发,手机就闪了起来,小姑娘给我发微信说,不好意思哦,我男朋友说你吵到他睡觉了,你以后能不能早一点洗澡呢?

我说,对不起,我以后不会再凌晨洗澡了。

一会儿小姑娘又发来消息说,不好意思,不好意思,我男朋友说你吹头发的声音也让他睡不着。

啊,这也能听到,我心想。

之后我又在学校通宵写了一天作业,隔天回去后,一开门便传来一股奇怪的厨余腐败味,屋子里门窗大开着一个人也没有,一堆苍蝇在垃圾分类处的玻璃瓶上乱转,我不明白玻璃瓶上有什么好转的,用脚踢了踢,一蓬苍蝇立刻"嗡嗡"乱叫着腾起来,我吓得倒退了一步,再一看滑倒的玻璃瓶下露出一袋子开始出水的厨余垃圾。

等到晚上我又听到"砰砰"的摔门声后,便跑去敲了敲他们屋子的门,隔了一会儿里面传来男生的声音,What's wrong?

能开一下门吗?我有事要和你们说。

又过了一会儿,他才将门打开,整个人斜着撑住门框,将门口堵得严严实实,似乎怕我下一秒就要闯进去似的,我实在是不明白这样做的用意,尤其是他好像本来就没有我高,现在这样夸张地斜撑着,一下子便比我矮了许多,我还得略略低头看他。

小姑娘坐在床沿上,穿着牛仔背带裤,紧张地看着我,怎么了?

以后不要将厨余垃圾藏在别的垃圾里了。

But you don't tell us it's need to classify.男生斜吊着眼睛,用一种超不爽的表情看着我。

说中文啦,这里的人英文都不好的,不能说英文的,女生非常不好意思地低声劝着她男朋友。

我说了啊,第一天我就和你女朋友说过要分类,再说,就算真的忘了,藏在玻璃瓶里直到腐烂是几个意思?

All right, where should us to throw carbage?男生仍然斜倚在门框上,很不爽的样子。

是garbage,我纠正道。

不好意思、不好意思,小姑娘突然一迭声地道歉,是我放在里面的,因为我看到厨房的垃圾袋已经满了,不知道还能放在哪里,就出门前藏了起来。

哦,没关系的,下次拿出去扔了就好。

我回去后没多久,那男生突然过来在门口喊我,哎,那个,垃圾扔哪儿啊?

他终于不说那令人尴尬的英文了,我开门出去想请他跟我去一趟露台,我好指给他看垃圾分类处在哪儿,但他拒绝了,不耐烦地说道,别费这个劲儿了,就直接说吧。

也不知道为什么,这男生提着一袋垃圾,憋着一股气,一副随时要发作的样子,我只好由他去了,他用力摔上门出去,十分钟后又用力撞开门回来,气冲冲的,欲发作而不能。

晚上我洗过澡去厨房拿冰镇好的饮料时,小姑娘开门回来了,提着一袋子水果饮料,也不知道这个点她是去哪里买到的这些。

你好呀小赵。她脸蛋红扑扑的,喘着气挤过来放饮料。我抽开冰箱中间的塑料柜,我们饮料一般都冰这儿,你要想喝的话就直接拿吧。

啊……是这样啊……她好像有些不好意思。

嗯,随便拿好了,我们比较不在意这些,我示意她赶紧拿。

谢谢呀,她拿了一盒百香果,又赶忙说,那,我的这些东西,你们也吃呀!

大概是听到厨房的声响,室友也过来看了一眼,他说,哦,还有冰好的柠檬啤酒,你们随便拿好了,你要不喝的话可以问问你男朋友要不要喝。

于是小姑娘喊了他男朋友几声,她男朋友完全没有回应她,室友便说,那你直接拿过去给他吧。

于是小姑娘捧了一瓶跑回屋,一会儿又捧着跑回来了,他说要喝的,我要帮他开啤酒,怎么开呢?她的眼睛搜寻着啤酒瓶起子。

但是家里并没有这种东西,于是我们帮她用剪刀开了,她抱着啤酒又一溜烟地跑回去了。

到了七月下旬,室友也回去了,这下便只剩我和小情侣,男生还是拒不见人的样子,室友走了后,小姑娘时常在他的空下来的房间里看电视剧。

屋子里空荡荡的,只有一些基本家具,为了在炎热的天气里通风,她通常将门窗都开得笔直,在门口摆一瓶水当门挡。

为什么在这儿看,不回你的屋子看呢?有一次我问她。

因为我男朋友说要安静地看一会儿东西,她笑了笑,还是很愉悦的样子。

哦,你在看什么,我问道。

《夏日甜心》。

也不知道那是什么,但反正我也只是随意寒暄两句罢了。

就是……就是……她吃力地解释着,找一些和夏天有关的东西来看看。

过了两天,我大清早才从同学家回来,他们开着门在收拾行李,我昏昏沉沉地瘫倒在床上,小姑娘紧跟着过来敲门。进来,我有气无力地喊道。她溜进来问我借防晒霜。

哎呀,你看我像是有防晒霜的人吗?其实我有的,但是我不想动弹。

像啊,她说。

啊,大意了,没想到这么容易就被看穿,我只好爬起来从柜子里翻出防晒霜给她。

我刚睡着就被"砰"的摔门声给惊醒了,赶紧跳起来告诉自己现在可不是睡觉的时候,跑去露台上想要吹一吹风,才记起这个夏天热得一丝风也没有,这个礼拜温度又再创新高,跃到了40℃以上,我像一条死狗一样趴在栏杆上,看见了街对面,像另一条死狗一样趴在栏杆上的马裴。

马裴冲我扫了扫手,意思是叫我赶紧回屋写作业,我也冲他扫了扫手,示意他赶紧将图查完。

宁静的街道上响起了滚轮的声音,我低头一看,小姑娘拖着行李箱跟在后面,男生背着个登山包走在前面,我指了指他们又冲马裴比了比口型,我们家那对小情侣。

哦,马裴了然地点了点头。

傍晚吴明希和马裴过来写作业,马裴说,我们来计划一下,现在开始我们连续写24个小时,然后休息五小时怎么样?

吴明希紧张地问,来得及吗?

你冷静一点,我拍了拍吴明希的肩膀,就算你不睡,你也没力气接着写了,然后顺手打开冰箱门想抽一罐可乐给她,结果塑料柜里已经空了。

呃……家里没饮料了,不好意思……我挠了挠头,这会还有店开着吗?

我回家拿一下吧,马裴便提了一个购物袋去街对面的自己家拿饮料去了。

写到半夜,吴明希说,我饿死了,我煮两个鸡蛋啊。

嗯,我点了点头,一会我才迟钝地意识到,这盒鸡蛋好像是小情侣的。

哎呀,用两个鸡蛋怎么了,他们还喝了你的饮料呢,马裴摆摆手。

也是,我心里想着,大概都注意不到这件事情吧。

要不……吴明希吃着鸡蛋嘟囔道,你给那女的说一声。

我便给小姑娘发了信息说,用她两个鸡蛋,但她始终没回我,大概在国外玩吧。

月末他们回来的时候,我正拿着材料要去学校,男生拦住了我,他说,你这人怎么这样呢,怎么能用我的鸡蛋呢?

我说,啊,我和……这时我突然发现我压根儿不知道小姑娘的名字,只知道她的微信名叫Coco,于是我顿了一下说,我用了两个,但是和Coco说过了。

那你和我说了吗,你知道这鸡蛋是谁买的?男生却不依不饶,你这个行为算什么,是偷你知道吗?我现在要是报警,你吃不了兜着走,你知道吗?What's wrong with you! 他又感慨道。

哦,那你报警吧,我说道。

哎呀，不要紧的，小姑娘连忙摆了摆手，我当时没有网，后来才看到的，你用吧。

你对陌生人就没有警惕！男生斥责道，你这种样子，就是不知道社会的险恶，你啊，就是那种温室里的花朵，什么也不懂，你今天让陌生人用你的鸡蛋，明天就可能偷你的钱！

哈？这口气，哪里是我用了他的鸡蛋，简直像是我睡了他老婆一样，到底能有什么不共戴天的仇啊。

一会儿他又冲我嚷道，少给我来这套，我没那么好糊弄云云，一会儿又说，我可不是什么小孩子，我今年都大三了，你这种人我见得多了，打什么主意呢！

我这种人你都能见得多了，那真是了不起，我在心里吐槽了一句。

你报不报警？不报警我上课去了，我冷着脸看他，没好意思告诉他，我可比他大得多了，而且他看起来好像有制杖学phd学位的样子，搞不好现在这个大三只是另一个本科学位。

男生沉默了一会儿，然后一甩手说，赔钱！赔我钱，这事儿咱们就算了！

最后他管我要了五欧元，五欧元足够买4盒48个鸡蛋，还有得找。

吴明希知道后在教室里大呼小叫，凭什么给他钱，给什么钱！他们喝了你多少饮料，你应该和他们算这笔账，一瓶可乐就一欧元了，两个鸡蛋一毛钱都不到啊！

可是我说过饮料他们可以喝的。

那那个女的不也说过你可以吃他们的东西吗？

不过，那个男的，好像把自己的东西和小姑娘买的东西分得很清楚，再说难道还真跟这种人扯不清楚啊。

哎呀，那男的……被人用麻袋套头打一顿说不定就好了，最后马裴总结道。

他们比我早四天离开,一大早去赶飞机的时候,我刚从学校回来,拿了一些图纸要再回去,小姑娘叫我说,我在冰箱里放了一瓶柠檬绿茶,你可以拿了去学校喝。

好呀,我说。

男生朝前倾了倾身体,又走了两步到处看了看,嘟囔道,别有什么落下了,我们可再不回来了啊,一会儿又朝厨房走去,哎呀,路上会渴吧,带上饮料吧。

小姑娘着急道,我们路上再买吧,这个就留着吧。

路上是可以再买,可是买的不冰啊,天那么热的……男生将大瓶的柠檬绿茶提了出来,将登山包拽到身前,要找地方塞进去。

瓶太大了,拿着不方便的,拿不下了,小姑娘又劝道。

边上、边上,塞边上就好了,男生最终将绿茶塞到了登山包的侧边口袋里,然后招呼小姑娘可以走了。

她回头冲我咧了咧嘴角,又不好意思地吐了吐舌头,然后一路小跑拖着箱子跟着男朋友出门了,我注意到她今天穿的还是初见面时那条牛仔背带裙。

一会儿电梯来了,他们便消失在我的视线中。

天气还是一如既往的炎热,一丝风也没有,我走在街道上,想起一段对话。

哦,你在看什么。

《夏日甜心》。

就是……就是……她吃力地解释着,找一些和夏天有关的东西来看看。

夏日甜心应该穿着牛仔背带裙吧。

## 10. 不知夏

搭乘长途航班守则第一条：切勿食用机场内咖啡。

机场内的东西啊，就连咖啡都带着一副应付疲惫旅人的倦怠感，明明是机烧咖啡喝进口却是廉价的速溶感，苦涩中又发一点点酸，还不如搭配精确的三合一那样滴滴香浓。

每一次赶飞机必然附赠睡眠不足，发酸的咖啡最终被咽下，留下苦涩的余味牢牢扒在舌苔上，欲吐而不能，胃里再翻涌着烘焙机里不知转了第几轮的牛角面包。

我横竖都不舒服，一个人躺在三个座椅上，双脚晃荡在过道里，对面的马裴和吴明希正在热火朝天地打游戏。

旅途中的时间总像是生活中的某一个夹层，不着边际，又像是一小段偷来的时光，游离在日常之外，可以肆无忌惮地放空，什么也不想，什么也不做，尽情地将时间就这样浪费掉，而没有一丝一毫的负罪感。

搭乘长途航班守则第二条：延误并不永远是坏事。

差不多了吧，马裴收起手机，站起来伸了个懒腰，将小件行李提在手上，咱们是不是该去登机口啦？

于是我们懒洋洋地站起来，拖拖拉拉地朝着登机口走去，出示机票和护照，随后被瑞士航空的值机人员给拦了下来，她张口一段德语，让我们瞬间云里雾里。

一会儿一个上了年纪的台湾翻译急匆匆赶来，因为皮肤松弛的缘故，她画了蓝色眼影的眼皮耷拉在眼角，形成了一个亮蓝色的三角区域，她听了一会儿开口翻译道，现在没有位置啦，你们哦，必须得留下。

为什么？我们问她。

因为瑞航超卖机票啊，好啦，这种事情很常见的啦，每家航空公司都会这么做的。

她说话的当口，其余的乘客却照常检票入内，于是我问道，那为什么非得是我们呢？我们并不是最后一个来检票的啊。

因为他们都是家庭啊，我们不能拆家庭成员哪，喏，你们是学生嘛，拆你们比较方便。

什么叫拆我们比较方便啊，我们买了机票就要按时登机，我们不能接受这种事情，吴明希瞬间火大了起来。

那边又说了什么，翻译即刻翻译道，我们会安排你们三小时后去伦敦转机，机票钱也不用你们出，对你们来说也很方便啊。

我们凭什么要多转机一次，我们想早点回家，不想去伦敦转机，马裴又接着说道。

这也不是我可以决定的，总之现在飞机上没有座位啦，你们必须得留下，翻译摊了摊手，表示无能为力，或者你们会德语的话，直接和负责人说也可以嘛。

那我们说英语总行了吧？马裴气鼓鼓地说道。

好好，翻译让到一边，伸了伸手表示请吧。

那么多人在我们后面登机，我不相信都是家庭，没有散客，你直接留下我们，我们觉得不能接受，马裴说道，这对我们很不公平。

但是壮硕的苏黎士值机人员说道，我们查过了，其余的都是家庭，而且现在其余人已经登机了，情况就是这样，你们必须得留下。

超卖机票是你们的问题，不是我们的问题，为什么现在却要我们承担后果呢？我问道。

好吧，如果你们愿意去伦敦转机，我们会给你们一定的赔偿，负责人伸出手在空气中往下压了压。

我们不在乎那点钱，我们想要的是及时回家，吴明希简直要跳起来了。

可是有600瑞法啊，翻译这时在后面小声补充道。

于是我和马裴立刻一人一个肩膀摁住吴明希，面带微笑开口说道，好呀！

就这样，我们在等待去往伦敦的班机间隙，惬意地坐在休息区，用瑞航给我们的餐券，喝着平时怎么也舍不得买的价值5瑞法的齁贵齁贵的可乐和价值15欧元的只有一个鸡蛋的齁贵齁贵的三明治，感觉简直如沐春风。

刚才还死样怪气的我，现在也神采奕奕，哪儿哪儿都不难受了。

你们答应得太快了，吴明希叹息道，应该再让我态度强硬一会儿，然后我们可以要求升舱的。

对对，马裴以拳捶掌，我怎么就没想到呢，我真是被金钱冲昏了头脑。

唉，我们可能错过了一生中唯一一次坐头等舱的机会，我靠在椅背上幽幽地感慨道。

就这样在不同的机场逗留了不同的时间，我花费了整整两天才回到了苏州，我的老家也一如既往，热得像个鬼一样，既闷热又潮湿，人像一只小笼包那样蒸腾翻滚在热浪里，不多时整个人便汗津津的，T恤牢牢黏在脊背上，要不是因为已经是个大人了，我真恨不得和小时候一样在地板上打滚。

回去没几天，家里的亲戚朋友便都来关切地询问了我的近况和那些带回来的礼物，又给了我一筐隐约有些发黑的桃子，告诉我这些都是我的，没人和我抢。

这是什么东西，我指着桃子问道。

桃子呀！大家带着慈祥的关爱智障儿童的眼神看着我并且说道，瞧这孩子，在欧洲都待傻了，这一年一定没吃过什么好东西吧,连桃子都不认识了。

我举起一个发黑的桃子,不不,我认识这是桃子,可是这个桃子都发黑了啊!

是特意留给你的,都在冰箱里放一个月了! 大家骄傲地宣称道。

为什么我们家的画风和电视剧里演的不大一样呢,我记得港剧里,大家迎接久未见面的家庭成员,说的都是,吃吧,我知道你今天要来,特意做了一桌你爱吃的菜。

一筐发黑的桃子又是什么东西,是不是在暗示我什么? 正当我陷入沉思的时候,家人又催促道,你赶紧吃呀,再不吃就要坏了。

可是我觉得它已经……

没有没有,大家连忙摆着手道,可能是被冻伤了,可以吃的,你赶紧吃。

那我们一起吃吧,那么多呢,我递过一个桃子。

不用不用,家里人连忙客气道,我们有新鲜的!

于是我举着一个桃子下楼了,告诉他们,我要边散步边吃,一下楼,我看也没看就把桃子往树丛里一扔。

立刻便传来了狗吠和人声,你怎么乱扔桃子呢?

因为我没有素质啊,我心里是这样回答的,但嘴上说的是,不好意思,我手滑。

一会儿那人拖着一只泰迪走近了,圆圆的脸上架着一副圆圆的眼镜,不好,是个死中学生,搞不好在学校里还是个风纪委员。

怕她责难我,我立刻先发制人道,要不我请你喝奶茶吧。

我本意不过是想客气客气,没想到此人却毫不客气地说道,好啊!

最近的一家奶茶店在一站路开外,中学生拖着她的狗不疾不徐地走着,这番模样让我想起了初中时的一位同桌。

于是我告诉她,你很像我的一位中学同学。

她是怎样的人呢?她问道。

就是你这样的,好像长得也有点像,永远不慌不忙,不过没有你这样有行动力。

有行动力?

就是会和陌生人去喝奶茶。

那她呢,你的同学会怎么做?

她啊……她应该很胆小吧,一会儿就跑开了……我猜。

这样啊……那她叫什么名字呢?也许我也认识她。

呃……我不记得她的名字了。

就算现在想起来,还是觉得匪夷所思,我们为什么要进行这样一番莫名其妙的对话呢?

到了奶茶店我十分大方地说道,你可以选一杯最贵的,但到了付账的时候,我一摸口袋才发现,自己并没有带钱,那一瞬间我立刻就石化掉了,慢慢地转头看着她,听见自己的声音从另一个世界传来,呃……我没带钱。

中学生替我掏了钱,我尴尬地拿出手机说道,不然你留个账号给我,我把钱还你吧。

她大方地挥挥手,不用了,随即举起奶茶杯,那么……就当是为了你的中学同学吧!敬你的中学同学!

回家的路上,我喝着奶茶,心想,我的中学同学,那个说话做事永远慢吞吞的女生,她究竟叫什么呢?但在回忆里却没有了思绪。

按照之前说好的,我在老家见过一些必须见的人,就启程去往厦门,我以为大家都是南方都市,左右不过是几小时的路程,没想到苏州到厦门动车却要足足九个钟头。

出发前一天,我的老同学和我说起他因为航空公司延误而被升舱,在头等舱认识了跨国公司贵公子的故事,所以,他总结道,人生中坐一次头等舱是很有必要的事情。

那你有没有……给他投简历？我期待地问道。

倒也没有，不过看看这些人的朋友圈也很有意思啊，老同学说道，真是和我们生活在不一样的世界里呢。

可是，再怎么想，贵公子是不会来坐动车的吧，我失落地想到，这可能是一次乏善可陈的旅行，从闲暇的假期时光中再次偷出9个小时来无所事事。

我的座位紧挨着一个穿着凉拖、橘色紧身T恤的青年胖子，胖子非常忙碌，面前的小桌板上一溜摆着四部手机，通通都是苹果，他目不转睛、团结紧张、严肃活泼地抢着微信红包，双手交错，快速舞动，其速度之快，我只能看见一些残留在视网膜上的幻影，那一瞬间，我心头一惊，难道，这就是失传江湖二十载的无敌幻影抢红包手？

我生怕打扰了他，紧贴着座位坐下，目不转睛地盯了一会儿，上一次我看见人类的手速如此惊人还是在看马克西姆弹《野蜂飞舞》。

手指的幻影在我眼膜上旋转、跳跃、不停歇，不一会儿我就困了，上下眼皮直打架昏睡了过去，直到中午时分列车上的泡面味将我唤醒，我一睁眼，那胖子还在专心致志地抢红包，天哪，这小小的手机里竟蕴藏着无穷无尽的红包，真乃人类文明之奇观也。

一会儿，橘色紧身T的胖子长舒了一口气，功成身退般锁屏了手机，靠在椅背上活动了一下手腕，然后摸出一包瓜子来，问我，吃吗？

我一惊，赶忙摆摆手谢绝了他的瓜子，小心翼翼地问道，你刚才……是一直在抢红包吗？

胖子嗑了一口瓜子，幽幽道，可不是，没什么意思，就是打发时间。

哦，打发时间啊，我点了点头缩回去。

你去厦门？胖子又问道。

是啊，去厦门见一些朋友。

唉，厦门也没什么意思，胖子又叹了口气，我每个月要回一次厦门，已经对哪里都感到厌倦了。

你是厦门人啊？我问道。

对，厦门人，在浙江一带做生意，有得做没得做，平时也闲着，不知道要干什么。

闲着什么也不做是我的梦想，我真诚地说道。

你这个人……胖子侧过身看了我一眼，看你也是个年轻人，怎么这么胸无大志，你就没有什么梦想吗？

我没有，我再次诚恳地说道。

我们相顾无言了一会儿，空气里只有孩子的打闹声和胖子的嗑瓜子声，一会儿胖子又说道，其实我现在也没什么想法，年轻的时候可是想做出一番大事业的。

你做了什么大事业？出于礼貌我觉得还是应该问一下的。

退学下海去倒卖服装了，胖子抓过另一把瓜子，真的，我劝你也生活得有激情一些，你是不是还在念书？赶紧退学，不然来不及了。

我不要，我拒绝道。

为什么不要？创业就是自己当老板，为什么要给别人打工，给别人打工才赚几个钱，都不够我每个月发红包的。

可是退学创业了，一样也没什么激情，只能在火车上抢红包啊。

也对，胖子丧气起来，确实没什么意思，这个月我也才抢到八万元的红包而已。

对了，你是学什么的？胖子问道。

这不重要，我们还是来谈谈退学创业后抢红包的事情吧。

到达厦门时，这个南方海滨城市已经夜幕低垂，海风里有一丝咸腥的气息,犀牛故事的阿绿来车站接我,她像是我的小学同学,久未谋面,却又很亲切,既陌生又熟悉。

我住在阿紫的朋友的店里,那是一个仿日式的榻榻米房间,公用的洗漱间就在隔壁,四层的小院里来往着几只猫,看见厦门的猫都是散养的我有些惊讶,它们这样不会走丢吗?

阿绿愣了一下,也会啊。

那怎么办?

还会回来的吧。

路过一家小小的门店,类似于居酒屋,阿绿指着说道,这是客栈老板娘的店。哦,这样啊,我四处张望了一番,沙坡尾的夜生活似乎才刚刚开始。

你怕老鼠吗?阿绿问我。

不怕啊,我本着不能给别人添麻烦的心态立刻回答道,可实际上,如果我踩到一只老鼠,我可能要吓得飞到天上去。

那我们走这条路去晴天见吧,小学同学阿绿大手一挥带我走上一条阴暗窄狭的小路,左手边是一家家的小酒吧,右手边是已经退潮了的内海湾,黝黑的淤泥混杂着垃圾暴露在昏黄的灯光下。

在晴天见,我获得了巧克力冰淇淋×1,苦艾酒×1,银山茶×1,犟驴×1。

我要……付钱吗?我看着价目表小心翼翼地问道。

怎么能让你付钱,我还在这儿呢!老板张春大哥豪迈地说道。

想象中的张春大哥应当是个壮硕的金链汉子,角色设定类似于浩南哥身边的山鸡,大哥退隐江湖后,二把手的张春大哥也不再混迹江湖,选择在沙坡尾静静地开了一家小店卖冰淇淋和苦艾酒,不再过问江湖中事,偶尔曾经的小弟们想念大哥了,就会去店里吃个冰淇淋。

结果大哥和我想象中的完全不一样。

可是,为什么这个冰淇淋这么贵呢,有什么特别的吗?

没什么特别的,主要是现在冰淇淋都那么贵,店员这样告诉我。

想起清早起来赶火车时,出租车司机说我,你一个年轻人怎么连iTunes都不会用呢?这一刻,我感觉自己离这个世界格外遥远。

喝过酒,陆续见到了故事里的大家,曾经只在故事中读到的人,真实地出现在了眼前,那种感觉又和小学同学般的阿绿不大一样,不是久未谋面仍旧熟悉的亲切感,而是一种,原来是这样啊的恍然大悟感。

你也太能喝了吧,大家感慨道。

还好吧,我三杯酒下肚也没什么感觉,也许是我念书期间因为写不出作业而借酒消愁的次数太多了。

喝过酒,大家带我去博物馆路吃烧烤,这是我不算漫长的人生中第二次深夜撸串,要知道,宅人是很少出门的。

夜间的小酒吧和啤酒屋开得正热闹,小小的门店一家挨一家紧紧地贴着,不一样的卖点,一样的文艺,无数的猫颠起小短腿,走马灯一样快速穿过街巷,啊,沙坡尾的夜晚实在是太文艺了,偶尔还会路过一些晚归的水果小贩,卖着一些奇异又新鲜,我以前甚少见到的水果。

海风从身旁吹过,暑气消退了许多,原来夏港的夜晚是这样的。

阿绿说,沙茶面太难吃了,你不要吃,你老远过来吃这个太可怜了,晚上送我回旅馆后,她又说,那你要是起得来的话,就去吃碗沙茶面吧。

客栈是改造过后的小院,夜色中,猫就在脚边窜,有一只小黄猫我伸手撸它的时候觉得扎手,仔细一看,它的毛一块一块斑秃着,剩余的部分也虬结在一起,瘦弱可怜,我想它需要被抱去看医生,然后好好洗个澡,上药,吃个罐头睡一觉,就像我家的小黄猫当初生病时所做的那样。

我还没有想完,猫"喵"的一声又在夜色中蹿走了。

客栈原来是民居小楼,被三合板隔成一间间小屋当作客房出租,因为隔音不好,害我该听见的不该听见的都听见了。

一大早我就被别的旅客的洗澡声给吵醒了,但是我和自己说,你是一位摸鱼的朋友,哪里有那么早起来的道理,不要起来,坚持挺尸,于是我坚持到了十点才起来。

到了犀牛故事,大家一边给我泡茶一边问我,你吃沙茶面了吗?我说,没有。阿绿说,走吧,那带你去吃沙茶面。

可是你昨天说……

虽然很难吃,但是你还是吃一下好了。

我们下楼从演武大桥下的跑步道走去乌糖,不远处就是海,我能闻见海风里的咸味,正午的阳光热烈又茂盛。

乌糖是不是黑糖的意思啊,沙茶面里放了黑糖?我问阿绿。

当然不是了,你怎么会这样想?

那乌糖是什么意思啊?

我也不知道。

我们路过一些老街坊和二手店,阿绿问我要不要进去淘一些旧货,我说,不要,我就喜欢新的东西,阿绿说,我也是这样想的。

乌糖门口排着大批的游客,但好在大家挪动的速度很快,我们很快就吃上了面,真的,那面太甜了,里面可能真的加了黑糖(严肃脸)。

回去时为了躲避暴烈的阳光,我们换了一条小道,拐角处有一家夏港大酒店,阿绿向我介绍说,这个酒店以前很有名很厉害的,如果谁家结婚或者有大事在这里办酒席,就会觉得非常有面子!

可我再望过去,拐角处的酒店小小的,椅子倒扣在桌面上,水泥地面反出光来,店家在阴凉处的躺椅上休息,看不出昔日的繁华来。

下午我见到了阿紫,不愧是沙坡尾的松田龙平,高高瘦瘦的,显得很是潇洒不羁,此前我买了她的书《一本三十》,现在已经绝版了,我便期望着她赶紧红,我买的书才好升值,因此那几天我逢人就问,为什么阿紫还不红?

她一来又开始泡茶,唉,在厦门总是喝不完的茶。

大家问我,是不是第一次来厦门啊?我说,不是,七年前就来过了,他们的反应却是如出一辙,那七年前的厦门一定很空吧?没有什么游人。

可是,怎么会呢,七年前的厦门一样很多人啊。

那时候我刚刚高考完,我妈喊我去厦门旅游,我说我不去,没心情。我妈说,你给我识相一点,等分数出来了,就不是有没有心情的问题了。

第二天我便要走了,主要原因是因为穷,买不到回去的火车票,只好去买机票,但是机票都齁贵齁贵的,为了支付机票的钱,我不得不提前离开厦门将住宿费省下来贴补到机票上,由此可以窥见我贫乏人生的一角。

走之前,我回晴天见又去见了一次阿紫,那天正好轮到她值班,她打了一个抹茶冰淇淋给我,然后我们坐着消磨一些时间,等待着去机场。

因为中午实在是吃得太撑了,我点了一杯咖啡消食,站起来一迭声道,让我付钱、让我付钱!阿紫和阿绿看着我,平静道,你干什么,没有人不让你付钱。

哎,我为了成为一个合格的大人,可是多年苦练抢着付钱这项社交活动,譬如说要做出情真意切的样子来,然后在关键的时刻落于下风,但是我这个人总是在莫名其妙的事情上好胜起来,天长日久,我变得身速惊人,一个闪现或者一个躲避就把钱给付了,根本收不住。

现在没人和我抢着付钱了,付钱这项活动也就失去了成就感,我有点若有所失的。

而这也不是我在厦门的第一次挫败了,想起隔天夜里吃饭的时候,我说,我也想付钱啊,蔡药药和她的老公五十块,以我们实在是太有钱了,如果你不让我们付钱的话,我们都不知道要怎么花钱了为由拒绝了我。

回旅店的路上,因为我的眼神总是飘向水果摊,张春大哥非常贴心地给我一样一点买了四大袋水果,然后愉悦着去付钱了,她神情这样愉悦,搞得我一点机会都没有,李春银还告诉我,这些都是高级货,连她一个厦门人都没有吃过。

回想起家里的那筐黑桃子,简直泫然欲泣。

我在那里给《一本三十》拍照的时候,阿紫在给咖啡拉花,一边拉一边说,你该不会有什么美观之类的不合理要求吧?

然后她拉了一大团奶泡给我,我喝了很久都没有喝到咖啡。

过了一会儿她做了一杯热柠檬茶,我放空了一会儿,回过神来,她又做了一杯冰柠檬红茶,喝不下啦,别做啦,我边喝边喊道。

去机场的路上,我和阿绿说,厦门真好呀,阿绿说,别想了退学来创业吧!

我在机场席地而坐,在炎热的午后昏昏欲睡,想起了守则第一条因此忍着没去喝咖啡,蹭着机场的WI-FI打开我玩了许久的小游戏"猫咪后院",今日的领取小鱼干消息栏显示为:不知夏。

## 作者自语：匕首

这个故事还是得从我讲起，我是怎样的一个人呢？

普通人，平凡中的大多数。

因为没有突出的优缺点，所以在没有存在感这件事情上都很没有存在感。

我的人生向来贫乏，但可能小时候是要格外贫乏一点的。我小时候，直到四岁，仍然对时间没有概念，也就是说我不知道一个世纪、一年、一个月、一天、一小时、一分、一秒代表了什么，那时候，如果有人对我说，你等我五分钟，我就会彻底呆住，怎么也无法搞明白五分钟代表了什么。

如果换作现在，也许有人会说，这是认知障碍吧，但是在那时候，理所当然地会被理解为，这个孩子智力有问题。

如果一个小孩都被判断为智力有问题了，那么也就没有必要和别的小孩一样去上什么特长班或是少年宫了，所以在别的小孩挥汗如雨地学习各种课外知识的时候，我就在家看电视。

都智力有问题了，那当务之急当然就是学会好好说话啦，实在不行，以后还可以摆摊卖报纸——一个想法，来自深思熟虑的我爸妈。

电视看得差不多了，就开始认字，因为卖报纸也得认字啊，我看的第一本书是《格林童话》，第二本书是《安徒生童话》。之所以会对看书产生巨大的热情，主要是那时候我觉得看书和看电视差不多是一回事，那也就意味着，我每天除了看电视外还可以再看一会儿电视，多好（一个质朴的我）。

我常常问我爸妈一些在我看来理所当然的问题,比如,王子为什么要靠水晶鞋来辨认谁是灰姑娘,他不能看脸吗?小红帽怎么可能认不出躺在她外婆床上的是大灰狼,她是不是和隔壁小张一样严重近视?你为什么非要让我吃青菜,我不吃就说我浪费,你不买不就不浪费了吗,那你说到底是谁浪费?

　　因此,每每说不了两句,我妈就会对我说,你是不是有点毛病啊?相比之下,我爸就要温和得多,他只是无视我,把我当空气而已,每次我问完问题,我们之间就要陷入一段漫长的谜之沉默。

　　这种情况发展到我8岁,形成了一个小高潮,有一天我问我妈到底什么是世纪?是的,8岁了,还是搞不清楚时间概念。我妈说,说起来你都8岁了,过不了多久就要进入下一个世纪了。于是我说,一个世纪是8年对不对?我妈说,不对,是100年。我说,不对,你说的,我都8岁了,马上要下个世纪了,那一个世纪就是8年。我妈说,世纪和你没关系!我说,要是没关系,你怎么会知道我8岁了,马上就要下个世纪了?我妈说,你是不是8岁,世纪都是100年,我说,如果世纪和我一点关系都没有,那时间是不是也和我没关系了?那世纪是怎么来的,你怎么知道什么是世纪?我妈说,你有完没完,你是不是有点毛病啊?

　　加上那学期我不断地被叫家长,于是班主任和我妈一起得出了一个结论,那就是,我智商偏低,思维严重混乱,理解能力低下。

　　那之后我就明白了一个道理,不要因为自己的蠢而感到丢脸和不安,因为蠢只是我生命中的常态,要习以为常,用一颗平常心去对待。

　　三年级开始因为我成绩不好,所以被禁止看电视了,唯一的娱乐活动只剩下看书,别看我懒,但是我摸鱼的时候可是很勤奋的哪,于是我在学校图书馆和市立图书馆借了一本又一本的书。

　　那时候我隐隐约约觉得,文字是一种有生命的、独立存在的东西,过了几年我渐渐发现,文字不但有生命,好像还有自己的灵魂。

又过了几年,我开始辨别出来,好的文字有自己独立而完整的灵魂,差的没有,差的文字像魂器,收纳了作者一小部分灵魂碎片,面目模糊地糊在一起。这样又过了几年,我发现任何小段小段的文字,随手写下的片段里,都有掩藏在下面的灵魂碎片。

就这样,怀抱着一种探索的乐趣,我不断地打开一本又一本的书,直到一年前,当我翻开某本书时,"咣当"一下从书里掉下来一把锋利的匕首,暗沉沉的,一点装饰都没有。怎么不掉下来一盏神灯呢?我遗憾道。

虽然不知道这把匕首是用来干吗的,但很快我发现,这把匕首的用途之一是可以拿来撬文字,可以把文字从书页上一个字一个字地撬起来,只要你撬的方法得当,就可以一个不剩地全部撬光,撬得不好的话,就会被某个字牢牢卡住,继而那整句话会跳起来击打匕首的刀面,我就只好赶快将匕首拿开。不过一旦成功了,将文字撬得差不多时,就可以看见隐藏在文字下的灵魂,那些灵魂清晰可见,无处躲藏。

这对于我来说,当然是很有意思的一件事情,于是我兴致勃勃地开始去撬文字,一开始总是撬得不太好,撬了一个开头就卡住了。我的朋友陈桑就说,哎呀,从质而不是量的角度来说,你的阅读量少到连半文盲都算不上,你的知识盲点多到和文盲根本没有差别好不好?你不要在那里不自量力去做这种事情了。

我觉得他说得很有道理,但考虑到他也就是个不学无术的半文盲,根本没比我好到哪里去,所以我觉得不用听他的。这之后我想了很多办法,如何才能更好地去撬文字。这期间,好几次文字没有撬成功,我扎到了自己的手,哇哇乱叫,陈桑就在一旁幸灾乐祸地说道,傻×吗?

于是我恼羞成怒,拿着匕首,把他朋友圈的状态,一个不剩撬了一遍,让他也恼羞成怒,我们互相恼羞成怒地辱骂对方攻击一番后,冷静了下来,陈桑一边将那些字一个个摁回去一边说,你刚刚怎么可以撬了?

是哦,我想了想,发现,我是带着目的去撬的,是的,撬文字的时候要带着目的,无法为了纯粹的观察而观察,可有目的是不够的呀,我又想了想,可能是因为我很了解陈桑,能够模拟他的想法去想问题,于是一下子找到文字之间的缝隙就撬了起来。

陈桑听了后说,嗯,年轻人,你有这种想法很危险啊,但是我想到了一个人的书,你必须看一下。我看了三本后,发现,原来还需要有个贯穿始终的内部逻辑,而且这个逻辑还不是我的,是写下这段文字的人的。当我看到第十本的时候,我发现,除了内部逻辑外,还需要抓住一些未被掩藏好的蛛丝马迹,寻找到文字下的地下河,沿着这条地下河才能找到迷宫真正的出口,不至于被那时而诡辩时而真诚的内部逻辑所欺骗了,不然走到目的地之前就陷入了死循环。

这之后,陈桑又拿了好几个人的文字过来说,来,你撬一下,发现这下子多多少少的确是可以开始撬了,就算是撬不下去了,也能知道到底是地下河找错了,还是逻辑错了。

后来,我想了一下,我说,你不觉得这样很容易陷入一种自圆其说的境地吗?毕竟你随便撬别人的文字,你根本不知道别人是不是真的这样想的,是不是真的是这样一个人,根本无从知晓啊,就算我已经觉得撬得很对了,如果当事人说,你说的一切都是错的,我能怎么办,我能证伪吗?

陈桑说,你要知道,你所做的就是根据非常少的信息,寻找到隐藏在文字下的地下河,随后用你的匕首沿着你内部逻辑去撬,撬到目的地,去看看那部分的灵魂是怎样的,不管准确不准确,反正本来文字下面也只有一小部分灵魂,你总是难免会片面,但是你现在可以只用那么少的信息去撬出一个思考路径来,这本身是有其价值的。

我想了想觉得很难被说服，仍然觉得这种价值趋近于无。

比如说，我试着去撬一句很著名的话：

人的一切痛苦，本质上都是对自己无能的愤怒。（王小波语）

人们是那么喜爱这句话，以至于它总是以金句的形式单独出现，承担着各式各样的角色。

可是，人们为什么喜爱这句话呢？它名为控诉无能，实则隐藏了一种神性在文字的灵魂中，即，一切都是由我自己的无能造成的，反过来说，即为我是无所不能的，人从来无法掌控自己的一切，这并非无能不无能的问题，而是人有其天然界限，只有神才能打破这种界限，无所不能。

我所有的痛苦皆因我而来，我即为宇宙的原点，人们迷醉这句话，迷恋的是隐藏在文字下的无所不能的神性。

陈桑又说，你知道，真正的地下河是用来干吗的吗？就是我让你去看的那些书。我说，用来分析的啊。陈桑说，你不是文盲，是用来跳大神的。

我说，啊？跳大神？

他说，对啊，又叫预测未来。

我说，你知道吗？如果我现在来撬你的这句话，那就是，你想要预测未来，本身就说明未来不可预测。

他说，对啊，不可预测，但是提供了一种未来的趋势和可能性，这还是有价值的。

我想了想说，不，一个人写下的文字，是有时效性的，他说不定什么时候就变了，他一变，你从他过去的文字推导出的未来就完全没有意义了，何况还是片面的。说完，我把自己刚说的话撬了一遍，就发现了一件事情，这根本不是路径的问题，之所以会这样，是因为我自己的知识盲点太多了，和我几乎是个文盲有关。

我说，陈桑，你看过那些书吗？你对跳大神这种事情怎么看？

陈桑抽了根烟，默默地说道，嗯……我就看了一个序……觉得特别机智,让你看看……嗯……没想到你看了那么多……

下一秒,我们厮打了起来,打完平静下来,他说,不过跳大神这种事情,并不是说水平高的就一定比水平低的预测得准。

我想了想说,不过,你每做出一个选择,其实就等于放弃了别的选择,道路会越走越窄,这是一定的,这种情况下,命运并非完全随机。不过,历史如长河,有办法知道全部的未来吗?

陈桑说,如果你的阅读量足够的话,理论上,应该是可以的。

理论上应该是可以的,也就是实际上不行。

嗯,神棍难当,大神难跳。